JN091409

逢坂為人
illustration ユウノ
エルフの嫁入り
The Elf Bride
～婚約破棄された遊牧エルフの底辺姫は、
錬金術師の夫に甘やかされる～

Contents

エルフの嫁入り

The Elf Bride

～婚約破棄された遊牧エルフの底辺姫は、
錬金術師の夫に甘やかされる～

逢坂為人

illustration ユウノ

「――お前の婚約は解消になった」

春の草が芽吹き始めた、大草原の中。

天幕の前で羊の放牧の準備をしていたミスラに、族長は唐突に告げた。

鞭《むち》や手綱《たづな》を持ったまま、言われた言葉の意味を飲み込めずにいたミスラだったが、暫《しばら》く呆《ほう》けた後に、その言葉の意味をようやく理解する。

「あの、それは先日伺った件……ですよね？」

先日、話が来ていたのだ。この大草原地帯《ステップ》の真の支配者、エルフの氏族を束ねる大首長《カガン》の後継者たる副首長《ホンタイジ》の側室として輿入《こしい》れするという話が。嫁入り先が見つからないでいたミスラに、断る理由などなく、そもそも断れるような立場でもなかったので、その話を受け入れた。

「お前では、向こうの要求には沿わないらしい」

やっぱり。族長の説明はあまりに端的過ぎたが、ミスラにはそれで十分だった。

エルフは純血を尊び、混血を厭《いと》う。人間やドワーフなど、容姿は元より寿命など、何もかもエルフと異なる種族と血縁を結ぶのを疎《うと》む。当然、その混血のハーフエルフも、敬遠される。

そして、ミスラはまさにそのハーフエルフだ。

母方の祖母が公主《グンジ》であるミスラは、一族の中では唯一、大首長《カガン》の血統を引き、本来なら一族から姫ともてはやされていたはずだ。しかし、人間を父に持つミスラの、一族における立場は芳《かんば》しくなく、結婚相手にも事欠いている有様《ありさま》だった。

それで、ようやく来た話というのが側室だった。正妻の添えもの程度の立場でも、選べる余裕のないミスラにとって話が来るだけましだったが、やはり何かの間違いだったようだ。

予感はしていたが、がっかりしなかったかといえば、嘘《うそ》になる。

一族での立場が弱いミスラにとって、輿入れ先が見つからないまま、いつまでも独り者で一族にしがみついて居座っているこの状況は、決して居心地がいいとは言えなかった。

ここに留《とど》まる以上、仕事はきちんとこなしていたが、ただでさえハーフエルフで周りの態度が冷ややかなのに、最近では呆《あき》れている者さえいた。それでも追い出されないだけましだったが、いつまでもここに留まるわけにはいかない。ミスラもそれは分かっていたが――。

「所詮《しよせん》はお前如《ごと》きが側室になろうなど、期待したところで詮無《せんな》いことだったのだな」

どこかうんざりしたような族長の呟《つぶや》きに、ミスラは黙っているしかない。

青い空の下、ミスラは鞭や手綱を持ったまま、空を見上げる。

いっそ嫁ぐのは諦《あきら》めて、早々にここから立ち去り、別の場所へ行こうかとも考えた。

しかし、たった一人で生き延びられるほど、大草原《ステップ》が甘くないのはよく知っている。

でも、それでも思ってしまう。どこか、遠い場所に行きたいと。

＊＊＊

「ところでアスラン。君にもらってほしい娘がいるんだが……」

「……は？」

昼下がりの王都、王立錬金術研究所の一室。

王都の錬金術師《アスラン・バシリコス＝アルヒミスティス》アスランは、初老の男の言葉に抜けた声を上げる。

錬金術師であるアスランは、錬金に利用する素材や鉱物の研究を目的とし、各地へ素材を採取しに行っては、可能性について調べている。それで、現地調査から久々に王都へと帰還して、師匠であるこの老人へと挨拶《あいさつ》しに行った途端、これだった。

「あ、冗談は結構です。帰ってきたばかりで疲れてるんで、また今度にしてもらえます？」

「それが冗談ではないのだよ……君」

「……冗談じゃなかったんですか……」

疲れたアスランの顔に更なる疲労の色が現れ、師匠は「ふむ」と、解《げ》せない顔で唸《うな》る。

「……どうも君のその反応は、不可解だな」

「それは師匠がなんだかんだと僕に厄介事を押し付けては、逃げるからじゃないですか？」

面倒だと思いながらもアスランが指摘すると、師匠は「ほぉ」と、眉を上げる。

「君は僕のことを信用していないのかね？」

「そういうのは、信用出来る行動や言動を取ってからにしてほしいですね」

頭が痛くなってきたアスランは、こめかみを押さえてため息をつく。

「師匠って、前に女性研究員に『君、結婚はまだかね？』って、口を滑らせて顰蹙《ひんしゅく》を買っていたじゃないですか。それが僕に対しても同じ調子なのかと思って、うんざりしたというか」

「ん〜。もしや、その女性研究員というのはドレア君のことかね？」

確かにドレアだったが、一応、アスランは「さぁ？」と、白《しら》を切る。

「そんな調子でからかい続けていると、いつ相手の我慢の限界が来ても、おかしくないですよ？　とにかく、そういうところは――いや、黙っておいて下さい。沈黙は金ですよ？」

「雄弁は銀だよ、君」

「師匠のは鍍金《めっき》でしょ！」

「そういうがね、君。鍍金《めっき》とは素晴らしい技術なのだよ？」

「それは知ってますよ、僕だって錬金術師なんですから」

減らず口の師匠に、アスランが呆《あき》れる。

鍍金《めっき》とは、金属の被膜を作る技術だ。強度はあるが錆《さ》びやすい地金を保護したり、地金の摩耗を軽減させたり、美装性を向上させたり。そういう事が出来る素晴らしい技術だ。

だがそんなの、錬金術師なら誰だって知っている。

「まぁよいではないか。銀の雄弁、金の鍍金《めっき》、いずれもよかろう」

「そうですね。ただ銀って錆びやすいですけど」

「燻《いぶ》し銀《ぎん》のようで、よいではないか」

「師匠の場合、管理の悪い銀食器って感じですけどね。あと、金鍍金《きんめっき》は剝《は》げやすいですよ？」

そんなアスランの皮肉だが、師匠は何処《どこ》吹く風。「酷い言い様《よう》だねぇ」と、惚《とぼ》ける。

「相変わらず老獪《ろうかい》ですね。でも、あまり若い者をからかわない方がいいですよ」

言ってから、アスランは「嫌われますよ？」と、付け足す。

すると師匠は「……む。考慮しよう」と、珍しく素直に返事、多少の自覚はあったらしい。

「それで……なんでしたっけ？」

「ああ、そうそう。君に、薦めたい娘さんがいるって話だよ」

「それはさっき聞きましたけど……なんで僕なんかに？」

「ん？　何か、疑問でもあるのかね？」

「いや、だって、研究所《こ こ》には僕より結婚願望のある男性研究員が、結構いるじゃないですか。

順当に行くなら、まずそっちから薦めませんか？」

「まぁ、確かに」

「僕なんかは特に結婚したいとは、公言してませんでしたし……」

抱いた疑問をアスランは正直に口にする。

アスランの仕事は現地調査《フィールドワーク》が中心だ。長期出張が多い分、お世辞にも結婚に向いているとは言えない。さらに錬金術師などというものは、結婚相手として避けられる傾向がある。どんな仕事で、どう稼いでいるのか、世間に知られておらず、警戒されるのだ。彼自身もそれをよくわかっていたので、この職に就いた時点で結婚は端《はな》から考えていなかった。

「急を要していてね。さらに、君にしか薦められない事情というのがあるのだよ」

「僕にしか薦められない？　何ですか、それ？」

「その娘さんだがね……エルフなのだよ」

「は？　エルフ？　エルフなんですか？」

「そう、遊牧エルフの娘さん」

意外な言葉が飛び出し、アスランが驚く。

遊牧エルフ。その種族はそう呼ばれている。

かつてエルフは森の中で狩猟することで生活の糧《かて》を得ていた。

それがいつしか狩るはずの獣を捕まえ、育て、増やすようになり――。

そうして彼らは森を出た。

草原へと進出した彼らは、大陸の中央、大草原地帯《ステップ》を支配するようになっていった。

家畜を伴い、草と水を追って生活する者たち。

彼らは、確か――。

「血縁にこだわる種族じゃないですか。人間の元へ嫁に出すなんて、一番有り得ないでしょ」

そう、彼ら遊牧エルフは移動生活ゆえか、一族団結を旨としている。

結束を徹底するため、見知ったエルフ同士で申し合わせて血縁関係を結ぶのが常だ。

彼らはよそ者の血、異種族である人間やドワーフの血と交わるのをとても嫌う。そんな彼らの純血を尊ぶ様《さま》は人間嫌いのようにも見え、この国でも、その話だけはよく知られていた。

「だから、事情があると言ったろう」

「だから、事情ってなんですか？」

「お相手さんな？　ハーフエルフなのだよ」

その言葉に、アスランが一瞬、苦い顔をして、しかしすぐに首を横に振る。

「……なるほど、だからですか。僕にしか薦められないというのは」

アスランが大きく息を吐く――純血を重んじる遊牧エルフの中で、ハーフエルフが生まれてくるのは稀《まれ》だが、それでもたまに生まれてくる。

そして、アスランにだけ薦められた理由。

「君にはエルフの血が流れている。何も知らない者よりは、多少なりとも事情を知っている君の方がよかろうと思ってな。先方もその方がよかろう。どうだね？　アスラン君」

「まぁ、確かに血は引いてますけどね」

引いてはいるが、僅《わず》か八分の一。耳などは丸く、外観上は完全に人間だ。

しかし、ハーフエルフの事情はある程度は知っている。

「でも一応、言いますが、いくら僕でも、何でも引き受けるわけじゃないですよ？」

「ふうん？」

「話によっては断るって言っているんです」

そうだ。いくらアスランが独り身でも、あまり条件が酷かったら断る。

しかし、師匠は笑いながら「そんなことはないだろう」などと言い出す。

「君は人が良いから、放ってはおけまい？」

「引き受けなかった時のことも、考えておいて下さい。人生が懸かってるんですから」

「それは、君が引き受けてくれれば何の問題もない話だよ」

「なに勝手に既定路線にしてるんですか。口の減らない人だな」

師匠は「君に言われたくはないねぇ」と、当《あ》て擦《こす》るように言う。

「ともかく、詳しく話をして下さい」

「おお、聞く気になったか」

「聞くだけですよ！」

釘《くぎ》を刺しつつ、アスランは師匠の話の続きを待つ。

あー……。結局、やってしまった……。

＊＊＊

アスランは今日初めて会った女性と、二人並んで座っている。

結局のところ、アスランは押し切られて結婚してしまった。

いや、押し切られてなんてない。それだと縁談を持ちかけてきたあの師匠が思惑通りになって悦《えつ》に入《い》る姿が目に浮かぶようで、それはだいぶ嫌だ。

しかしだ、まさか式当日まで花嫁と顔合わせ出来ないとは思わなかった。

考えてみれば、遊牧エルフの地域からここまで、数週間、場合によっては数ヶ月かかるほど、距離がある。そんな超長距離で、ほいほい顔合わせなど出来るはずがないのだから、こうなることは自明だった。そこのところはアスランも考えが足らなかったから、仕方ない。

アスランは花嫁の方をちらりと見る。

花嫁衣装は美しい。ベールに施された花の咲き乱れ蔦《つた》が絡み合う刺繍《ししゅう》も、幾何学的な柄も、見事だ。こういうものに疎《うと》いアスランでも唸《うな》るほどの技巧だ——肝心の顔は見えないが。

遊牧エルフのしきたりで、式当日は花婿以外の者に花嫁の顔を見せてはならないらしい。

引き合わせの段階から花嫁の素顔はベールでしっかりと覆い隠されていた。

花嫁の護《まも》りの堅さは、花婿にすら顔が見えないほどだ。

アスランにも伝統を尊重する意思はあるが、この状況は気持ちとしては如何《いかん》ともし難《がた》い。

式が始まってすぐに杯の取り交わしを行った際に、一瞬、花嫁の口元が見えたが——。

薄紅色の小さな唇と、華奢《きゃしゃ》な顎《あご》だけが少し見えて、本当にそれだけ。

そして、取り交わしの杯は「遊牧といえば馬乳酒《ばにゅうしゅ》」と思っていたら、まさかのバター茶で、さらに塩味が利いている。予《あらかじ》めどういうものか知っていなければ、茶とすら思わない味だ。

ともかく、花嫁のことは「エルフの血筋だから、多分美人」なんて思いながら、ふと。

……いったい、どんな娘《こ》なんだろ？

次第に花嫁の顔より、人柄の方が気になってきた。

式が厳《おごそ》かで、口を利ける雰囲気でもないが、一度、気になり出すと止まらない。

そうして、アスランは隣の花嫁をしきりに見ては、話せる機会を待つのだった。

Mithra

一章　遊牧エルフと錬金術師

結婚式

アルヴァンド王国の北の果てにある、辺境都市インサニア。

遊牧エルフが支配する地域、メディアス・エルフィアナと王国の間にそびえ立つ、龍の棲《す》む山〈ハラ・ベレザイティ〉からほど近い街の郊外にある、元・王立錬金術研修施設。

そこは現在、錬金術師で研究者でもあるアスランの自宅となっている。

ただ今、その家では、アスランの結婚式の真っ最中だった。


お腹《なか》空いた……。

アスランの目の前に並ぶ、豪華な料理。串焼き《スプラキ》、肉団子《ケフテデス》、餃子《マンティ》――遠方から来たにも拘《かか》わらず相手方の親戚が用意してくれた。肉が多く、結婚式なのに串焼きがあるのも遊牧民らしい。

こちらで串焼きは屋台で食べるようなものだが、向こうでは正式な場でも食べるようだ。

多分、羊肉。せっかくだから、米飯でもあれば言うことは――。

などと、アスランが思ったら、山盛り炊き込み御飯《パラウ》がどんと置いてあった。

やはり祝いの席は米だ。小麦がよく取れるこの国ではパンが主食だが、収穫量が少なめの米は週末や祝いの席で出すものだ。そしてアスランは米が大好きだった。

もっとも、どれだけご馳走《ちそう》が並べられようが、アスランは食べられない。

とりあえず杯の取り交わしなんかが終わった後、腹の虫が鳴り始めたアスランだったが、目の前に並ぶご馳走には手が出せなかった。新郎であるアスランは儀式に挨拶《あいさつ》にと、やることが多いから、ご馳走なぞ頬張っている場合ではない。

そしてアスランは未《いま》だ、花嫁と口を利けていなかった。それ以前に、気軽に花嫁に話しかけられない。周りの雰囲気が厳《おごそ》かなのだ。特に、花嫁の身内の、遊牧エルフが。

いや、どちらかというと、緊張が走っているといった方が近いか。

遊牧エルフの男衆《おとこしゅう》が揃《そろ》って強《こわ》ばった顔をしている。さながら、敵地に人質を送り出すためにやって来た兵のようだ。閉鎖的な彼らからすれば、縄張りである大草原《ステップ》から、人間ばかりのこの国へ来たとあっては、そう簡単に気を緩められるものでもないのだろう。

その辺りはアスランも理解をするが、それで式の雰囲気まで硬くなってしまっている。

まぁ、それだけじゃないんだろうな。

アスランが花嫁を一瞬見て、それから身内の遊牧エルフたちを見る。

エルフたちは自分たちが連れてきた花嫁に殆《ほとん》ど目もくれない。

この雰囲気と態度、多分、ハーフエルフのこの花嫁を、彼らが持て余しているのだろう。

花嫁の一族での立ち位置がよくわかる。

周りがこんな有様《ありさま》なので「ちょっと顔、見せてほしいな」なんて声は掛けづらい。

結局、アスランは花嫁と口も利けず、顔も見られず、黙って座っているしかない。

もっとも、こんな雰囲気になってしまった原因の一端は、アスランにもある。

今、花婿側にいるのは、頭数合わせに出席をお願いした仕事の同僚だ。身内を呼ぶには時間がなかった。アスランの新居がこの国でも辺鄙《へんぴ》な場所で、式に出るだけで結構な長旅に——。

いや、それは方便だ。実際は直前に〝結婚します〟の連絡をしたから、間に合わないのだ。

つまり、花婿側の出席者が少ない。この辺りは苦しい事情があるので、仕方ないとして。

ちょっと、お葬式みたいになっているな……。

エルフたちだってそうしたい訳ではないだろうが、そうなってしまっている。


式はただただ伝統とお約束事に則《のっと》り、進められる。祈りをし、頭を下げ、参列者はただ黙って二人を見守る。そして順番が来たら前に出て、一人ずつ型にはまった挨拶《あいさつ》をして。

式は粛々と進められる——粛々と。

どこか気まずく、どこかよそよそしく、どこか忙《せわ》しない。

そんな結婚式だった。

＊＊＊

結婚式が終わり、花嫁の親族たちはそそくさと後片付けを済ませ、儀礼的に別れの挨拶をして、そして花嫁を振り返ることもなく、あっという間に去って行く。

アスランが呼んだ同僚たちも「いや〜、随分と手短だったなー」と半ば笑いながら「とりあえず今度ちゃんとした宴会開こうぜ」と、慰めなのか、そう言って帰ってゆく。

そして、ご馳走《ちそう》は──残っていない。

遊牧民風のご馳走は同僚たちが綺麗《きれい》に平らげ、アスランの口に入ることはなかった。

その遠慮のなさに、彼らとの別れよりも食べられなかったご馳走を惜しんで、それを新婚夫婦に残そうと思わなかった彼らを恨みがましく思いながら、夫婦して玄関先で見送って。

気が付くと、アスランとハーフエルフの新妻は二人きりになった。

昼過ぎ、日はまだ高い位置にある。花嫁はアスランの傍《かたわ》らで静かに佇《たたず》んで、未《いま》だベールを身に着けていて、顔は見えない。そこに施された刺草《いらくさ》や花の刺繍《ししゅう》が鎖縫いである、なんてことがわかるまで、アスランはそれを眺めていたが──あれだけ、顔が見えない、口が利けないと、不満に思っていたのに、いざ二人きりになると、どう切り出せばいいか迷う。

「あっという間だったね……」

とりあえずアスランは、当たり障りなく声を掛けてみる。

花嫁はベールを被ったまま、俯《うつむ》いていた。もうちょっと、押してみる？　アスランが考え始めた時、花嫁は意を決したように顔を上げ、彼の前に立って目深《まぶか》に被っていたベールを外す。

「あの、改めて初めまして。〈千里の野を馳せる血族《ハンシュイマ＝バグ》、黄金《アルトゥ》の勇者の娘《バガトゥール＝ドフト》、ミスラ〉です」

そして「これからよろしくお願いします」と、ぺこりと頭を下げる。

正式なエルフの名乗りだが、アスランはすぐには反応が出来なかった。

娘の素顔に、彼は固まっていた。

白い肌に長い耳、ベールで殆《ほとん》ど隠れているが金の後《おく》れ毛《げ》が見える。そして顔貌《かおかたち》は、この国の人間と比較にならないほど整っている。この辺りはエルフらしい。ただ、瞳は碧《あお》でなく緑なのはハーフエルフのためだろうか？　その瞳は濡《ぬ》れたように見え、愁《うれ》いを感じさせる――。

頭の中で回りくどい御託《ごたく》を並べてみたが、そんな細かい観察結果など、どうでもいい。

ようはこの娘がとんでもなく美人だ、ということだ。

「…………あの…………」

アスランがぼけっとしていたせいか、娘が心配そうな顔で声を掛ける。

「あああ！　ごめん！　ぼっとしちゃって！」

「何か、至らないところでもありましたか？」

「ないないないない。大丈夫！」

確かに、別嬪《べっぴん》さんだって聞いていたけどさ！

人づての話など当然だが、アスランは全く当てにしていなかった。そんなもん、参照程度だ。実見してこそ、信頼に値するというものだ。などと、相変わらずアスランが頭の中でぶつぶつと能書きを垂れている間に、何やらミスラが思案顔で俯き、それから顔を上げる。

「……やっぱりエルフ語交じりの名乗りは、分かり辛《づら》かったですか？」

「あ、それは大丈夫。遊牧エルフ語は大体理解出来るから」

「そうですか、良かった。通じなかったらどうしようかと……」

「あー、でも、うちの国とは名乗りがだいぶ違うから、そこのところは驚いたかな……」

アスランは愛想笑いをしながら「ま、結婚式も長かったしね」や「儀式とか疲れるよね」とか、妥当なところで茶を濁すと、それで納得したのか、娘は「そうですよね」と、頷《うなず》く。

妻とはいえ、見とれていたとは、ちょっと恥ずかしくて言えない。

とりあえず「ごめんね」と、頭を掻《か》きながら詫《わ》びると、ミスラは「いいえ」と笑う。

「お嫁さんにだけ、名乗らせても仕方ないね」

アスランは改まって背筋を伸ばす。

「僕は、アスラン。〈カプランの息子、北の錬金術師、アスラン《アスラン・ギオス＝カプラン・アルヒミスティス＝トゥヴォーラ》〉よろしく」

「…………あ、はい。お願いします」

ミスラは二度目のお辞儀をしたのだが――その時に「ん？」と、眉を寄せた。

「……どうかした？」

「私、お名前を間違って覚えていたようでして……。あの〈王都の錬金術師《バシリコス＝アルヒミスティス》〉と」

ミスラの申し訳なさそうな呟《つぶや》きに、アスランが「ああ、それね」と、笑い出す。

「そこなんだよね。遊牧エルフと、この国との違いは」

「どういうことでしょうか？」

「こっちでは〝本人名、父名、居住地に職業〟なんだ。先日まで王都に住んでたけど、結婚を機に、北のここに家を構えたから……」

「それで〈北の錬金術師《アルヒミスティス＝トゥヴォーラ》〉なんですね！」

「そうそう」

アスランが頷《うなず》くと、謎が解けたからか、ミスラの表情も明るくなる。

と、アスランが「あれ？」となる——もしかして、この娘《こ》、思っていたより明るい？

ハーフエルフという生い立ちと、先ほどまで黙って座っていたせいか、とても大人しい——

悪い言い方をするなら、暗い娘だと思っていたが、どうも、そうではない気がする。

などと考えていると、ミスラが機嫌を窺《うかが》うようにこちらの顔を覗《のぞ》き込んでくる。

「それで……あの、旦那様《だんなさま》？」

「…………………はいっ!?」

旦那様って、誰？　僕？　一瞬、戸惑《とまど》ったが、他でもないアスランのことだろう。

妙な間を開けつつも、かろうじて返事は出来たが、声が裏返っていた。

「あ、ごめんなさい。驚きました？」

詫《わ》びるミスラに「あー、ちがうちがう」と、アスランは否定。驚きはしたが、そこじゃない。

「いやー、呼ばれ方に驚いたというか、聞き慣れないというか……」

「聞き慣れない？」

「ムズムズするというか、それって自分のことじゃないような違和感？　みたいな……」

説明が悪いのか、ミスラは「えっと……」と、眉を寄せて考え込む。

「すみません。夫のことは旦那様と呼ぶのが普通だと、思っていました……」

申し訳なさそうに匙《さじ》を投げたミスラだが、まぁそれが普通だろう。

「あれだよ。うちの母親とかがそういう呼び方をしなかったせいか、僕にとっては〝旦那様〟って聞き慣れない呼び方でさ。普通に〝アスラン〟って、名前で呼んでほしいな」

「あっ、そういうことでしたら……」

ミスラが素直に了承、アスランが胸を撫《な》で下《お》ろす。

「ところで、お義母様《かあさま》はお義父様《とうさま》をなんと呼ばれていたのですか？」

「んー、確か、呼び捨てだったかな？」

「すいません、私にはそちらの方が無理です……」

確かに、彼女に呼び捨てはちょっと無理がありそうだ。

「それで……声を掛けてきたけど、何かあるのかな？」

アスランが尋ねると、ミスラは「あっ、そうでした！」と、元気よく声を上げて、それから
すぐにそわそわもじもじと、さらにはこちらの顔色をちらちらと窺《うかが》ってくる。よほど言い辛《づら》い
ことなのだろうと、アスランが「どうしたの？」と、優しく声を掛けた。

「あの……家畜の様子を見てきても、よろしいでしょうか？」

つい、アスランは「へっ？」と。身近だが、身近でない言葉で、暫《しばら》くぼけっとして。

「ごめん！　連れてくるって言ってたね！」

ミスラが「はい……」と。そう、家畜を連れてくると言っていた。

「式が終わって早々に、こういう話を持ち出すのはどうかなって思ったのですが……」

「仕方ないんじゃない？　長い距離を連れてきたわけだし、生き物だから気になるよね」

「はい……」

千里とまではいかないが、数百里は移動してきたはずだ、様子くらい見に行きたいだろう。

それにいくら結納《ゆいのう》とはいえ、錬金術師のアスランが家畜をどうこう出来るわけもなく、必然的
に扱いを熟知しているミスラが面倒を見ることになる。何より、結婚式はもう終わったのだ。

「いいよ、行っておいでよ」

「本当ですか!?　ありがとうございます！」

ミスラがぱあっと明るくなって、礼を言う。その表情や弾んだ声で、今まで涙で濡《ぬ》れていた

ように見えた潤んだ瞳が、今は朝露で光る若草のように、きらきら瑞々《みずみず》しく見える。

「じゃ、あの、この格好は動きづらいので、着替えてきますね！」

ミスラはお辞儀をしながら朗らかに言い残し、新居の奥に入っていく。そんな新妻につられるように、アスランも「行ってらっしゃい～」などと、戯《おど》けた声を上げて見送ってから。

「……うん。やっぱり思ってたより元気がいいな」

姿が見えなくなった途端、ぼそっと。

勝手に薄幸の美女かなにかとアスランは思い込んでいたが、全然違う。

「でも、ちょっと遠慮があるというか、気を使ってるね」

何かミスラは「もじもじしてたし……」と、こちらの様子を随分と窺っていた。

もっとも、初対面相手に図々《ずうずう》しく振る舞うほど、ミスラも厚かましくはないのだろう。

アスランは「ゆっくり馴《な》れてもらえばいいかー」などと呟《つぶや》きながら、結婚式で緊張していた体を解《ほぐ》すように伸びをするが――にしてもこれは、ものすごく役得だったかもしれない。

「すっごい美人だったし……」

アスランは顔を緩ませ「早く着替えて来ないかなー？」などと、暢気《のんき》に新妻を待つ。

だが、ミスラが遊牧エルフである本当のところを、この後、散々思い知らされることになるとは、この時のアスランは思いも寄らなかったのだった。

遊牧エルフと冴えない学者

「ただいま戻りました」

新妻のミスラが花嫁衣装から普段着に着替え、玄関先に戻ってきた。

遊牧エルフらしい素朴だが手の込んだ姿に、アスランは「あ、可愛《かわい》い」と、暢気《のんき》に思う。

ミスラは「ご一緒しますか？」と尋ねてくる。アスランも連れてきた家畜が気になっていたので「もちろん」と返事して。それから、二人して囲いの方へと向かって――。


「…………え？　これ？」

アスランは目前に広がる光景に、あ然となる。

自分の家の囲いにひしめく家畜たちがメェメェヴェヴェ鳴いている。

別に、家畜そのものは珍しくない。珍しくないのだが。

ただ、数が――。

馬、駱駝《らくだ》、山羊《やぎ》、羊。全部で百頭くらいいるんじゃないのか？

とにかくおびただしい数の家畜たちが、新居の囲いでひしめきあっている。

遊牧エルフたちはミスラと一緒に、多くの家畜を連れてきていたのは知っていた。

彼らは長距離の旅の時も、己の家畜と共に移動するということを、アスランは聞いたことがあった。だから、結婚式が終わったら一部を残して連れて帰るものだと、そう思っていた。

これ全部、うちの家畜だったのか。

「……あの、これ、どのくらいの数がいるの？」

「馬は十五頭、駱駝《らくだ》十頭、山羊《やぎ》二十五頭、羊は五十ですね」

その数に戦《おのの》きながらも、アスランは辛《かろ》うじて「へぇ」と、相槌《あいづち》を打つが――。

「持参金代わりというには、少ないのですけれど」

「えっ？　少ない？」

はにかむミスラに、つい、アスランは聞き返す。

「えっ？」

「えっ？」

互いに顔を見合わせた。何か、決定的な食い違いがあるような……？

「……まさか、本当に少ないの？」

「えっと……」

「あー、いや。僕の感覚だとすごく多く見えたから」

すると、ミスラはようやく理解出来たのか「あっ」と、納得した様子で頷《うなず》く。

「えっと、ですね？　私が住んでいた集落《アウル》では三十人ほど居たのですが、飼っていた家畜は、羊が二千頭、駱駝は二百、馬は三百ほどいまして……」

「は？　二千!?」

「そのくらいが普通なんです……あちらでは」

これが普通……？　アスランの予想より遥《はる》かに多い。

「〈干魃《ガン》〉で水や草が不足した上に、寒波まで訪れると、家畜が倒れてしまって。元の数が少な過ぎると、あっという間に生活が終わるんですよ」

なるほど。条件の厳しい草原《ステップ》だと、そうなるのか。

内陸の乾燥した気候特性で、雨雲が少ない。雲の少なさは夜間や冬季における気温の低下につながり、結果、寒暖の差の激しさに繋《つな》がる。その程度の知識は、アスランも押さえている。

そして、元々の降雨量が少ない地域なので、干魃《かんばつ》が非常に起きやすく、水、牧草不足で家畜が飢えたまま、さらに牧草の減る冬に突入すると、家畜が倒れてしまうのも無理はない。

「ところで、少ないって、どのくらい少ないの？」

ミスラは「それは……」と、非常に気まずそうな顔をして。

「……一人分……」

「はい？」

「一人分しかないんです……すいません」

察するに〝結納《ゆいのう》としては、人前では胸を張って言えない数〟のようだ。

「あー、大丈夫大丈夫。錬金術師で牧畜の知識皆無だし、最初、この数にびっくりしちゃったくらいな僕だからさ。十分だよ、うん」

すっかりしょぼくれたミスラを、アスランは励《はげ》ますように明るく言う。

正直、その数に腰が引けていたくらいだが、それは墓まで持っていこうと、密《ひそ》かに思う。

にしたって、これで一人分か……。

アスランは新妻が家畜の状態を確かめているのを眺めながら、ため息をつく。正直、説明された後でも実感が湧《わ》かない。この半分で良いんじゃないかと、そんな思いが未《いま》だある。だがそれは、牧畜に疎《うと》い者の感覚であって、そのうち、必要性が実感できるのかもしれない。

と、ミスラが不意にぱっとアスランの方を振り向いた。

「あの、一人分ですが！」

「うん？」

「大丈夫だと思います……ここ、南で暖かくて水も草もたくさんありますから、数を殖《ふ》やせると思いますし、冬も十分に干し草の蓄えも作れて、ええっと……」

抱負でも述べるようなミスラに、ついアスランは「あー」と、詰まる。

その様子にミスラは不安になったのか「あの……？」と、心配そうにこちらを見る。

「いや、なんだか興味深いな、って……」

「と、言いますと？」

「この辺りって、北部で寒くて水が少ないことで有名なんだよ。でも、さらに北の乾燥した大草原《ステップ》から来た君からすると、南で暖かくて水が多い……。随分と、感覚が違うんだなって」

「こちらではそんな感じなのですか……」

「あくまでこの国の中ではね。それも、農耕に関してのことだし」

「畑のことは、ちょっと分からないですが、とても豊かで羨ましい場所ですね」

「あっちと比べると、相対的に豊かになっちゃうよね。これも農耕と遊牧の差というか」

ここはアルヴァンド王国の中でも寒冷で、丘陵地が多くて開墾し辛《づら》く、農耕は辛《かろ》うじて出来るが地元民が食べていく分だけで終わってしまうような、そんな厳しい土地として有名だ。

「実際、この辺で農業はおまけ、牧畜が盛んだし。君が豊かだと言うのなら、多分、牧畜していく上でそんなに苦労はしないと思うし……。まぁ、何かあったら手を貸すよ」

アスランがそう言うと、ミスラは「ありがとうございます」と、頭を下げる。

「とにかく、数が殖《ふ》えるように、がんばりますね！」

「そっかぁ……」

殖やすのか……。あちらでの基準では一人分らしいので、ミスラにとっては精進《しょうじん》すべきことなのだろう。すごく頑張るつもりでいるのが、少し気懸かりではあるが。

そんなことをアスランが思っている間に、ミスラは井戸の手押しポンプを動かす。

井戸端の槽《ふね》は水で満たされ、そこへ馬が集まり、頭を突っ込んで水を飲み出す。

そんな馬たちを「よく飲むなぁ」と思いつつ、アスランはふと。

「……さっきから君の話を聞いてて、ちょっと思ったんだけど」

「はい、なんでしょうか？」

「君、家畜だけで生活していくつもりでいるような、そんな感じが……」

まるで夫の稼ぎを当てにしていないようだ。

それで、ミスラの答えはというと。

「アスランさん、羊をお持ちでないんですよね？」

「あ、うん。ないね、羊」

つい素で返事をしてしまった。確かにアスランは羊を持っていないが、研究職の人間が羊を持っているほうが変だろう。しかし、ミスラにとってはそうではないらしい。

「あの、こちらではお金で生活するというのは伺ってるんですが」

「まぁ、大概の場合はそうだね」

「羊もいないのにどう生活するんでしょうか？」

「あー………」

「お金は一応、私たちも市場《バザール》で使いますから、わかるんですが……」

遊牧エルフにとって家畜が財産であるのは、アスランでも知っている。

家畜の毛で衣服を作り、家を建て、肉で食べ物を拵《こしら》え、家畜を殖《ふ》やし、自らの財産とする。

先ほどミスラが「数が殖えるように、がんばりますね」と、言っていたが、彼らにとっての生活基盤と資産は、あくまで家畜単位なのだ。そして、遊牧エルフにとってのお金は、市場における物品の交換券ほどの立ち位置で、あくまで補助的なもの。

つまり、遊牧エルフの生活習慣と経済観念からすると、羊の一頭も持ち合わせていない者がどう生活するのか、理解出来ないのだろう。

「つまり、羊もない学者が、どう稼いでどう生活しているのか、ピンとこなかったんだね」

「あ、いえ、その……」

「いいよ、いいよ。この国でもよく言われることだし」

そもそも研究職という仕事自体、この国の人でも『稼いでいるのかよくわからない仕事』と思われがちで、結婚相手として敬遠されるのは周知の事実。ましてや、経済基盤が家畜である遊牧エルフからしたら、もっと分からないのは言うまでもない。

然《さ》りとて、この国は遊牧エルフの地域と違う経済観念と物差しで動いているわけで、そんな錬金術師のアスランのことを、貧乏人と言い切れないし、裕福かどうかもわからない。

それで、ミスラは自分で出来ることをしようとしていたわけだ。

だがそれだと、ちょっと前向き過ぎるというか、頑張り過ぎだ。

「僕の生業《なりわい》なんてこの国でもよく知られてないのに、遊牧エルフからしたらもっと謎だよね。でも、心配しないで。羊は持ってないけど、一応、それなりに稼いでいるから」

「はい？」

「お金をちゃんともらっていて、それで食べ物とか必要なものを買って、生活出来るってこと。とにかく、そんなに心配する必要はないと思うよ？」

　アスランは優しく諭すように言ってみる。すると。

「いえ、そんなに心配をしていたわけじゃないんです。むしろすごいなと思ってます」

「本当？　羊、持ってないのに？」

「だってアスランさん、井戸をお持ちじゃないですか！」

「井戸…………？」

　あらぬ方向からの答えに、アスランが首を傾《かし》げる。

　水源が大事なのは分かる。荒野や砂漠なら死活問題だ。が、そこまで井戸がすごいか？

「あちらで自分の井戸を持っているのは、大氏族だけです」

「……あ。なるほど」

　砂漠ほどではないにしろ、あちらでは雨が少ないから、井戸は貴重なのだ。そして、井戸を所有しているのが大氏族くらいなものだと。羊を持たぬアスランの格と甲斐性《かいしょう》は、ミスラの中ではどうやら井戸で保たれたらしい。しかし、この家（と、井戸）、実はアスランが研究施設だった場所を格安で、半ば強引に払い下げてもらったものなので、少々複雑な心境だ。

「ポンプの井戸って良いですね－」

井戸を気軽に使えるのがよほど嬉《うれ》しいらしい。

ミスラはご機嫌な様子で手押しポンプの把手《とって》を動かして、家畜に飲ませる水を汲《く》み続ける。

アスランは草原《ステップ》地帯を旅したことはないが、砂漠なら旅したことがあるので、井戸が気軽に使える嬉しさというのは分かる。ただ砂漠の井戸は大概の場合、駅の井戸や、地下水路《カナート》の竪坑《たてこう》の利用で、殆《ほとん》どが国有。他国の者が利用するには、駅伝制の通行証も併せて必要。

と、そこで「ん？」と、あることに気付く。

「もしかしてあっちだと、手押しポンプが珍しかったりする？」

「あ、はい。市場《バザール》の立つ場所でしか見たことないですね。草原《ステップ》に掘った井戸だと、ほとんどが釣瓶《つるべ》か、よくて撥《は》ね釣瓶ですから」

アスランが「やっぱりかぁ」と納得する。砂漠の井戸は砂を噛《か》みやすく、整備が大変なのでポンプは少ない。じゃあ、条件の近い草原《ステップ》も、もしかしたらと思ったら、やはりそうだった。

「まぁ、人の少ない草原《ステップ》の真ん中だと、ポンプの衛帯《パッキン》の交換も、楽じゃないよね。砂を噛んだ時の修繕も、簡単じゃないだろうし、砂漠と同じだね」

「詳しくないですが……そうですね。壊れた時に簡単に直せないみたいです」

釣瓶式の井戸は簡単な構造だ。安易に直せないような場所に設置する器具は、誰にでも直せるような単純な構造にするに限るという、良い例だ。

「ただ……釣瓶って、大変なんですよね。水の入った桶《おけ》がすごく重くって」

「水の入った桶《おけ》なら、まぁ、重いのは当然だよね」

「家畜に水をあげる時の汲《く》む回数も多くって……」

「ん？　それって、どのくらい？」

何気なく尋ねてみたアスランだが、何やらミスラが「えっと……」と、指折り数え始める。

「槽《ふね》を満たすのに桶で八回くらいでしょうか。槽一つで羊は四十頭、駱駝《らくだ》なら十頭分で……集落《アウル》の羊が二千、駱駝二百ですから、えーと……」

「羊で４００回、駱駝で１６０回、合計５６０回…………」

「馬もいます」

「馬もか」

「これ……女性では半分も出来なくて。力や体力のある、男の仕事なんです。大体、集落《アウル》の若い男たちが、代わる代わる汲んでいるんですけど……」

「そっかー……。って、きつくない!?　それ!!」

「きついですよ。だから、力と体力のある、若い男衆の仕事なんです」

数百、数千の家畜の飲み水を汲むとするなら、恐らく一、二時間くらい？　男たちがずーっと井戸から水を桶で汲み続けているわけで、力もさることながら、相当な持久力も要する。

そういえばミスラを連れてきたエルフの男衆は、心なしか屈強だったような。

現地調査にはよく赴くのでそこそこの体力はあるアスランだが、所詮《しょせん》はしがない学者、そんなキツい作業、やれと言われてもやりたくないというか。もし、うちの井戸がポンプではなく、釣瓶《つるべ》だったりした場合「アスランさん、家畜の水やりは男の仕事です。汲んで下さい」なんて、言われていた可能性も――。

「あの……」

「へ？　ああ！　どうしたの？」

ミスラから声を掛けられ、どうにか我に返ったアスランが取り繕《つくろ》うように返事する。

「この後、馬を放牧に連れて行きたいんですが、よろしいですか？」

「……水だけじゃなくて、放牧も必要か」

「こちらに来る途中、殆《ほとん》どの家畜に食べさせましたが、馬だけは、もう少し食べさせたくて」

そう、馬は反芻《はんすう》動物ではないので、まとめて摂食して胃袋に溜め込むようなことが出来ない。馬が頻繁に道草を食べたがるのも、反芻できない故《ゆえ》の食性だ。当然、放牧回数も増える。

「うん、わかった。着替えてくるから、ちょっと待っててくれる？」

「……はい？」

「僕も行くから」

着替えるために家に入ろうとした時、ミスラに「あのっ！」と、呼び止められる。

「……よろしいんですか？」

「はい？」

「ですから、ご一緒するの……」

「君、ここに慣れてないから、案内とここの説明をする必要はあるでしょ？」

「そうしていただけるのは、嬉《うれ》しいのですが……私の都合ですよ？」

「んまぁ、それを了承したのは僕だし」

そう言うと、ミスラがはっとした表情でアスランの顔を見る。

「君が僕のところに嫁いできてくれた際の、結納《ゆいのう》で持参財でしょ？」

「あ……はい」

「僕は牧畜に詳しくないけど、結納として家畜を連れてくると言われて、それを僕が了承したんだから、僕にもある程度は面倒を見る責任があると思う」

アスランは「まぁ本当に、全く詳しくないんだけどね～」などと苦笑いする。

責任があるので、畜舎に囲いがあり、近場に牧草地もある、この自宅を購入したのだ。

というよりも、アスランが王都に住んでいた頃でさえ、一年の半分はこちらに居て、事実上、インサニアに住んでいるも同然。いい機会なので、研究所の半分を自分の自宅名義にしたのだ。元々ここは、畜産農家の空き家を研究所にしていたので、特に何の問題も苦労もなかった。

「どういう段取りで放牧するかとかは本当に無知で、ほとんどミスラ任せになっちゃうけど、この辺りの土地は詳しいから、最低、案内くらいはしないとね」

そう、この辺のことは詳しい。何せ、新居の書斎は既に二年は使っている。それを新居というのか？　というのはさておき、アスランはごく普通のことを言ったつもりだった。

だが、ミスラは俯《うつむ》いて揉《も》み手をしながら、悩ましそうにしている。

「こちらの男の人って……これが普通なんですか？」

「……え？　どういうこと？」

頰《ほお》の赤いミスラを、ちょっと可愛《かわい》いな、と思いつつ、とりあえず尋ねる。

するとミスラは、俯きながらも上目遣いで「親切過ぎると思って……」と。

「あちらでは知らない土地で放牧する時、場所は教えてくれても案内まではしません……」

「それは、ちょっと不親切なような……」

「あちらでは片道だけで数時間、酷いと半日はかかる距離が当たり前なので、案内までしていたら、時間を食われ過ぎるんです」

「それなら大丈夫。牧草地はここから六町先で、見えるくらいの距離だから」

「そんなに近場なら、別に案内される必要はないのでは？」

「いやいや。どこまでが放牧地か、ミスラ、わかんないでしょ？」

一応、そう言ってみたが。それでもなお、ミスラは気を揉んでいる。

「…………です……」

「……ごめん、聞き取れなかった。えっと、なに？」

「すいません！　むず痒《がゆ》いです！」

突然の叫びに、アスランはびっくりして目をみはる。

「あの……単なる案内、だよ？」

「すいません！　でも、むず痒《がゆ》いんですっ!!」

ミスラが真っ赤になって叫ぶ。

つまり、案内の必要性よりも、男性から親切にされるのがとてもむず痒くて仕方がないと。

しかし、この程度でむず痒がられていては、何ともなかったアスランの方まで痒《かゆ》くなる。

「とにかく案内はするから！　着替えてる間、ちょっとそこで待ってて！」

アスランは「いい？　勝手に先に行かないでねっ!?」と、釘《くぎ》まで刺し、ミスラを囲いに残したまま、逃げるように家の中に駆け込むのだった。

錬金術師と腫《は》れ物の花嫁

半ば、強引にだが、アスランはミスラの放牧に同行することにした。

それで、アスランは家の中で結婚式の衣装から普段着へ着替えてきたのだが、ミスラはその姿を一目見た瞬間「素敵な服ですね！」と、目を輝かせた。

アスランが着ているのは、この国で狩猟や警備など野外活動の多い職種の者がよく着る服だ。褒められるのは嬉《うれ》しいが、ミスラの方がよほど凝っていていい。それにアスランのはかなり着潰していて「だいぶ、くたびれちゃってるけどね」と、照れ隠しに笑ってしまうくらいだ。

だが、ミスラは「大丈夫です。新しいのを作りますよ」と、こちらの周りをぐるぐる回って「元の服があれば、作り方も分かりますし……」と、本当に作りそうな様子で見ていた。


アスランは厩《うまや》の愛馬に、ミスラは連れてきた馬から一頭を選んで、それぞれ乗り込む。

鞭《むち》を使って馬群を巧みにあしらうミスラを、アスランが先導する形で、牧草地へと向かう。

牧草地自体は、六町先の、歩いても行けるような距離だったのですぐに着いたが、二人は騎乗したまま、牧草地の縁《へり》をゆっくり馬に歩かせる。

「事前に畜産組合には話を付けて、色々聞いたんだけど――」

そう言い、アスランは説明を始める。

「――草と灌木《かんぼく》の生えている丘陵地が牧草地で、境界は森の縁のところまで。森に家畜が入り込まないように。林業組合《ギルド》……木こりの組合《ギルド》に叱《しか》られるから」

ミスラが「組合《ギルド》？」と、眉を寄せる。向こうにはない仕組みなのでわからなかったらしい。

「この地域の同じ職業の集まりで、助け合いだよ。君らは血縁で助け合いをしてるでしょ？それと同じような感じかな……？」

「あ。血縁でなく、地縁の方ですか」

「そうそう。——で、あそこに牧草地を東西に分けている遊牧エルフの地域《メディアス・エルフィアナ》と、この国を繋《つな》ぐ街道があるだろ？　放牧するなら街道の東側を使ってね、って。西側の牧草地は土が貧栄養で劣化していて、良い草が生えないらしくて。今、牧草地の更新？　を、してるらしいんだ」

「地力を回復させるために、耕して肥料を撒いているのかもしれませんね」

「あー。牧草地でも、畑みたいなことするんだ」

「定住や半定住のところではやるらしいですよ？」

「へぇ。じゃあ遊牧では？」

「雨が少なく、草が生えてくるのが遅いので、ある程度食べさせたら、すぐ場所替えです」

「地力以前に、水不足の方か……」

なるほどそうかと、アスランが唸《うな》る。しかし、説明しているはずが、説明を受けている。

「……うん。やっぱり僕なんかより詳しいね」

「それほどでもないですよ？」

ミスラは謙遜《けんそん》するが、研究者の性《さが》と言うべきか、アスランからすると、知らないことを新しく知るのはとても楽しかったりするので、積極的に教えてほしいところだ。

一通り説明が終わったあと、二人して馬から下りる。

ミスラは乗ってきた馬の腹帯や鞍《くら》、馬銜《はみ》などを外し、牧草地へ馬を放つ。

同じくアスランも自分の乗ってきた愛馬の馬具を外して放牧地に放ったのだが、ミスラの馬の中で鬣《たてがみ》が長くひときわ大きな青毛の馬──恐らく牡馬《ぼば》だと思うが、彼の愛馬を見て、難色を示した。喧嘩《けんか》になるかと一瞬、ひやりとしたアスランだが、愛馬が暢気《のんき》に草を食《は》み始める様子に、青毛の馬は敵意なしと判断したのか、存在を気にしながらも草を食み始める。

そうやって馬群が落ち着いたのを確認した二人は、馬が見渡せる丘に腰を下ろした。

「……アスランさんのお馬、〈アイグル〉も認めたようですね」

「それが青毛の馬の名前？」

「いえ。種牡馬《しゅぼば》のことをそう呼ぶんです。群れの頭《かしら》で、護《まも》り手なのです」

「ああ、だから新参者に対して警戒したのか……」

「優しい性質の雄《おす》が選ばれるので、そう簡単に喧嘩を売ったりしませんけどね──〝静穏な群れの血統〟〝迫る敵を圧する群れの護り〟〝蒼天《そうてん》を疾駆し、先陣に立つ種馬《アイグル》となれ〟──」

ミスラが鈴の音《ね》のような声で詠《うた》い出す。

「それは、なに？」

「種馬を選別する時に、巫女《カム》や賢者《メルゲン》が詠う、祝詞《バタ》ですよ」

「へぇ……」

「精霊の声に耳を傾け、精霊と種馬《アイグル》に、祝いと祈りを詠うんです」

「そういえば、エルフには精霊の声が聞こえるんだったね」

「ええ。世界樹《バイテレク》も見えることがあります」

「……世界樹か。エルフの最初の大首長《カガン》って確か、世界樹が選んだんだっけ？」

「はい。世界樹の下で跳んで、幹へ最も高く手が届いた者が、選ばれて——確か、伝説の雌狼《めすおおかみ》アセナの子が、大首長《カガン》になったと」

アスランが「あー、アセナ……」と、うっかり呟《つぶや》く。

ミスラは「どうかされました？」と、不思議そうに尋ねたが、アスランは「知ってる人の名で、つい……」と、曖昧《あいまい》な笑顔で答える。本当に、身内にそういう名前の人がいるのだ。


「……あの、すいません」

日が赤みを帯び始めた中、急に詫《わ》びてくるミスラに、アスランが「ん？」と、首を傾《かし》げる。

「暗かったですよね、結婚式……」

「暗い？　どうだろ……？」

惚《とぼ》けるつもりはなかったが、正直に言うのも気が引けたので、結局こんな言い方になってしまったが、ミスラにはそれで十分だったらしい。困ったように笑って、肩を落とす。

「あちらでは、もっとこう、晴れやかで歌や踊りもあって、明るいんですよ」

「それは……仕方ないんじゃない？　かなりの長い道のりをやってきた上に、彼らからしたら馴《な》れない人間の土地で、緊張していたようだし……」

それにミスラに同行してきた遊牧エルフたちは皆、強健そうな男衆で、仕事は出来そうだが、とてもではないが、歌って踊るような者たちには、見えなかった。

だが、ミスラは「それもあったと思いますが」と、複雑そうな顔をする。

「やっぱり、私がハーフエルフだったからだと思います」

「……そうなの？」

「遊牧エルフは、エルフ同士の血縁や縁続きを大切にするので、私のような、よそ者の血を引く者が一族に存在するのは、手に余るんです」

「それは――」アスランにも分かっていたし、結婚式の様子から大体は察していた。

ミスラはどういう因果なのか、人間との間に生まれたハーフエルフ。元よりエルフの血統から外れた存在で、嫁にやろうにも、他のエルフの氏族は血縁を持ちたがらないのだろう。そのまま一族の中で飼い殺すか、何が何でも嫁に出すか。そういうところで扱いに手を焼くのだ。

「結局、エルフよりは、私の残り半分の血筋――人間の方が良い、ということで、こちらに嫁ぐことになりましたけど。ただ、人間であるアスランさんに、こう言ってしまうと、気を悪くしてしまうかもしれませんが……」

「大丈夫だよ」

「一族としては、たとえハーフエルフであっても、人間の元に嫁がせるということには、忸怩《じくじ》たる思いというのも、あったんだと思います」

アスランが返事をせずに黙り込むと、ミスラは心配そうにこちらの顔を覗《のぞ》き込む。

「……すいません。やっぱり気を悪くしました？」

「いや、なんというか……知っていた話の通りだから」

「知っていた？」

「遊牧エルフは他種族との血縁を結ぶのに強い抵抗があるというのは、この国でも知られてる話で……僕のところに話が来た時は、何事かと思ったくらいだよ」

「……それで、よくお話をお受けになりましたね」

「ん～。それってエルフの事情で、人間である僕にはそれほど関係ないからなぁ……」

「でも、結婚式は暗くなってしまいましたよ？」

「それは仕方ない。僕側の出席者も大概少なかったし」

この点に関しては、アスランが全面的に悪いので、「お互い様だよ」と、肩を竦《すく》める。

すると、なぜだかミスラは考え込んでしまった。

何、考えてるんだろ？　と、暫《しば》く様子を見守っていると、ミスラは「あの」と、声を上げる。

「それで、どうして私と結婚されようと思ったのですか？」

「え？　だから、エルフの事情は僕には関係ないから……」

「そうではなくって……」

ミスラが焦《じ》れたように眉を寄せる。

「こちらのお国では結婚相手を自分で決めるのだと、聞いたことがあります。アスランさんが私と結婚を決める理由が、あったのではないのかなと」

アスランが「うっ」と、言葉に詰まる。

正直、気まずい。言って良いものなのか迷う。しかし、ミスラがじっと見つめてくるものだから、つい根負けしてしまう。「気を悪くするかもしれないけど……」と、前置きをして。

「結婚相手が居なかったから」

「……はい？」

「研究職って、結婚相手として敬遠されるんだよ。何やってるのか分からないとかで。現地調査《フィールドワーク》で遠出していることも多くて、出会いもないし……」

「私と同じようなものでしょうか……？」

「厳密には同じじゃないね。錬金術師の仕事は僕が好んで選択したわけだし。ただ、結婚相手として避けられるって意味では似てるかもね」

「違うけど、似ている、ですか」

「そんなところに、君の話が来たから『まぁ、相手も居なかったし、いいか』くらいで……。君の事情と比べると、かなり軽い理由かも……？」

正直に理由を述べると、ミスラはぽかんとしたまま、静かになってしまう。

「……ごめん。やっぱり気を悪くした？」

「……いえ？」

アスランは「そっか」と、胸を撫《な》で下《お》ろす。そんな彼の様子を、ミスラがふふっと笑う。

「アスランさん、さっきの私と同じ事をおっしゃいますね」

「深刻さが違うでしょ。君みたいな重い事情があるところに、僕みたいな軽い理由なんて」

「あの、私の事情が重そうだからと、アスランさんが結婚を決めた理由まで重くなければいけないことは、ないと思います」

そう言って、ミスラは笑った。ある意味、当然のことを言っているし、少し考えれば分かる話だが、アスランは自分の軽率さを後ろめたく思う余り、全く気付かないでいた。

反省……。そうやって密《ひそ》かに頭を抱えていたアスランだったが、そんな彼をミスラは横からじぃっと眺めて——何を考えたのか、ずいっとにじり寄る。美人に迫られ、驚いたアスランは、つい体が仰《の》け反《ぞ》ったが、ミスラは構わずにずいずいと身を寄せてくる。

「な、なに？」

「やっぱり私のことを、事情の重い女だと、思われてしまいますか？」

「……軽くはないと思うけど……？」

「やっぱり重いのですね……」

「否定は出来ない、かな……」

しょんぼりしたミスラの呟《つぶや》きに、アスランは正直に答える。

するとミスラは大きなため息を漏らした。

「……私って、一族で腫《は》れ物扱いだったんですよね」

「腫れ物？」

「こう、遠巻きに見るような……」

「それは……」

「市場《バザール》などでお会いする、ドワーフの研《と》ぎ師さんや、ハイエルフの行商さんの方が、よほど気楽に接していただいていたくらいで……」

「あー……」

そういう感じか……。何となく、ミスラの言わんとする状況は、分かる。

遠巻きに接しられては、ぎくしゃくして、さぞ煩《わずら》わしかっただろう。

「こちらはエルフの事情から遠いお国なので……その、出来ればアスランさんにも、気楽に接していただけると、とても嬉《うれ》しいんですが……」

「ん〜〜〜」

「……だめですか？」

上目遣いでミスラが尋ねる——これは、おねだりという奴《やつ》か？

そんなことをアスランは思いながら、頭を巡らす。立場上、ミスラは苦労を絶対してきたはずだろうが、遠巻きの腫れ物扱いは、やられる側《がわ》からしたらたまったものではない。

彼としては、出来ればこちらでうんと楽しく過ごしてほしいと思うのだが、しかし。

腫《は》れ物以前に彼女とは、今日、初めて会って結婚したばかりで、それでいきなり気安い態度を取るのは、なかなか難しい。そんなことを真剣に考えつつ——。

「いや……。何だかんだいっても、今日結婚したばかりで……その、気楽にとか、正直な態度でとか、そういうのは、まだちょっと難しいけど……」

「……はい……」

「出来うる限り、精進《しょうじん》します……」

神妙にアスランは答え、それから頭を下げる。

すると、ミスラも「よろしくお願いします」と、ぺこりと頭を下げた。

つられてアスランも「こちらこそ、よろしく」と、またまた頭を下げて。

互いに頭の下げ合いの後、アスランが顔を上げると、ミスラと目が合った。

うわぁ、美人だな……。改めてアスランは思う。だが、そんな美人が綺麗《きれい》な瞳でこちらをじっと見つめてくると、どうにも照れてしまって、つい、目を逸《そ》らしてしまう。

「なんか……美人さんだよね、ミスラ」

「えっ？」

「こんなに美人さんだと、気安く接するには、ちょっと時間がかかるかも……」

アスランは苦笑しながら零《こぼ》すが、ミスラは何やら困惑している。

「あの、褒めていただけるのは嬉《うれ》しいのですが」

「はい？」

「私より美人のエルフなら、いくらでもいますよ？」

「いや、本当に美人だと思ってるけど……？」

嘘偽《うそいつわ》りなくそう思うのだが、ミスラは「そんなことはないです」と、真顔で言う。

「ここよりずっと何もない田舎の草原育ちで、その上ハーフエルフなので、他のエルフと比べても、いまいちといいますか。垢抜《あかぬ》けなくて、野暮《やぼ》ったくって……」

ミスラは「お恥ずかしい限りなんです……」と、小さくなって言う。

うう～ん。都会の王都育ちなのに、いまいち垢抜けない僕なんかは、どうなるんだろ？

そんな事を思ったが、いちいち突っかかっているようなので、それは黙っておくとして。

「でも、僕にとっては美人の嫁さんが来て、すっごい役得だって思ったから」

現金も現金な、本音中の本音だが、いっそこの際だからと、アスランは暴露する。

するとミスラは赤くなりながらも非常に困った顔をする。

「あの、そんなことおっしゃっても、何も出ませんよ？」

「じゃあ、美味《おい》しいご飯でも作って出してくれれば、それで」

ミスラは「わかりました。どうにか頑張ります」と、控えめだが意欲のある返事をして。

「それにしてもアスランさん、くすぐったいことばかりおっしゃるんですね」

「いや、まぁ、一応、言っておくべきかなぁって……」

アスランは「……思ったんだけど、自分でもくすぐったいと思う」と、苦笑する。

すると、ミスラも苦笑いし、二人して顔を見合わせ笑った。

今日、出逢《であ》ったばかりの二人にしては、結構な歩み寄りなのだろう、これは。


「――あ。そろそろ日が沈みそうですね」

ミスラが東の空を見ながら呟《つぶや》く。

言われてみれば、既に日は傾き、辺りは夕焼け色に照らされていた。

「ところで……アスランさん。お夕飯、どうしましょうか?」

「ご飯かぁ。せめて宴会のご馳走《ちそう》が残ってたらよかったんだけど」

「皆様、美味《おい》しそうで何よりでしたが……」

ミスラはそう言うが、結婚式に来た連中、主にアスランの同僚だが、何も全部平らげることはなかっただろうと、今でも思う。特に、炊き込みご飯《バラウ》。

「そうだ！　米、食べよう！」

「お米、使うんですか?」

「ん？　どうしたの?」

「いえ……。お米なんて、いいのかなって」

「いや、お米……。あ、そっか。あっちだと、貴重品か」

米は低温と乾燥に弱い作物だ。内陸の北側にあるメディアス・エルフィアナだと、遠く南の地域から運ばなければならないから、かなりの貴重品だ。

「まぁ、こっちだとお米って、もう少し気軽に食べられるものだから」

「そうなんですか？　あの、じゃあ、わかりました。作ります」

「いや、僕が」

ミスラが「えっ？」と、ぱちぱち目を瞬《しばたた》かせる。

「あの、さっき、美味しいご飯でも作ってって……」

「いいよ、いいよ。君、遠くから来て疲れたでしょ？　僕が作るよ」

「アスランさんが……。あの、いいのですか？」

「大丈夫。お米を炊くのは得意だからさ、任せてよ」

胸を叩《たた》いたアスランは「……そろそろ帰る？」と、尋ねてみる。

ミスラも「そうですね、もう十分でしょう」と、ミスラがちっちっと、よく通った舌鼓《ぜっこ》をすると、下を向いて草を食《は》んでいた馬たちが皆、首を上げ寄ってくる。

そうして二人はそれぞれ乗る馬に、鞍《くら》や馬銜《はみ》などを着け、帰り仕度を始めた。

新米夫婦の夜と朝

遊牧民の朝は早い。夜明けと共に起き、水育、放牧、搾乳《さくにゅう》と、色々な仕事を行う。夫より早く起きたミスラは、家畜に水をやり、そして放牧へと出掛ける。

一方、錬金術師の朝は遅い。

妻が放牧に出掛けた後、アスランは目を覚まし――視界に飛び込む布団に掛けられた凝った刺繍《ししゅう》の覆《おお》いに「あー、ミスラが作った奴《やつ》……」と、結婚したことを実感、ついでにここ最近の色々を思い出し、ため息。それから、ぐずぐずのろのろと起き出して、リネン室へ向かう。

リネン室で手拭《てぬぐ》いを摑《つか》んで――ミスラの作った刺繍入りの手拭いも一緒に置かれていたが、見事な刺繍で使うのがもったいなくて、元々あった無地の方を持ってアスランは井戸端へ行き、顔を洗って、拭《ふ》く。囲いの方からはメェメェと、山羊《やぎ》や羊たちの鳴き声が響いてくる。

のどかで、牧歌的な一日が――。

突如、「ギャ――!!」と、囲いの中から男の悲鳴。

アスランがびっくりして顔を上げると、男ではなく羊が口を開けて「ギャ――!!」。

どんな鳴き声だよ……。アスランが呆《あき》れる。

と、今度は山羊がこちらに向かい、顎《あご》をしゃくり、唇を広げ、ンヴェと変顔。

奇天烈《きてれつ》な表情に、つい「うわぁ……」と、アスランまで変顔。股《また》に大きなものをぶらぶらさせているから、変顔の主《ぬし》は種雄《たねおす》。つまり、雌《めす》の匂いに雄《おす》が反応しているのが、変顔なのだ。

何もこっちを向いて、そんな顔をすることはないだろうに。確かに昨夜《ゆうべ》のミスラは良い匂いだったけどさ――いやいや。雄山羊の本能に忠実な様《さま》に呆れながらも、うっかり己の境遇と重ねて理解しかけたのを否定する。どうも寝不足で判断力が鈍っているようだ。

そんな、のどかで牧歌的な雰囲気からはほど遠い、一日の始まり。

アスランは肩を落としながら、台所へと向かう。

「……あ。おはようございます、アスランさん」

勝手口から台所へ入ると、既に放牧から帰ってきていたミスラが朝食を作っていた。

アスランは「……あ、おはよう」と返して「手伝うよ」と、ミスラの返事を待たずに、お皿や匙《さじ》などを出したり、茶を出したりなど、適当に手伝いをし、朝食の配膳完了。

浅鍋で焼く平焼きパン《バズラマ》とスープに、ミスラが実家から持ってきた、遊牧特有の硬くて酸っぱい乾酪《チーズ》――〈クルト〉というらしい。それをミスラは金おろしで削り、スープに入れていた。

「それ、こちらでは食べないのですよね？　口に合いますか？」

「あ、うん。結構いけるかも……」

そう返すが、実際は別のことにアスランは気を取られていて、味わえていなかった。

ちびちびスープを飲み、パンをもそもそ食べ、妻をちらり。

その間、ミスラは特に変わった様子はなし。

「……今日、何するの？」

「朝ご飯前に馬を放牧に連れて行きましたから、次は駱駝《らくだ》を……」

食事の合間の、たわいない会話。

その間、ミスラは特に変わった様子はなし。

「……あの、アスランさん」

「……！　はい？」

「何か、気になることでもあるんですか？」

何かを気取《けど》ったのか、ミスラが尋ねてくる。

「いやー。まだ結婚二日目で、どう接しようかなー？　なんて」

そう、アスランは苦笑いする。何でも正直に話すには抵抗があったが、はぐらかすのは誠意に欠けると思った結果の、本音九割、誤魔化《ごまか》し一割の返答だった。

「あんまり深く考えずに接していただけると嬉《うれ》しいですけど……」

ミスラは困り顔で言い、「でも、日が浅いですし、仕方ないですよね」と。

実はそれだけが理由ではなかったが——結局、アスランは言えず終《じま》いだった。

そうして朝食は終了。

ミスラは放牧へ、アスランは錬金術研究所へ、それぞれ向かい始めるが――。

「…………はぁ～～～」

アスランは途中で立ち止まって、盛大なため息を漏らした。

＊＊＊

アスランがミスラと結婚して二日ほど経《た》った。

その間、二人の間には特に何もなかった。何もないというのは文字通りの意味。ただ一緒に寝起きしただけで、それ以上のことはない。要するに、何もしていない――当然、初夜も。

結婚した日に初めて会った嫁だ、どうこうする気がどうしても起きなかった。どんな人柄か分からないまま手を出すほど、アスランはがつがつしていない。なにせ、結婚に不向きな仕事に就いたからと、簡単に結婚を諦《あきら》められるような性格、ようはヘタレなのだ。

「なんか、平然とこっちの布団に潜り込んでくるし――！」

初夜の晩、いくらミスラが美人でも、どうしてもその気になれなかったアスランは寝室からどう逃げようか、なんて考えていたが、ミスラは案外平然とした顔で寝室にやってきて――。

少なくともアスランにはそう見えた。

ミスラは刺繡《ししゅう》の入った布団掛けを大量に持ち込み、手際よく寝具の準備を始めた。

その間、アスランは何も言えず——言えるはずもないが。初夜に逃げ出す妻の話はよく聞くが、初夜に妻を追い出す夫や、初夜に妻から逃げ出す夫の話はあまり聞かない。実際にはそういう事例も存在するのかもしれないが、単に表沙汰《おもてざた》になっていないだけなのかもしれない。

などと、アスランがぐだぐだ考えている間に、寝具の準備は完了。

ミスラから「どうぞ、横になって下さい」と、同衾《どうきん》せざるを得ない状況に追い詰められたアスランは、観念して布団へ。当然、ミスラも追随し、一緒の布団で「おやすみなさい」と。

——それだけだった。ほんっとうに、それだけだった。

そこでアスランが何かすればよかったのだろうが、そんな度胸、なかった。

それよりも、すごく寝付きが良かったミスラに驚いた。

それこそ観念し、覚悟を決めるまでに至ったアスランの、毒気が抜かれるほどには。

そして、明くる朝。ミスラは特に変わった様子はなかった。

変わった、というのもおかしいが、ようするに、初夜にアスランが何もしなかった事に対してミスラは追及する素振りもなく、朗らかに「おはようございます、アスランさん」と。

なかなか寝付けず、気が付くと朝になっていた彼からすると、この反応にはあ然とした。

え？　何もしないヘタレな夫に言いたいこととかないの!?

ついそう思ってしまう。正直この反応は、怒っているのか呆《あき》れているのか判断に迷う。

そのためか、アスランは地味に妻から重圧を感じていた。

そして、次に迎えた夜。

初日と同じように、ミスラは当たり前のようにアスランの布団に潜り込んできた。

そしてやっぱりミスラは大変良い寝付きで、ぐっすりだった。

しかし、二日目になると、さすがのアスランも疑問に思う。

何もしてないけど、何も気にならないの？　そもそもこの寝付きの良さって何!?

色々な心配が尽きないが、何か理由があるような、ないような、そんな気になることが多い
アスランだが、結局、今朝もミスラに聞けずに終わってしまった。

どうしよう、ちゃんと聞くべきか？　ああ、でも聞き辛《づら》い……。


「……せい……先生。せぇ～んせ！」

「……あっ、はい！」

研究所で掃除に入っているおばさんの呼び声に、アスランは慌てて返事をする。

「先生。結婚したばかりで浮かれるのはわかるんですけどね。しっかりしてほしいですよ」

「あ、はい。すいません」

ごもっともな苦言だったので、アスランは素直に詫《わ》びる。

何だかぼけっとしている間に、アスランは研究所に来て、仕事を始めていたらしい。

らしい、というのは、どう辿《たど》り着いて、どう仕事を始めたのか、記憶にないのだ。

そして素材の標本を手に持ったまま、アスランはぽけっとしていた。

「それで……これ、捨てちゃっていいんですかね？」

おばさんは屑入《くずい》れを指さして尋ねるので、とりあえず。

「燃やしちゃっていいよ」

「本当に燃やしちゃっていいんですか？　爆発したりしませんかね？」

「いやいや、爆発なんて。紙くずだし」

疑り深いおばさんに、アスランは苦笑しながら返すのだが。

「こないだ庭で爆発してたじゃないですか？　いやですよ、あんなの」

更なる訴えに、アスランは「は？」と、首を傾《かし》げる。やたら爆発を強調するが、どうしてここまで危惧《きぐ》するのかと、暫《しば》し考えて、それから「あ～、あれか」と、ようやく思い出す。

この前、若い見習いの子が来て、研究用素材を雑に扱い、うっかり粉の礬素《ばんそ》を他の金属素材の粉と一緒に床に落としたのだ。それを雑にちりとりで集め、雑に屑入れに投入、純度の高い素材が丁度いい塩梅《あんばい》で配合されていたようで、他のごみと一緒に、庭で火にくべた時――。

「あれね、礬素と錆《さ》びた鋼が還元を起こしたんだよ」

アスランは簡潔に説明した。礬素は錬金術で鉄板の素材である明礬《みようばん》を精製したもので、火にくべると錆びた数多《あまた》の金属を還元する。その際、鋼をも溶かす熱を発し、閃光《せんこう》を放つ。

掃除のおばさんが見たというのは、大体そんな感じのことだ。

それでおばさんはというと「ま〜た、先生がよう分からんことを……」と、呆《あき》れている。

「いいですか？　すごい光がぴかー!!　高い火柱がゴォォォ。爆発じゃなくて何なんです？」

おばさんは「焚《た》き火《び》じゃ、ああはなりゃしませんよ……」と、駄目押し。

その指摘に、アスランは「んー、そっかなぁ？　んん……」と暫《しばら》く考えて。

世間一般の人がそれを見た場合のことを、想定してみる。

ぴかー!!　で、火柱ゴォォォ…………。

あ。見ている人に不安を与えるかも？　少し思い始めた。どういう反応か知らずに目《ま》の当《あ》たりにすれば、確かに爆発のようにも見えるし、配合によっては本当に爆発する。

そういう意味ではおばさんの訴えも、それほど的を外していない。

「資材を雑に扱った子は始末書を提出させて、さらに基礎学習の一部のやり直しをさせてるから。それと、屑入れの中は燃やせるゴミだから大丈夫」

そう言い、アスランは掃除のおばさんをなだめたのだが。

まずいな……。今の自分は相当、集中力を欠いている。現在、この研究所にあからさまに危険な薬品はないが、それでもこんな状態では、危険だ。とにかく、仕事の集中力を取り戻し、きちんと業務に励めるよう、問題を解消する必要性を、アスランは強く感じた。

ミスラに聞くのかぁ、聞くのかぁ……。

必要性は感じていたが、やっぱりアスランは及び腰になっていた。

アスランは仕事がろくすっぽ進まないまま、気付くと夕方となっていた。

仕方なく研究所から自宅に帰り――と言っても、元々アスランの自宅は研究所の一部だったので、勝手口から勝手口へ一跨《ひとまた》ぎの、超至近距離だ。そうして帰宅したアスランは台所に顔を出す。するとそこにはミスラが居て、夕飯の支度を――鴨《かも》を、捌《さば》こうとしていた。

「――あ、お帰りなさい。アスランさん」

「ただいま……」

「見て下さい。いい鴨《かも》が獲《と》れましたよ！」

「………うん。すごいね――！」

朗らかなミスラに、やや間が開いたがアスランは返事――だが、視線はあらぬ方向に首の曲がった鴨《かも》に注がれる。射てもすぐには息絶えなかったのだろう、首を捻《ひね》って絞めた様《さま》が窺《うかが》える。

そっか。ミスラって、獲ってくるんだ……獲物。

エルフは弓矢が得意だし、狩りをするのは分かっていた。それに、ミスラが放牧に弓矢を携帯していたのも知っていたし、いくら美人だからといって、別に深窓の令嬢というわけでもないのだから、獲物くらい獲ってくることもあるだろうと、分かっていたつもりだった。

だが、どこかで思っていたのだ。

こんな美人が、獲物を獲ったり絞めたり捌いたり、本当にするのかな？

しないよね？　出来ないよね？　そんなの、全然想像つかな――。

「捌きますね」

バン！　と、ミスラは狩猟刀で鴨の首を切り落とす。

一切の迷いがない。アスランは己の勝手な思い込みを猛省した。

「串焼きにしましょうね」

アスランは「あ、よろしくお願いするよ……」と言って、ミスラが夕飯を作るのを待つが、鴨の捌きっぷりに目を奪われ、結局、肝心なことを聞きそびれてしまった。

初夜に何もしなかった件について、やっぱりヘタレだと思ってる？

それとも、実はヘタレ過ぎて呆《あき》れ――あ、無理。

こんな直截な聞き方、自分の方が精神に大損害を食らいそうだ。

なんて、アスランが考え込んでいるうちに、焼きたての串焼きや、温め直したパン、スープなどが食卓に並んでいた。美味《おい》しそうだが、聞かねばならないことでアスランの気持ちは銷《しょう》沈《ちん》していて、ぐずぐずと、結局、話を切り出せないまま食事を始めて――。

「あの、ミスラ？」

「アスランさん？」

頃合いを見計らって呼び掛けたのだが、なぜか二人同時。

とりあえずアスランは「あ、お先に」と、ミスラに譲る。

「何か、気になられることがありますか？」

「気になるっていうか。今、それを聞こうかと思っていたんだけど……」

アスランの挙動不審はミスラも勘付いていたようで、うっかり口を濁しそうになるが、仕事の集中力の無さは本当にまずいので、意を決する。

「ごめん！　やっぱり初夜でヘタレたの、呆《あき》れたよね？」

意を決したわりに、その言葉の通り、アスランの聞き方はヘタレそのものだった。

大体、聞きたかったのはそれではない。「なんで夜に何もしてないのにぐっすり寝てるの？」とか「もしかして呆れ通り越しちゃって、白《しら》けてる？」とか、そういうことなのだが、どうも「どうせ呆れられてるなら、先に謝っとけ」という気持ちが、先行してしまった。

一方ミスラは、少し考えてから、遠慮がちに「あの……」と声を上げる。

「どうして私が呆れたのだと思われたかは、分かりませんが……」

「呆れてないんだ……」

「呆れる理由が特に見当たらないといいますか。ただ、初日の夜にアスランさんがあまり乗り気でないような感じだったのは、なんとなく……」

アスランは「う……」と。

その辺りはミスラにも見抜かれていたのだと、何となく気まずくなる。

「それでもし、初日の夜にアスランさんから床を追い出されたら、暫《しば》く別のお部屋で寝ようと思っていたのですが、別に追い出されなかったので、そのまま……」

「いや、まぁ、初夜で妻を追い出す夫って、そっちの方が変だと思うけどね」

「他の既婚男性のことはよく存じませんが、そういうものでしょうか？」

「僕もよく知らないけど、話に聞かないから、多分、そうなんじゃ？」

言ってはみるが、本当にアスランはよく知らない。

そもそも研究職界隈は、屈指の結婚不人気職で、夜の話なぞ、出てこない。何となく、酒場の隣の席で、赤の他人様が話している下世話な会話が耳に付く程度だ。

「いやまぁ、呆れてないのなら、それはそれで一安心なんだけど」

「はい」

「それよりも、君がぐっすり寝ちゃってたのがすごく気になっちゃって……」

「……………」

途端に静かになった。不審に思いながらも「……ミスラ？」と、名を呼んでみる。

しかし、ミスラは目を逸《そ》らしたまま、沈黙。もじもじして――。

これ、どういう反応だ？　そんなにまずいことを聞いたか？

「……甘えました……」

「……はい？」

「ちょっと、甘えたんですっ……！」

「？？？」

「ですからっ！　人肌は、温かいじゃないですか？」

「うん、まぁ、温かいね」

「それで、つい……」

アスランは「へぇ……」と相槌《あいづち》を打つ。確かに人肌のぬくもりというのはなかなか良いものだと思う。ただ、結婚相手だったとはいえ、顔を合わせて間もない異性と一緒に寝て、それでぐっすり眠れたことへの理由とするには説得力が弱くて、眉を寄せてしまう。

ミスラもそれが分かっているのか、どうにか説明しようとしている様子は見て取れるが――何か、はっきり答えたくないのか、口を濁している。

「いいよ。少し気になってただけだし。言いたくないものは言わなくても」

助け船とまでは言わないが、アスランは努めて優しく言う。理由は気になるが、自分が妻から責められていないかがアスランの最大の懸念で、そうでなければ別に構わないのだ。

ただ、ミスラはそれだけで済ませるつもりがないようだ。

「いえ」だの「あの」だの、しどろもどろになりながらも頑張って説明を始める。

遊牧エルフ《メディアス・エルフィアナ》の地域は、一年の大半が、夜間、凍えるほどよく冷える。

それで、殆《ほとん》どの者が誰かと床で身を寄せ合い、寒さを凌《しの》ぐ。

親子なら親子同士で、兄弟なら兄弟同士で、従兄弟《いとこ》同士、友人同士……。

夫婦なら夫婦同士で、同衾《どうきん》して暖を取る。そして、相手が居ない者は――。

「仔羊《こひつじ》や犬を抱えて、暖を取ります」

「はぁ。そうやって暖を取るのかぁ……」

「ただ……」

「……ただ？」

「一緒に寝る相手がいないのって、その……つまはじき者で……」

「あ……」

ミスラの気まずそうな呟《つぶや》きに、アスランもつい口籠《くちご》もる。

「十年以上、独り者で……やっぱりその……」

「……そっか……」

夜、一緒に身を寄せ合えるような身内がいない。だからそういう者は、寝る時に仔羊や犬で暖を取らざるを得ない。腫《は》れ物扱いだったミスラは、身を寄せてもらえる相手がいなかった。

だが、それを口にすることは憚《はばか》られた――いや、したくなかったのだろう。

「アスランさんが乗り気でないのは分かっていたのですが、床から追い出されないからと、私が調子に乗ったのは確かにそうで……すいません」

「それは、まぁ、ぜんぜん大丈夫」

神妙に詫《わ》びるミスラに、アスランが笑って流す。そもそも彼女が詫びる話でもないのだ。

「僕としてはミスラに責められなきゃ何だっていいというか。事情を聞いたら、一緒に寝た方がいいかなって。まぁ夫婦だし、それが当たり前だよね」

「でも、乗り気でないのでは……？」

「いや……。ちょっと可愛《かわい》いと思った」

今まで身を寄せる相手がいなかった。けど、これが夫なら。そうやって妻に甘えられるのは、アスランとしても悪い気はしない。が、一方で、ミスラは何か、ひどく狼狽《うろた》えている。

「あ、あの……か、可愛いんですか？　私が？」

「うん。可愛い」

アスランが正直に言うと、ミスラは頬を赤らめて目を逸《そ》らす。

そんなところが、なお可愛いなと思ったわけで――ミスラがはっと顔を上げる。

「あの、アスランさん。それって、もしかして……」

「うん？」

「その気になられた、ということでしょうか？」

「あー、まぁ、なんというか……」

探るような尋ね方をされ、つい、アスランは口を濁す。確かにその通りなのだが、ミスラのこの反応は不可解というか。心なしか、顔が青いような……いや、もしかして。

「まさか、僕と一緒に寝るのが怖い、とか……？」

「……！　そんなことはありません!!」

その力強いミスラの否定が、既に全てを物語っていた。

アスランにその気がなかったからこそ、ミスラは安心して同じ布団に潜り込むことが出来た。その気になったということは、つまり色々とあるわけで、ミスラにとってそれが怖いのだ。

そんな怯《おび》えの見え始めた妻に、アスランは「大丈夫、大丈夫だから」と、必死にあやす。

「そんなに急に乗り気にならないから。怖がらなくていいよ？」

アスランは極力優しく言い、微笑《ほほえ》むと、ミスラは戸惑《とまど》った表情で俯《うつむ》く。

実は今、ちょっとその気になり始めていた。

が、ここで迂闊《うかつ》に手を出して、本当に怖がられて、逃げられたらたまったものではない。

一応、建前として「大丈夫」と、口先だけでなだめて、その場を取り繕《つくろ》って。

しかし、お預けを食らって、とほほな気持ちになったのは、否《いな》めず。

そうして迎えた夜。やっぱり一緒に寝たのだが、アスランは別の意味で腰が引けていた。

腕の中で眠る妻の寝顔を見つめながら、悶々《もんもん》とした夜を過ごし、そして寝不足。

翌日のアスランの仕事は、当然、捗《はかど》らず、散々な結果となり。

この状況に馴《な》れるまで、アスランは数日を要してしまったのだった。

毒に詳しい彼女の夫

あれから数日。あれとは、アスランとミスラが一緒に寝るようになったことに関してだ。

妻と同じ床で眠れぬ夜を過ごしていたアスランも、徐々に余裕を持つようになり、今ではミスラを抱えたままぐっすりと眠れるようになっていた。人肌というのは温かい。二人で身を寄せ合って、ぬくぬくしていると、自然に瞼《まぶた》も落ち、翌朝は気持ちよく目が覚める。

たまに、うずうずすることもあるが――それはいずれ、解決しよう。

そうして、どうにかこうにか二人で暮らすことにも馴《な》れてきた。

アスランは研究所へ、ミスラは家畜の世話を行う。大体そんな感じの生活だ。

たまにアスランが仕事の合間にミスラの顔を見に放牧地へ行くこともあるが、大体そう。

それで先日、アスランは仕事中に休憩がてら、放牧地へミスラの様子を見に行った。

牧草地ではミスラが山羊《やぎ》と羊の面倒を見ながら腰を掛け、ぼろ布と革紐《かわひも》をちくちく縫い合わせて何かを作っていたが、こちらの顔を見た途端に「アスランさん！」と、顔を綻《ほころ》ばせた。

「……何を作ってるの？」

「貞操帯《ていそうたい》を作っています」

返ってきた答えに、アスランはギョッとする。

そのぼろ布を着けるの？　僕が!?　瞬《またた》く間《ま》に脳裏を過《よぎ》ったが、直後。

「種雄山羊〈テケ〉が、雌《めす》に反応して発情しているんです」

ミスラが困り顔で種雄山羊《テケ》を見ると、雄山羊は鼻を膨らませ唇をめくり、ンヴェと、いつぞやアスランが見た変顔をしている。あ、そっちか。と、密《ひそ》かにアスランは胸を撫《な》で下《お》ろす。

確かに雄山羊の変顔は雌の匂いに反応した顔で、発情傾向だ——それより、ぼろ布で作った貞操帯を夫に穿《は》かせる妻などいてたまるか、という話なのだが、そんな話は脇に置いて。

なぜ、そんなものを作って交尾を抑制するのかと、アスランは疑問に思ったので尋ねると、ミスラは「今の時期の種付けは秋出産になって、仔山羊《こやぎ》が小さ過ぎるまま冬を越すことになってしまい、寒さで死にやすいんですよ」と、至極《しごく》真っ当な答えが返ってきた。

「一応、これを付けて、雌と一緒に放牧しますが……」

ミスラは鼻息の荒い雄山羊から、雌山羊に視線を移す。

雌は変顔の雄山羊に向かって、ぱたぱたと盛んに尻尾《しっぽ》を振ってはじっと見つめている。

「……もしかしたら雌と引き離した方がよいのかも知れません」

変顔の雄山羊に対し、まんざらでもない雌山羊の様子に、ミスラがため息。

雌も乗り気になっている——というよりこの場合、雌の発情に雄が反応しているのが正しいのだが、ともかく、このまま放置すると、望まない繁殖になるのは確かだ。

さて、問題の種雄山羊だが、意識が性欲から食欲に向いたのか、すぐ側《そば》に生えていたギシギシを見るや、むしゃむしゃと食べ始めた。その様子に、アスランが「あーあ」と、呆《あき》れる。

「あれ、人でも山羊でも食べ過ぎると体の中に石が出来やすいんだよね」

何気ないアスランの呟《つぶや》きに、ミスラが目をぱちくりとさせる。

「よく、ご存じで……」

「んまぁ、結石の成分は鉱物の一種だからね、僕の研究分野に入る」

「鉱物……体の中に出来るあの石って、鉱物だったんですか？」

「うん。ギシギシ、灰汁《あく》が多いよね？　あれ、体の中で少しずつ塩みたいに結晶になるんだ。で、体の中のあちこちに刺さって引っかかって痛い思いをする、と」

そう、アスランが説明すると、ミスラが「まぁ」と、感心する。

「………アスランさん、物知りですね」

「物知りというより、そういう事を調べて明らかにするのが僕の仕事なんだ」

「そうだったんですか……」

そう言葉を返すミスラだが、どこかきょとんとして、ピンとこないでいる。

うん、調べてどうするんだってことなんだろうな、この顔は。

これが母なら「何よ、理屈っぽい」とか言われているところだが、煙《けむ》たがったりしないミスラのこの反応は、アスランには妙な新鮮さを覚える。それで、彼女に錬金術に関して詳しく説明しようかなと考えたりもしたが、今は休憩で時間があまりない。

とりあえず仕事の説明は、また今度かな……。

そんなことを考えながらアスランは山羊《やぎ》を眺める。すると山羊は摂食対象をスイバに変え、むしゃむしゃしていた。スイバは灰汁《あく》と酸味が強く、馬は毛嫌いしてあまり口にしない。羊も好みではないのか、馬肥やしを食《は》んでいる。だが、山羊は美味《うま》そうにスイバを食べている。

「……あいつ。本当にそのうち、石が出来るよ……」

「でも、山羊はスイバが好きですよ？」

「……そうなの？」

「悪食《あくじき》ですからね。羊も食べない草まで食べてくれるので、助かりますよ」

ミスラは「良い草がない時は特に……」と、羊や山羊たちを遠くに見る。

「それにギシギシやスイバって、まだいいと思うんです。これが毒草とかだと怖いですよ」

アスランが「ああ、毒草ね……」と、呟《つぶや》いてから。

「でも、この世に毒じゃないものなんてないんだけどな……」

「えっ？　そうなんですか？」

「〝この世に毒でないものは存在しない。用量だけが毒か薬かを決めている〟」

「なんですか、それ？」

「昔の偉い錬金術師の格言。お酒も飲み過ぎたら体に毒でしょ？　小麦も食べ過ぎると体に毒だし。だから、この世に毒じゃないものはない、っていう……」

ミスラは「言われてみれば……」と、頷《うなず》く。そう、この世に体に毒にならないものはない。

なんて会話の途中で、アスランは一匹の羊が黄色い花を口にしようとするのを目の端に捉え、慌てて石を拾って投げ付ける。すると驚いた羊がヴェッと鳴き、その場から駆け出す。

そんなアスランの突然の行動に、ミスラはぎょっとなって目を見張り、振り向く。

「どうしたんですか!?」

「バターカップ……キンポウゲだ」

途端にばっとミスラは立ち上がり、石が投げ付けられた方に駆け寄り、確認。

「本当だわ」と、苦い顔で腰に掛けていた革の手袋を着け、素早く摘み取る。

キンポウゲは毒草で強毒性。摂取すると心臓毒を発揮し、草の液が粘膜や皮膚などに接触すれば、潰瘍《かいよう》などの爛《ただ》れを引き起こす。ミスラが革の手袋をしたのは、多分、経験則だ。

「放牧する前に確認したのに……」

「タンポポに紛れてたんじゃないかな……」

アスランが周りを見回す。辺りには主な牧草の麦類や馬肥《うまごやし》が生えているが、その合間にタンポポの花がちらほら。タンポポ自体は問題ない。が、遠目にはキンポウゲと紛らわしい。

「馬は避けるけど……あの羊、区別が付かなかったのかな?」

「あまり口にする機会がなくて、分からなかったんだと思います。草原《ステップ》では川辺や湖の側《そば》にしか生えませんし、そもそも水源自体が少なくて……」

「そっか。あの花、湿気《しけ》った土を好むんだったな」

アスランがキンポウゲの特性を思い出す。

「それにしても、助かりました。あれ、死ななくても口や胃が爛《ただ》れて、治り難《にく》いんです」

「生だと、刺激が強くて水疱《すいほう》や潰瘍《かいよう》が出来ちゃうからねぇ……」

「ええ。でも、よく気付きましたね」

アスランは「いやぁ……」と、口を濁して笑う。この辺一帯の草木、特に毒草に関しては、詳しい。詳しいが、その理由については、あまり思い出したくない。

そんな彼の反応が妙だったのか、ミスラが「？」と、不思議そうな顔をする。

そうしているうちに、ふと時間が気になったアスランは懐の時計を確認。すると、休憩時間を大幅に過ぎていて「仕事！　仕事！」と、慌てて職場に戻ることになってしまった。

＊＊＊

結婚して十日ほど過ぎた平日の午後。アスランはミスラが放牧から帰って来るのを見計らい、二人して畜産組合へと向かった。アスラン自身は結婚前に組合へ挨拶《あいさつ》を済ませていたが、実際に家畜を扱うのはミスラだ、彼女に顔を出してもらう必要があったのだ。

それで、二人揃《そろ》って馬に乗って、インサニアの街の外れにある畜産組合までやって来た。

「ああ、あそこ！　元、王立の！　錬金術の先生！」

アスランが顔を出した途端、組合長のおじさんにそう言われた。

「あー、まだ半分は研究所ですよ？」

そうアスランが答えると、傍《かたわ》らのミスラが「半分？」と、眉を寄せる。そういえば、まだ話をしていなかった。「うちの自宅部分も以前は研究所だったんだ」と、説明すると、ミスラも納得したのか「ああ」と、頷《うなず》く。一方、組合長は「えーと」と、ミスラの方をじっと見る。

「先生のお嫁さんかい？」

「あ、はい。はじめまして、組合長さん。妻のミスラです」

ぺこりと頭を下げるミスラに、組合長も「こりゃどうも」と頭を下げる。それからミスラの長い耳や、物珍しい凝った刺繡《ししゅう》の衣服などを見て「ほぉ？」と、感心。

「聞いちゃいたが、確かにエルフさんだねぇ。しかも、珍しい遊牧エルフの」

「ハーフエルフですけどね」

「いやあ、私らには半分も全部も分からんよ」

困ったようなミスラに、組合長が笑い、「ところでなぁ……」と、アスランの方を見る。

「先生、あそこはまだ研究所ってことだよな？」

「ええ。一応は規模縮小で、常勤の錬金術師は僕だけになりましたけどね」

「へーぇ。んじゃあ、他の先生方は……」

「王都に戻ったのが半分、南の新しい施設へ行ったのが半分でしょうか」

言ってアスランは「まぁ、ほとんど僕が独占してますね」と、笑う。

現地調査でアスランが採取してくる鉱物の標本は、調べてみないと役に立つか分からないような玉石混淆《ぎょくせきこんこう》の鉱物が多い。手狭な王都の研究所だと保管場所を食って迷惑がられる代物《しろもの》だ。

一方、辺境のこちらは十分な置き場があり、アスランには都合が良くて便利だった。

だが、他の分野の錬金術師たちにとっては辺境のせいで必要な薬品や書物を手に入れるのに、一手間も二手間も掛かるところが不便だったのだ。

「へぇぇぇ。じゃあ、先生はあれかい？　置いてかれたわけか？」

「いやいや。何を言ってるんですか。元々、あの研究所を最も活用していたのは僕でしてね。現地調査で採掘した標本とか、置き放題と言いますか。ご近所の方には、前々から住んでいると勘違いされるくらいには、こちらに入り浸ってて――」

捲《まく》し立てたアスランが途中ではっと気付き、ぐるんと振り向くと、ミスラがぽけ～としながら、こちらを見つめている。まずい。この言い方じゃあ……！

「あの……別に、結婚のためにわざわざこっちに残ったとか、そういうことじゃないから！　元々ここで仕事するのが便利だったから！　ホントだよ!?」

「?-?-?　あ、はい……」

先走ったアスランの説明に、ミスラは困惑しながらもかくかくと首を縦に振る。

そんな様子を組合長が「新婚さんだねぇ」と言っているが、こんな説明をせざるを得なくなったきっかけを作ったのは、どこのどちらさまですかと、アスランは言いたい。

「んじゃ、先生があそこの責任者ってことになるのか」

「まぁ、そうなりますね」

「んじゃあ、また爆発とか、すごい光とかは……」

アスランが「……へ？」と、首を捻《ひね》る。先日も似たようなことを言われたような既視感を持ちつつ「あああ」と、数ヶ月前に行った試験を思い出す。

「あれは国王陛下《バシレウス》からの依頼の、信号用の火薬の燃焼試験で……。この辺ではもう行わなくなったというか。ただ明るいだけで、本当に爆発とかは……」

「さっぱりわからんけど、ピカッ！　ズドン！　は、もうやらないってことか？」

「えっと……まぁ……」

「いやあ、あれねぇ、羊が驚いて困ってたんだよ」

「あー…その節は、大変ご迷惑をお掛けいたしました……」

正確には爆発とは違う試験だったのだが、一応、施設を代表してアスランは詫《わ》びる。

配合に苦土《くど》を使用して良く光るようし、信号用に音による伝達効果も狙って破裂音が派手になるようにしたが、いずれも狙い通りであり、さらに燃焼試験であって、爆破試験ではない。

だが、普通の人には爆発させているようにしか見えなかったろう。

実際、配合を間違えると盛大に破裂し、辺り一面火の海に――やっぱり危ないか。

ふと、アスランは視線を感じて振り向くと、ミスラがじぃっと見ている。

「そこまで危ないことはしてないよ？」

思い違いされていると思い、説明すると、ミスラは「あー、いえ」と、首を横に振る。

「ぴかっ、ずどん……錬金術ですよね？　何をされたのでしょう？」

小首を傾《かし》げたミスラは「鉄炮《てつぽう》みたいなものでしょうか……」と、呟《つぶや》いている。

アスランは「まぁ、近いねぇ」と笑って――お、いい線いってる。

正確には拳銃から小銃、大砲に至るまで様々な火器での使用と、一般から兵事まで広い分野での利用を想定しているが、撃ち出す、という意味では近い。というより、あっちにも銃があったのかと。遊牧エルフの地域は弓矢とばかり思っていたが、そうでもないということか。にしても、どんな銃だろ？　火縄《ひなわ》か？　燧石《すいせき》？　それとも雷管《らいかん》――いや、そうじゃない。

自分の仕事に妻が興味を持ってくれたのは大変嬉《うれ》しい。ついでにあちらの銃事情も知りたくなってしまったが、今、ここでそれを話すのは少々場違いだ。仕方なしにアスランは妻の耳元で「また後でね」と囁《ささや》くと、ミスラは「あ、はい。また後で」と、素直に返事。

そんな夫婦の様子に、組合長はニヤニヤしながら「お熱いねぇ」などと言う。

「あのぉ、畜産組合についてや、この辺りでの牧畜の注意とか、説明してもらえませんか？」

話を本題に戻すようアスランが促《うなが》すと、その事を思い出した組合長が「おー、そうだった」

と言って「そこの席に座ってくれよ」と、広めの机と椅子が並んだ方に手をかざした。

「遊牧エルフの奥さんなら、基本的なことは知ってるだろうが――」

組合長が切り出す。

「山の手の、特に森のある場所は要注意だ」

「あ。それ、旦那様《だんなさま》から伺いました」

ミスラがそう言うと、組合長がこちらを見て「ほぉ～。旦那様から、ねぇ？」と、妙にそこのところを強調して、アスランを見る。からかわれてるな、これ。

「――それ、植樹した木の芽や皮とかを食べるからじゃないですか？」

アスランが素っ気なく答えると、組合長は「ほほぅ？」と、眉を上げる。

「先日、うちの山羊《やぎ》が灰汁《あく》の強い草ばっかり美味《うま》そうに食ってましたから。あれなら、木の皮みたいな渋の多いものでも平気だな、って思いましたよ」

今度は真面目にアスランが理由を述べると、組合長も「まぁなぁー」と、苦笑する。

樹皮の渋は革の鞣《なめ》しに使う奴《やつ》で、すごく渋い。さらに常緑樹の葉は消化が悪く、牛や馬などはよほどでないと口にしない。しかし、山羊ならそんなの、ものともしないのは想像が付く。

「山羊は悪食《あくじき》な上に目に付くのをどんどん食っちまうからな。森に入り込むと、植樹した木の新芽や樹皮を食っちまって、木こりの連中に大目玉だ」

組合長が言うと、ミスラも「ええ、分かります」と、頷《うなず》く。

「山羊《やぎ》は癖の強い草や、木などの硬い葉もかなり平気ですからね」

「まぁ、平気過ぎて木が立ち枯れするまで食っちまうところが怖いんだけどな」

ぼやきのような組合長の言葉に、ミスラが困ったように笑い、つられてアスランも苦笑。

山羊の幅広い食性は家畜としての利点だが、欠点でもあるという話だ。

「ま、分かっているみたいだが、改めて注意しとくって話だ」

ミスラは「注意しますね」と、素直に返事をする。

「それと、これも注意喚起なんだが――毒草には気ぃ付けといてくれよ」

ミスラは頬に手をやって考える。

「それは……ツツジやシャクナゲ、そういうのですよね？」

「お。さすが遊牧エルフ。よく知ってるな」

組合長が感心して、顎《あご》の無精髭《ぶしょうひげ》を撫《な》でる。

「地力が落ちてきた場所に生えますよね……あれ」

「それな。たまに牧草地にひょっこり生えて、羊が食っちまって、ゲーゲーだ」

「震え出したりもしますね。酷いと死にますし……」

「賢くない奴《やつ》が食っちまうんだよなぁ。阿呆《あほう》な奴なんぞ、性懲《しょうこ》りもせず何度も食いやがる」

「親が食べるのを見て、仔《こ》まで食べて、一口、二口で倒れますよね」

「親だけならゲーゲーだけで済むこともあるが、仔はなぁ……」

組合長とミスラが同時にため息をつく。

ふうん。ツツジに、シャクナゲね……。アスランは頬杖をつきながら何となく聞いていた。

実はツツジとシャクナゲ、近縁種で毒も同じものだ。出る症状は下痢《げり》、嘔吐《おうと》、痙攣《けいれん》、酷いと、錯乱、呼吸困難、と、毒性が強い。そして、何かと羊飼いや牧畜との関連が深い。

東方ではツツジの葉を摂食した羊は躑躅《てきちょく》、つまり足踏みしながら、ふらつき死ぬので、その様から〝躑躅《ツツジ》〟と呼ばれるらしい。西の遥《はる》か海の向こうではシャクナゲの毒に当たる家畜が多く、その恐ろしさから〝羊殺し〟や〝山羊殺し〟の〝牛殺し〟と、酷い言われようだ。

このようにツツジとシャクナゲは、東西の羊飼いから徹底的に嫌われている。

さらに、この毒は人間も当てられる場合がある。大概の種の蜜《みつ》は問題ないが、一部の種は花の蜜にも毒があるのだ。昔、アルヴァンド王国の傭兵《ようへい》が兵站《へいたん》として道中で仕入れた蜂蜜《はちみつ》に、毒のあるツツジの蜜が混入し、大勢の傭兵が嘔吐、痙攣、錯乱などの中毒を起こした。

後に『狂った蜂蜜事件』と呼ばれる出来事だ。

「まぁ、他にも要らん草は生えるけどな」

「ヒナゲシとかですか？」

「そう、そんなやつだ。ケシほどじゃないが、ふらふら～ってな」

組合長が「酔っ払うっていうのかねぇ、あれは」と、肩を竦《すく》める。

ヒナゲシね……。ケシに近い植物だ。酩酊《めいてい》、嘔吐《おうと》、痺《しび》れを引き起こす。だからというのは確かにそうだ。ただケシと違い、麻薬を作れるほどの成分はなく、観賞用にされている。

とはいえ、ケシの近縁種は酩酊や麻痺《まひ》を引き起こす毒が含まれる事が多いので、要注意だ。

「キンポウゲ……」

「……一発で死ぬやつだな……」

「先日、牧草地に生えていました……」

「大規模除草したのに、まだ生えてやがったのか……」

ミスラの言葉に、組合長が苦い顔をする。

先日、我が家の羊が口にしかけたあれだ。キンポウゲ類の多くは心臓毒を有し、組合長の言う通り、うっかりすると一発で死ぬ。そうでなくとも生の状態は刺激成分が強く、粘膜や皮膚を爛《ただ》れさせてしまう。ただし、乾燥すると刺激性も毒性もかなり落ちるので、干し草に少々混ざる程度は問題ない――と言っても、それはトリカブト以外の話だ。キンポウゲ類でもこいつだけは別、飲み込まなくても口に含んだだけで死ぬ可能性がある超強毒性だ。

「どれも花だけは綺麗《きれい》ですよね……」

「まぁな。綺麗な奴《やつ》に限って毒がありやがる」

ミスラが呟《つぶや》き、組合長が頷《うなず》き、アスランもうんうんと頷いて。

「……なぁ、先生？」

「……はいっ!?」

急な組合長の呼び掛けに、びっくりしてアスランは飛び上がる。

「な、なんですか、急に」

「だって先生。毒草に詳しいだろ？」

「いや、確かに錬金術において毒性学は、基礎中の基礎ですけどね」

そう、錬金術において毒性学と薬学は、重要な基礎研究課題だ。

それは無機有機を問わない。当然、アスランの専攻する鉱物も該当する。鉱物の毒で有名なのは水銀か。錬金術では定番の金属素材だが、かなりの毒性だ。あとは銅。それと、要人の暗殺に使われる鉄板の毒であるヒ素。これを発見したのは、錬金術師だ。

しかし、組合長は「そうじゃなくって……」と、言う。

どういうことだ？　アスランが眉を寄せていると、組合長が手元から冊子を一つ取り出す。

〝畜類に対する毒草の手引き／王立錬金術研究所〟

途端にアスランが「うわぁ」と、この上なく渋い顔になる。

一方、事情の飲み込めないミスラはおろおろとして「あの……」と、こちらを見ている。

「アスランさん、どうされたんです？」

「いや、なんていうか……その冊子を作ったの、僕だから」

ミスラが「え？」と、目を丸くすると、組合長が「そーそー」と笑い出す。

「先生、この辺の毒草を、頑張って調べてたもんなぁ～」

そう言って、組合長は「放牧の時によう見かけたわぁ～」と、快活に笑う。

――が、アスランからしたら頑張るだとか、それ以前の話だった。


元は王国農務省を経て、王立錬金術研究所へと調査と制作の依頼をされた、この周辺での畜産農家に対する有毒植物の種類と分布、注意喚起の冊子だった。

その依頼を研究所の偉い人、アスランの師匠が安請け合い、例によってこちらに丸投げ。

アスランの学者としての専門は鉱物であって、有機物、つまり動植物ではない。

師匠も無茶苦茶である。


「こういうのはドレアがやるべきだろ!?　植物学も薬学もそっちが専門なんだから！」

「私にそんな暇はないわ。インサニアを拠点にしてる、アスランがやった方が効率的よ」

他の面々にも聞いたが似たり寄ったり。みんなやりたくないのだ。

で、結局、アスランがやるはめになったのだ。

牧草地から森から、まさに草の根を分けての調査。専門外なので、文献を片っ端から調べないと分からない事も多く、四苦八苦。本業の鉱物研究もあるから、それはもう、忙しくて。

そんな中で、アスランの要請を断ったドレアがこんな依頼をしてきた。

「心臓毒のある草の薬効効果についても調べて、よろしく～」

「嫌だ。というかドレアさ、僕の専攻本当に忘れてない？」

「アスラン、あのね？　心臓毒は心臓の薬になる可能性を秘めてるのよ？」

「確かに東方では〝毒を変じて薬と為《な》す〟とか言われてるけどさ！」

理屈は分かるが、アスランだってこれ以上仕事を増やしたくない。

一方、師匠は師匠で「知見が広がってよかろう？」と宣っていた。

確かに有毒植物は元より草木に関しての知見は広がったが、それ以前に、こちらの都合を一切考えないで仕事の安請け合いをして押し付けてくる、その心根が駄目なのだと——！

ともかく、そんなアスランの苦労の末に出来上がったのが、その冊子だ。

「いやあ、先生が頑張ってこれ作ってくれたお陰で、この辺にどんな毒草がどんなとこに生えてどんな毒かってのが、具体的に分かって助かるわぁ……」

碌《ろく》でもない記憶が過《よぎ》る中、アスランの耳に組合長の快活な笑いと共に、称賛が響いてくる。

「ああ、それは良かったですね……」と、お愛想笑いをして——功労者として、褒められているし、感謝もされているのだが、きつい調査だったので、称賛の言葉があまり心に響かない。

一方、ミスラは傍《かたわ》らでアスランの作った冊子をぺらぺらと捲《めく》って見ている。

「こちらの文字や文は、まだ読み慣れないのですが……」

言いつつ、ミスラは熱心に読む。

「……すごく、詳しいんですね」

「実用の冊子として作ったからね」

「私の知らない毒草もあるみたい……」

「内陸のメディアス・エルフィアナと、この辺りは植生が違うだろうね」

そんな受け答えをしながらアスランは、あれ？　好感触？　と、ぼんやり思う。

と、冊子を見ていたミスラが顔を上げ、組合長の方を見る。

「あの、これ欲しいのですが……」

「あ、それ、家にもあるよ？」

すかさずアスランが口を挟むと、ミスラは「本当ですか？」と目を瞬《しばたた》かせる。

「冊子もそうなんだけど、元の原稿もあるし、もっと詳しい資料もあるよ？　分からないことがあれば、知ってる範囲で答えるし……」

「えっ？　いいんですか？」

「うん……」

するとミスラが「助かります！」と、嬉《うれ》しそうにする。

そんな彼女の反応を見て、暫《しばら》く呆気《あっけ》にとられたアスランだったが、でも、悪い気はしない。

達成感のない仕事だったが、少しだけやって良かったという気持ちが湧《わ》いた。

そうやって夫婦がやり取りしている中、組合長がまたニヤニヤとこちらを見ている。

「先生……綺麗《きれい》な奥さんに褒められて、照れてるのかねぇ？」

「は？　いや、そんなことないですよ？」

「いやあ、新婚さんは初々しくていいねぇ……」

アスランは「何言ってるんですか……」と、ため息。

新婚なのでこういうこともあるのは分かっているが、どうも馴《な》れない。目の端で傍《かたわ》らのミスラを見ると、こちらも馴れていないようで、頰を赤らめ下を向いている。

「あの……。他にも注意事項とかあるんじゃないんですか？」

妙な雰囲気になってきたのを打ち消そうと、アスランが先を促《うなが》す。

すると、組合長は「はいはい」と、おざなりな返事をして、話の続きを始めた。

錬金術師の家庭の事情

「新婚だから仕方ないと思うけどさ……」

畜産組合からの帰り道、馬上でアスランが大きく息を吐《は》く。

「……からかい過ぎだよ、組合長」

並んで馬に乗っていたミスラが「そうですか？」と、小首を傾《かし》げる。

アスランは手綱《たづな》をだらしなく持ちながら「そうだよ……」と、ため息。

「確かに、組合長は少し戸惑《とまど》うようなことをおっしゃってましたね……」

「でしょ?」

「でも、アスランさんがみんな応じてくれました」

「からかわれたことに過剰に反応しているって感じが、情けないけどね」

「私だと言い返せませんよ……」

その一言に、アスランが振り返る。

「私、一族で立場が低かったので、なかなか言い返せなくて……」

「それは……」それは、言われていることがどれだけ理不尽で納得がいかないことでも、口答えを許されなかったのかと。そう、アスランは言いかけ、思い留《とど》まる。

「今はもう関係ないはずなんですけど、一度、癖になると抜けませんね」

一旦《いったん》「そうだね」と、アスランは相槌《あいづち》を打つ。染《し》みついているから、そう簡単に直せるものじゃないだろうな、と思いながらも「気の利いたことは言えないけど……」と、声を上げる。

「言いたいことがあれば、言ってもいいと思うよ……もちろん、僕に対しても」

「あの……」

「結婚初日に、僕に『気楽に接してほしい』って君が言ってたのと、同じ」

ミスラは馬上でぽかんとする。多分、こんなことを言われても困るのだろう。

　だが、結婚初日にミスラがアスランに対してした要望と、似たようなものだ。

　ミスラもそれが分かっているのか「難しいのですけど」と言いながらも「善処します」と。

　これまた、結婚初日のアスランみたいな返答をしたので「是非、そうして」と、笑った。

　そうして、家路までアスランとミスラは馬に揺られながらたわいのない話をして。

　ふと、ミスラが「あの……」と、声を上げる。

「言いたいことって、気になることを聞いたりするのもいいんですか？」

「それは、もちろんそうだけど……」

　アスランは改めて「何かな？」と、尋ねてみると。

「アスランさんのご両親って、健在なのですか？」

「…………うん。健在だよ」

　やや間を置いてアスランが答える。

「結婚式にいらっしゃってなかったので気になってたのですが、何か事情でも……？」

　アスランが「あ、それね」と一拍、置いてから。

「家が遠過ぎて、式に間に合わなかったんだ。大丈夫だよ」

　さり気なく答えてから、アスランは馬にやや速めに歩くよう促《うなが》す。

　すると、ミスラは不思議そうにしながらも「そうですか……」と、後ろに続く。

いきなり核心、突いてきた――!!

実は全く大丈夫じゃなかった。

アスランは両親に対し、結婚式直前に〝結婚します〟の手紙を送ったきり。

しかもこれが両親に対する、初めての結婚報告とくる。親の住まいからここまで早くて七日
――それ以前に、手紙に新居の住所を書かなかったので、結婚式には絶対に間に合わない。

だが、これはわざとだ。何せ、結婚そのものがアスランの独断だ。

この国では結婚に親の許可は必要としないので、それ自体は問題ない。しかしだからと、親に相談もなしに結婚して、それで良いかと言えば、アスランは良くても親が納得しない。

特に母、ミスラの素性を知ったら真っ先に反対――いや、キレる。

『ハーフエルフは追放されてなお、森や草原を恋しがって命を削る。だから哀れそうに見えたからって、ほだされちゃ駄目だからね！　救えなくて辛《つら》い思いをするだけなんだから！』

これは、母の口癖だった。

アスランの母の母、つまり祖母は、ハーフエルフだった。

祖母は苦労が絶えなかったらしい。ミスラの様子や、伝え聞くエルフの話からして、そうなのだろうが、大半は母から聞いた話なので、アスランにとってはやや実感に乏しい話だ。

そういう祖母の苦労を見てきた母だからこそ、息子のアスランにハーフエルフとは関わるなと、そう言っていたのだが――それを、ものの見事に無視したわけだが。

まぁ、母さんに逆らったのは、これが初めてじゃないけど。

母にとっての、息子の将来の希望は、騎士になることだった。

しかし、アスラン本人は真逆とも言える錬金術の学者となった。騎士という職業に魅力を感じていなかったのもあるし、未知の物を調べてこねくり回すのが好きだったのもある。

しかし、母はそんなアスランをどうにかして騎士に育てるべく、幼い頃から剣術などを教え込んだりして――正直、彼にとっては迷惑且《か》つ面倒臭かった。やりたくもない剣の稽古に駆り出され、その度にアスランが渋々嫌々だったのは言うまでもなく、そんな彼に母は「気合いが足らないわっ!!」だの「根性ないんじゃないのっ!?」だの。そんなもの、最初からない。

そうしたやる気のない稽古が続く中、変化が訪れる。

ある日、母から言われたのだ。

「私から一本取れたら、欲しいものを一つ買ってあげるわ！」

母としてはやる気にさせるための方便だったろうが、息子からすれば言質《げんち》を取ったも同然。

そう、欲しいものがあったのだ、錬金術の高い高い本で。

その日以来、母から一本を取るべく、修練を重ね――。

というほどの努力もしていない。

傾向と対策。母の動きを観察、動きを体系化、アスラン自身の現状を把握、勝利条件の模索、対処方法の考案、そして、いざ実証実験――成功。

この勝利について、後にアスランはこんな感想を抱いた。

母さんの動きが規則正しくてよかった。

母の動きは速いが、高級武官なだけあり、非常に綺麗《きれい》な型、つまり規則性のはっきりした機動が存在していた。その動きの盲点を衝《つ》く、もしくは先読みで先制をすれば勝利する。

そんなことを予測実行した結果の、勝利だった。

もちろん、一本取ったのだから欲しいものは買ってもらった。

《錬金術の構成書《リーベル・デ・コンポジショネ・アルケーミエ》》に《自然受容体の段階と組成について《デ・グラドゥス・エト・コンポジショニブス・レセプトルム・ナトラリウム》》に《鉱物について《デ・ミネラリブス》》。

《秘密の書《アール・アスラー》》そして《錬金術の書《アルキミア》》。

最後の本はアスランの師匠が書いたものだと後に知ったが、あまりに捻《ひね》りのない題名だなと、まぁそういうのはさておいて、一つどころではない、三冊も四冊も所望《しょもう》した。

母には「あんたねぇぇぇぇぇ、一つって言ったでしょうがっ！」などと、文句を言われたが「これ、まとめ売りなんだ」と、しれっと言って買ってもらった。

我ながら、小賢《こざか》しく、小癪《こしゃく》に障る幼少時代だったと、アスランは思う。

そしてこの勝利を切っ掛けに、アスランは戦うことに目覚め――。

なんてことがあるはずもなく、その後、しっかり錬金術師になった。

アスランが騎士にならなかったことに、母はぶちぶち文句を言い続けたが、つい存在を忘れがちな父からは「多分、そんなことだろうと思った」と随分と淡泊な感想を頂いた。

と、まぁ、そういう色々があったが、さておいて。

今は母さんをどうするか、なんだよな……。

＊＊＊

「今日くらいには連絡が来ると思ったけど、来ないな……」

「あの……どうかしました？」

何となく呟《つぶや》いたアスランの独り言に、ミスラが反応し、つい、背筋がびくっ！　としたが、愛想笑いをして「なんでもないよ？」と、さりげない調子で取り繕《つくろ》う。

父さんは、まぁ僕によく似た考えの人だから放置でいいとして。

ミスラを気にしながら、アスランは暫《しば》し考える。

そういえば、母からの反応がない。

母は、即断即決、迅速果敢、真っ先に大将首を狙いに行くような人だ。それに、新居の場所を教えなかったとはいえ、アスランの所属する王都の研究室には突撃すると思っていた。

だが、今のところ、そういう話は聞かない。静かなのが気味悪い。何か企んで……。

「……いや。それはないか」

ミスラに聞こえないような小さな声で独《ひと》り言《ご》ちる。

母は直情的な人だから、何かを企むなんて面倒なことはしない。何の反応も示さないのは、何か事情があるのだろう。だからといって、事情を積極的に確認したいとも思わないが。

なんてアスランは色々と悩みながら——ミスラには、これらの事情を話していない。

話していないからさっき尋ねられたわけで、つい誤魔化《ごまか》してしまったが、やはり話さなければ駄目だろう。真面目そうな彼女に、黙っておくのは良くない——が、あの母は面倒臭い。

さて、どうしようかと。アスランが手綱《たづな》を握ったまままため息まじりに頭《こうべ》を垂れていると、馬を横に並べたミスラが「あの……」と、心配そうに、こちらの顔を覗《のぞ》き込む。

「あ、ごめん。なに？」

「大丈夫ですか？」

「大丈夫って……いや、大丈夫だけど。何か、変だった？」

「百面相といいますか、すごい顔をされていて……」

「百面相……」その言葉に、アスランの顔が渋くなる。その喩《たと》えはともかく、心中がだだ漏れになるほど考え込んでいたらしい。何とも情けないなと自身に呆《あき》れる。

と、ミスラが再び「アスランさん」と呼び掛ける。

「何か、悩まれていたんじゃないんですか？」

アスランはなんと答えればいいのか分からず、曖昧《あいまい》な笑みを浮かべた。

しかし、ここで逃げるのもどうかと、頭を振る。

「……聞かれたことには答えなきゃいけないかなぁ、って」

「やっぱりさっき、私がお尋ねしたことを気にされてたんですね」

「うん……否定はしない」

「なら、言いたくないことは言わなくてもいいと思いますよ」

「なんだか、さっきの僕と真逆なことを言ってるね」

つい、苦笑いをしてしまったが、ミスラは大真面目な顔をしている。

「言いたい事を言うのと、言いたくない事は言わないのって、似てませんか?」

「自分の意思を尊重する、という意味ではそうかもね」

「じゃあ、無理しなくていいと思いますよ」

アスランが苦い顔で「って言ってもなぁ……」と、頭を掻《か》く。

「結婚十日目にして不誠実な態度もどうかと思うんだよね」

「結婚してまだ十日しか経《た》ってませんね……」

ミスラが含みのある言い方をするので、アスランが眉を寄せる。

「気楽に接したり、なんでも正直に話すのは、まだ難しいのではないのかなって」

「んまぁ、そうだねぇ……」

「アスランさんも、結婚した日にそうおっしゃってましたし」

ミスラの指摘に、アスランは手綱《たづな》を握ったまま、ぽかんとして。

「あはは……。確かにそうだ」

つい笑った。自分で言ったことを忘れていた。結婚してまだ十日しか経《た》っていない。

「話せそうな時に話してもらえればいいですよ」

「うん……。僕もちょっと気負ってた」

アスランが「ありがと」と、礼を言うと、ミスラは「いいえ」と、はにかんで笑う。

でもなぁ、ミスラ相手だと気負いたくなるんだよねぇ……。

アスランは手綱を引いて馬の歩みを緩めてから、ミスラを眺めて。

「綺麗《きれい》だよねぇ……」

唐突に言ったせいか、ミスラが「はい!?」と、仰天する。

「美人相手だと、誰だって気負いたくなっちゃうよね……」

アスランが笑いながら言うと、ミスラは「また、そんなことを……」と、困った顔をする。

実際そうだ。だから、母から『弱みに付け込んで結納金《ゆいのうきん》でこの子、買ったんでしょ!?』なんて言われても驚かないなぁと、つい苦笑いが出てしまう。

そんなことを考えながら、アスランは「……帰ろっか」と、ミスラに向かって呼び掛け、自宅に向かって再び馬の歩速を上げると、ミスラは「あ、はい」と、その後を追った。

Aslan

二章　ハーフエルフと新婚生活

新妻エルフは働き者

結婚から一ヶ月近く。アスランとミスラの生活も、かなり落ち着いた。

かたや牧畜、かたや錬金術の研究と、全く異なる仕事だが、二人してそれらをこなしていく。

至って平穏な日々が続く中——事件は唐突に起こる。


いつも通りの朝だった。

ミスラが朝食にバター状のものと、発酵させた乳が入った碗《わん》をアスランの前に出してきた。

「あれ？　羊って出産してたっけ？」

「駱駝《らくだ》ですよ」

「あれ？　駱駝って出産してたっけ？」

「出産はまだですが、一年は授乳するので、年中搾《しぼ》れるんですよ」

初耳な話に、アスランは「へぇ」と感心しながら、バターらしきものをパンに塗り、口に放り込むのだが、その味がバターらしくないというか、やたら軽くて甘く、つい眉を顰《ひそ》める。

「ねぇ……これ、バターじゃないよね？」

「バター……えっと〈サルマイ〉とは違いますね」

「バターじゃない？　じゃあ、何かな……？」

「〈カイマク〉です」

「あ、あれか。クロテッドクリームの！」

遊牧民の作る、有名な乳脂加工品だ。クリームより濃く、バターより軽く、非常に美味《おい》しい。

そして「こっちは……」と、アスランは碗に入っている発酵させた乳を取る。

「駱駝の乳を醸《かも》したものです。本当はもっと早く出したかったのですが……」

そういえば、ミスラは皮袋を一生懸命搔《か》き混ぜていたのを思い出すが、あれがそうなのかと思っていると、ミスラから「どうぞ」と促《うなが》され「駱駝の乳って初めてだな」と一口。

濃い味だ。しかしその酸味から「多分、乳酸発酵した酸乳《ヨーグルト》」だと、ぐいっと呷《あお》る。

「遊牧エルフの男の人は、これを朝から二、三杯飲みます。これだけでご飯になるんですよ」

笑顔で説明され、アスランは「へぇ……」と、唸《うな》って、碗の中身を飲み干す。

すると、ミスラは空《から》になった碗に駱駝の酸乳を注ぐ。二杯、三杯と飲むものだと言われたこともあり、勧《すす》められるがままアスランは続けざまに三杯ほど飲んだ。そして朝食が終わり、後片付けをしている時に、ミスラが四杯目を勧めてきたので、アスランはぐいっと呷って。

それから、自分の仕事を進めるべく、アスランは研究所へと向かった。

研究書の一つを手に取り、覚え書きした資料を確認し始めたのだが。

「……あれ？」

頭がふわっとして、全然、集中出来ない。

なんでかなぁ？　なんでだろう？　最近寝不足じゃないはずだけどなぁ？

そう思いながら、このふわふわした感覚自体には覚えがあり「もしかして……」と、疑いを抱きながら、頭に活を入れるべく、アスランは井戸端で顔を洗い、水をがばがばと飲んで。

それから昼に放牧から帰ってきたミスラに聞いた。

「ねぇ、あれ、お酒じゃない？」

「いえ？　子供も飲むものですよ」

そうなのか？　ミスラの言うことは信じたいが、どうしても疑問が残る。

念のためアスランは台所にあったそれを碗《わん》に注ぎ、研究施設に持ち込んで分析を試みた。

「エーテル類似成分検出………うん、やっぱり酒精《アルコール》」

つまり、酒。ざっと見積もって1lb《リーブラ》につき、0.01〜0.02ほど。

酒精《アルコール》は極めて低く、酒と認識出来ないほどだ。一、二杯なら、大人は酔わない、子供でも飲める。だから、ミスラの言っていることは半ば正しいし、向こうではそういう認識なのだろう。

お酒という意識もなく常飲されている、ということろか。さらに、酒の発酵と同時に乳酸発酵も行われているせいか、どう味わっても酸乳《ヨーグルト》で、アスランには酒だと全く思えなかった。

ついでなので他の成分も調べてみたが、乳に発酵が加わったことによって、単純な乳よりも多種多様の栄養が含まれる。若干の酒精《アルコール》が含まれていることを除けば有用な飲み物だ。

多分、仕事前に飲んでもそれほど問題は無い。ただし、飲む量に気を付けていればの話だが。数杯飲むと、さすがにほろ酔いが回る。アスランの場合、四杯飲んで集中力が落ち、作業効率が低下した。つまり、頭脳労働するなら、朝は一、二杯が関の山というところか。

そんなことを、アスランは身をもって体験した。


「いや、あれはほんと参ったね」

アスランは自宅の書斎で報告書をまとめながら、苦笑いする。

駱駝酒〈シュバット〉事件？（ミスラはあの飲み物をそう呼んだ）

事件と言うほど酷くもないが、認識の違いによる行き違い、というところか。

他にも、事件と言うほどでもない、互いの習慣や常識が違うと感じる出来事はあった。

ミスラは働き者で、いつも早起きして、家畜の世話をし、食事を作り、家事もする。

雨の日にだって放牧に出掛ける。そして、決まってこういうのだ。

「今日は良い天気ですね！」

空はどんより、辺りは陰気な気持ちになる薄暗さ、湿気でしとしとして。

この国の人間なら、そんな天気を良いと言えば、眉を顰《ひそ》める者も多いだろう。

だが、乾燥した土地に暮らす者からすると「雨が降ったら暫《しばら》くすると草が芽吹くので、家畜が飢えませんよね」と。乾燥した土地では雨は死活問題なのだ。

一切、降らなければ干魃《かんばつ》〈ガン〉となり、食べさせる草もなく、家畜は痩《や》せ細る。

だから、雨が降るのは〝良い天気〟なのだ。

そうして雨の日、晴れの日もミスラは放牧へと行って、そして狩りをしてくる。

この狩りというのが、気が向いたらとかではなく、かなりの高頻度で行うのだ。

「角兎《アル＝ミラージ》、よく捕まえてくるよな……」


角兎《アル＝ミラージ》。畜産組合から言わせると〝害獣〟らしい。

先日、組合に挨拶《あいさつ》しに行った時に、角兎について説明を受けたが、こういうことだ。

角兎は本来、南の方に生息している。角《つの》は生薬《しょうやく》として珍重されていたが、あまり数のいない稀少《きしょう》動物だった。それを南方のダークエルフが飼育化に成功、この国の人間が毛皮や角の需要を見越し、ダークエルフから種兎《たねうさぎ》を購入、この近辺で角兎牧場を始め――。

ものの見事に脱走を許した。

逃走した角兎は牧草地や森の片隅に住み着き、着実にその数を増やした。

そうして牧草や畑の食害を引き起こすほど数が増えてしまった。それだけでも牧民や農民は怒り心頭だが、この角兎、臆病なくせに攻撃的で、驚くと頭の角《つの》を構えて突進してくる。

これが放牧地の家畜、さらには街道を行き交う行商人の駱駝《らくだ》、歩く人にまで及んだ。

まさに迷惑千万《せんばん》。質の悪い兎《うさぎ》なので、害獣として頻繁に狩られるようになった。

今ではかつての稀少さは失われ、その辺の鹿や猪と変わらぬ獲物となってしまっている。

そんな角兎だが、ミスラは頻繁に仕留めては家に持ち帰ってくる。

積極的に狩る理由としては「羊が怪我をしたら嫌ですからね」と。

絞められ、捌《さば》かれ、串焼き、肉団子、スープや炊き込みご飯の具、餃子の餡《あん》、等々、等々。

こんな調子で角兎は料理され、食卓に上がってくる。

肉を頂いた後の毛皮は「帽子を作りますね」と、ミスラが鞣《なめ》しにかかる。そうして納屋《なや》の軒先には角兎の毛皮がいくつも吊《つる》して干されていて——正直、帽子どころか、外套《がいとう》も作れそうな数だが、その眺めはなかなか壮観で、アスランは何とも言い難い気持ちになった。


「本当に働き者だよねぇ、ミスラは……」

報告書の執筆に疲れてきたアスランは、書斎の椅子の上で背伸びしながら、呟《つぶや》く。

アスランの自宅と職場は至近なので、ミスラのことは平素からよく見かけるが、働く姿は見かけても、のんびりしているところは見たことがない。放牧に頻繁に出掛けるし、帰ってきても水やり、畜舎や囲いの掃除、家の中に居ても掃除や洗濯などの家事に乳加工と、よく働く。

しかも最近なんかは、ミスラはご近所畜産農家の放牧の手伝いまで請け負っている。謝礼は金銭でなく野菜や果物だったりするのだが、既に肉と乳を食わせてもらっている上に野菜までもらってくると、何だかアスランがミスラに養われているような気になる。

そんな働き者のミスラだが、先ほど、廊下でばったりと出くわした。

なみなみ乳の入った桶《おけ》を抱えていたミスラだが、アスランを一目見た途端に「お茶でも淹《い》れましょうか？」などと言い出す。流石《さすが》にアスランもこれ以上は妻の仕事を増やすのも忍びないと「自分で淹れるよ」と即答し、さらに「少し、休めば？」と、勧《すす》めた。

だが、この提案も「まだやることがあるので」と、ミスラに素で返され、却下された。

自分で淹れた茶を一口啜《すす》って椅子にだらしなく座るアスランは、懐中時計を眺めた。

午後三時、またぞろ「ミスラが角兎《アル＝ミラージ》を狩っている頃だろうな」と。

「……でも、あれ？　羊とかいるのになんで狩りをするんだ？」

ふと、浮かんだ疑問を口にする。乳を加工したものは最近、出てきているが、飼っている羊の肉は食卓に上がってこない。なぜ、わざわざ狩りで肉を得ているのだろう？

不思議に思うアスランだが、程なくしてその理由が明らかになる。

「竈《かまど》に火でも熾《おこ》しておくか……」

書斎の窓から赤い日差しが差し込んできたことで、夕刻になったことに気付いたアスラン
は、書き物仕事もそこそこに椅子から立ち上がり、台所へ向かう。
夫婦共働きしている上に、アスランは色々食わせてもらっている。
それなら、自分も家事をしないと不公平だなと。そういう思いでアスランは放牧からミスラ
が帰ってくる前に、台所の火を熾しておくことにした。

「ただ今戻りました」

「お帰りー……」

ちょうど、アスランが竈に薪《まき》を入れて焚《た》き付けの小枝を積んでいたところに、ミスラが片手
に鳥らしきものをぶら下げ、戻ってきた。

「なにしてらっしゃるんですか？」

「手伝いというか、竈に火を……って、なに捕ってきたの？」

「雉《きじ》です。ちょうど、放牧地の側《そば》を飛んでたんですよ」

既に毛を毟《むし》った後の戦利品を、ミスラはにっこり笑って掲げる。

初めて狩った獲物を見た時は少々面食らったアスランだが、最近はすっかり慣れて――。

といっても、角兎の毛皮が何気に兎《うさぎ》の形を残した状態で何匹分も軒先に吊《つる》され干されている
のは、少したじろぐが――ともかく、アスランは「そっか、よかったね」と笑顔で返す。

「にしても、今日は兎《うさぎ》じゃないんだね……」

「見かけませんでした。もしかしたら今通っている牧草地の分は狩り尽くしたのかもしれませんし、兎が警戒しているのかもしれません。場所を変えれば出てくるかもしれませんけど」

アスランは「そっか……」と返していると、ミスラが雉《きじ》を台の上に置いて、水瓶《みずがめ》で手を洗う。

そんな様子を見ながら、アスランはふと、先ほど疑問に思っていたことを思い出す。

「ね、ミスラ。ちょっと気になることがあるんだけど？」

「なんでしょうか？」

「飼ってる羊とか、食べないの？」

質問の意図が分からなかったのか、ミスラは眉を寄せたが「あっ」と手を打つ。

「春先の今は、祝い事でも無い限りは潰しませんよ？」

「あれ？　そうなの？」

「実家から連れてきた家畜が少ない、というのもありますが――それよりも、冬の間に瘦《や》せてしまっているので、食べても美味《おい》しくないんです」

アスランは「あっ」と。言われてみれば、この辺でも春先の羊肉はそれほど美味しくない。

「それに、冬前になると越冬用の備蓄食として冬を越せない家畜や肥育していた雄などをまとめて潰してしまうので、全体の数が減っているんです」

「なんかそれ、聞いたことあるな……」

「〈ソガム《冬の食べ物》〉ですね」

そう、冬の備蓄食である〈ソガム〉。

冬季、草原の草は大幅に減る。この時期に、家畜を生かしたままにしても肉の歩合が落ちていくばかりで、しかも一頭当たりの牧草の割り当てが減って群れ全体が飢え、死にやすくなる。そうして倒れた家畜は肉がほとんど取れず、利用出来るのも毛と皮だけになってしまう。

そうなる前に、肉とする家畜をまとめて屠《ほふ》り、越冬用の糧食とする。

冷え込みが激しいあちらでは天幕の中でも肉は凍って腐らないので、春先まで持つ。

そして限られた牧草を、仔《こ》や孕《はら》んだ雌などに積極的に回すのだ。

「ということは、家畜の肉は冬に嫌というほど食べられると……」

「そうなりますね」

「ところで、冬の食べ物ってどのくらい潰すの？」

「えっと……四人で牛一頭、羊九頭……もしくは、羊十五頭くらいでしょうか」

「多いな……」

「四、五ヶ月分の備蓄食ですよ。それに、これでやや控えめです」

「それで？」

「毛皮や毛織物が売れて、小麦や芋などが手にはいった場合を入れてます。交易拠点から遠い場所だと、肉が頼りなのでもう少し潰す数が増えますよ」

アスランが「なるほどな……」と、唸《うな》る。同時にミスラがここに来た時に、羊五十頭で一人分だといった意味が何となく分かった。冬の牧草が減る時期、越冬用に潰す数がそれだ。生活を維持していくには一人頭で五十頭は飼わないと回らない、ということだ。

「春夏は冬を無事越せた家畜を肥やして殖《ふ》やす時期ですね、潰すことは滅多にありませんよ」

「なるほど。で、足らない分を猟で補うと?」

「そうなりますけど……狩りでは獲物が必ず手に入るとは限らないので、あくまでおまけです。春夏といえばやっぱり、搾乳《さくにゅう》したものが中心ですよ」

「ああ、加工した乳ね……」

アスランが、先日のあれを思い出す。駱駝酒《シュバット》。

ともかく、彼女が狩りをしてくるのがそういう理由なのかと、アスランは納得する。

そして焚《た》き付け用の小枝を一つ握り締めると、ミスラが慌てて側にやって来る。

「私が熾《おこ》しますすよ。アスランさんは居間でくつろいで――あ、お茶でも淹《い》れましょうか?」

「いやいや。お茶を淹れるにしても、火を熾さないとお湯が沸かせないでしょ? それに先日まで、僕、ここでご飯作ってたからね。火くらい熾すよ」

そう言っている間にアスランは握り締めた小枝を、腰にぶら下げていた小刀を抜いてシャッシャッと手早くささくれ立たせ、火口《ほくち》を作り、火打ち石と火打ち金で火花を飛ばすと、火口がぶわっと燃え、それをアスランは手早く焚き付けの小枝に燃え移らせる。

「手慣れてますね……」

「野営を沢山《たくさん》したからね」

「野営、ですか？」

ミスラが意外そうな顔をするので、アスランは「どうかした？」と、尋ねる。

「いえ、この家にずっとお住まいになっていたとばかり……」

「ああ。仕事で色々なところに旅して錬金に使えそうな鉱物を探し回ってるからね」

「旅、してたのですか……」

「うん……あれ？　言ってなかった？」

「鉱物がどうの、という話は少し伺った気がします」

ミスラは「あと、毒草……」と、呟《つぶや》く。アスランは「そっちはそこまで専門じゃ……」と、言いかけたが「……ま、いいけど」と、途中で止めて苦笑いし、竈《かまど》の中を覗《のぞ》き込む。

既に薪には焚き付けの小枝から火が回っていて、それを確認したアスランが立ち上がる。

既に竈に火が入ってしまったことで、火熾《ひおこ》しを諦《あきら》めたミスラは雉肉《きじにく》の切り分けにかかる。

「……じゃあ、アスランさんは錬金の鉱物を探して回っているんですね」

切り分けながら尋ねるミスラに、アスランは「まぁね」と、一応、返事をするが、肩を竦《すく》めて「……役に立つかは調べてみないと分からないけど」と、つい苦笑する。

「……どういうことですか、それ？」

「玉石混淆《ぎょくせきこんこう》なんだよね。掘り返した鉱物が、調べてみたら何の役にも立たない石ころだった、なんてザラなんだよ。特に珪砂《けいしゃ》とかの一種だった場合はなぁ、どうにもならないって感じ」

ため息まじりに「陶器と硝子《がらす》の材料以上のことは、今の技術だと無理だって」などと、アスランがぶつくさ呟《つぶや》くと、ミスラは「よく分かりませんが……大変ですね」と、困り顔で笑う。

「……あ、雉《きじ》のもも肉、塩漬けにします？　それとも今すぐ食べます？」

ミスラが尋ねる。アスランは「んじゃあ、今すぐお願いします」と、答えて、それから。

「煮込みかスープ作るよね？　鍋出しておくよー」

「あ、はい。お願いします」

火熾《ひお》こしの時とは違い、ミスラは素直に返事をした。

錬金術師と毛刈りと駱駝《らくだ》

「ああっ！　動くなっ！　動くなって!!」

アスランは、腹を天に向けめぇめぇくねくねと動く羊を片手で押さえつつ、もう片方の手には毛刈り用の鋏《はさみ》を握り締め、毛を刈り込むのだが。

「アスランさん、後ろ足を浮かせると、大人しくなりますよ？」

助言するミスラの毛刈りは既に二十頭目に突入している。毛を刈られた羊たちは作業からの解放と同時に暑苦しい毛からも解放され、軽やかな足取りで囲いに戻っていく。

一方、アスランはまだ一頭目の半分も刈れていない。

「やりづらいようでしたら、羊の足を縛りますか？」

そう言うミスラは足など縛らずとも、さくさく刈っている。羊も暴れず、服を脱ぎ捨てるように毛を刈られ、次々と解放されていく。しかも歌まじりでの作業で、実に楽しそう。

そんな様子を横目に、アスランは「なんとか頑張る」と、続けるが、結果は芳《かんば》しくなかった。

ミスラの刈った毛は羊の形そのままを残して刈られているのに対し、アスランが刈った羊の毛はガタガタのバラバラ。精度は悪い、仕事は遅い、役立たず、という言葉がよく似合う。

そんな感じで、朝から家畜たちの毛刈りを行っているわけだが――。

＊＊＊

昨日のことだった。朝食の時、ミスラが「毛を刈りたいです」と言い出した。

「暑いみたいで、羊が少しへばってるんです」

「暑い？　まだ春なのに？」

「日中に汗ばむこの時期は、初夏って感じなのですけど？」

アスランは言葉に詰まる。朝晩の冷え込みが続き、外套《がいとう》が手放せないこの時期、アスランにとってはまだ春だが、ミスラにとっては初夏らしい。確かに、メディアス・エルフィアナはこの国より北で寒いから、ミスラの感覚としてはそうなのだろう。

「特に駱駝《らくだ》は換毛《かんもう》が始まったので、すぐにでも毛を刈った方が良いです」

「あー、そういえば、部分的に禿《はげ》っぽい奴《やつ》がいたね」

「ええ。ちょっと抜けちゃってますね。駱駝の毛は羊より良質なので、わた埃《ぼこり》になって飛ばされていくのは……すごく、もったいないです」

「まぁ、高級品だからねぇ、駱駝の毛って」

北方に住む駱駝の毛は空気をよく含み、吸湿保温性が高く、そして市場価値も高い。

「にしても、そっか。畜産物の現金化……ちょっと面白そう」

「面白い？　あの、つまらないと思うんですけど？」

「まぁまぁ。僕、羊とかの毛って、既に服になったのを買ってるだけの客だったからね。どうやって作られるのか、なんだか興味がある」

「そうですか？　ありふれたことだと思うんですが……？」

ミスラが小首を傾《かし》げる。アスランが興味を持つのが、不思議らしい。

確かに家畜の毛刈りなんてありふれているかもしれないが、そのわりに実際にどう作られているかを、アスランは知らない。学者故《ゆえ》の探究心で、無性に興味をそそられるのだが、ミスラにはそこが分かりかねているようだ。

「とにかく見物ついでに、僕、手伝うよ」

「え？　あの、手伝われるのですか？」

アスランが「だめ？」と尋ねると、ミスラが「あの……」と、迷っていたが、暫《しばら》くしてから「……じゃあ、お願いできます？」と、お願いされているのか了承したのかは分からないが、ともかく、アスランは毛刈りを手伝うことになった。

＊＊＊

「――アスランさん。私が刈りますから、駱駝の方をお願い出来ます？」

いつまでも毛刈りが終わらないためか、ついにミスラから言われてしまった。

アスランは「最後までやる」と言いかけ、止めた。いや、諦《あきら》めた。

手際が悪過ぎる。羊も遅々として進まない毛刈りに、非常に機嫌を悪くしている。

毛刈りに関し、アスランが役立たずの無能なのは、既に明白だった。

自《みずか》ら手伝いを申し出て、この体《てい》たらく。もはやアスランなぞ居ても居なくても――むしろ居ない方が、ミスラが気を使わずに済むかもしれない。こんな有様《ありさま》なので、アスランは素直に、（心情としては渋々）羊を引き渡し、指示通り、駱駝の毛刈りをすることにした。

「よーしよーし。じゃあ、座って」

駱駝《らくだ》はふーんと、あらぬ方を向いて座ろうとしない。アスランは「あれ？」となって、再び「座って」と言うが、反応無し。さらに「座って、座れ！」と、繰り返すが、駱駝はふーん。

ミスラの言うことは聞くのに、何でだ？　と、暫《しば》しアスランは考え、ミスラが普段、駱駝に対し、どんな風に呼び掛けているかを思い出す。

「――あ、そうか〔座れ〕」

エルフ語で言い直すと、駱駝はもそもそとお行儀よく座った。

躾《しつ》けされていたのがエルフ語で、アルヴァンド語ではぴんとこなかったのだ。

と、そこまでやって「あ、手綱《たづな》を下に引っ張ればよかった」ということに後から気付く。

言葉掛けが必要なのは、駱駝に乗っている時だけだ。

さて、ようやくお座りしてくれた駱駝の瘤《こぶ》や背中を、アスランは撫《な》でる。まるで皮でも剝《は》がれるように冬毛が取れてきている。初めて見る人は皮膚病か何かと勘違いするくらい抜けるのが駱駝の換毛《かんもう》だ。その毛を刷子《ブラシ》で擦《こす》る。そう、これは落ちかけた毛を擦り取っていくだけの作業だ。子供でも出来そうな仕事で、アスランは少々複雑な心境になるが、仕方ない。役に立っていないのだから。刷子《ブラシ》で撫でると、べろべろずるずる毛が剝がれ取れた。

駱駝は換毛で痒《かゆ》かったのか、梳《くしけず》られるのが気持ちいいらしく、べたーっとだらしなく頭を地面に落とし、好きなようにアスランに梳らせていた。そうやってアスランが駱駝の毛を刮《こそ》げ落としている間に、ミスラは全ての羊の毛を刈り終えた。仕事が速い、やはり本職は違う。

「んんん、こぶが柔らか過ぎてやりづらい……」

蓄えた脂肪を食べ物の少ない冬に消費しているせいか、駱駝のこぶが柔らかでぶるぶる震えて刷子《ブラシ》をかけにくいが、それでもアスランはどうにか梳《す》く。そんな駱駝だが、実際は鋏《はさみ》で刈るそうだ。今回は抜け落ちる寸前なので刷子《ブラシ》だ。そして、梳ききれない分は鋏で切る。

一方、ミスラは馬の剪毛《せんもう》に取りかかる。牝馬《ひんば》は尾と鬣《たてがみ》を、牡馬《ぼば》は鬣のみを切っていく。いずれも、刷毛《はけ》や箒《ほうき》の材料になる部分だ。

「次、山羊《やぎ》の毛を取りましょう」

そう言って、ミスラは小さな鉄製の手把《レーキ》をアスランに手渡す。

「駱駝みたいに梳くの？」

「いえ、下に生える産毛《うぶげ》を梳き取るんです。こっちも放っておくと自然に抜け落ちて、風に飛ばされてしまいますから。そうなる前に梳き取ります」

「山羊ってそういうものなんだ……」

「いえ、この山羊だけですよ。高原山羊なんです」

「あ、それ。知ってる」

高級な毛織物の素材だ。艶《つや》があって柔らかく肌触りもよいが、寒冷地で育てた山羊にしか生えてこない上に、取れる量が少なく、非常に稀少《きしょう》で高価だ。

その山羊《やぎ》だが二人して保定《ほてい》し、せっせと産毛《うぶげ》を梳《す》き取っていく。

「……これ全部売るの？」

「羊の毛は四分の一を残して、駱駝《らくだ》は半分、山羊は全て残しますよ」

「残したのはどうするの？」

「何か、作ります」

アスランは「ん？　作る？」と、眉を顰《ひそ》めたが、ミスラはにこにこ笑っているだけだ。

隠しておきたいのか、それとも作るものが決まっていないのか、色々と気になる――なんて考えていたら、手元から「ワ――!!」と、人間の男みたいな叫びが上がった。

どうやら、山羊の毛を強く引っ張り過ぎたらしい。


二人して、羊、馬、駱駝、そして最後の山羊の一頭を囲いに放つ。

刈った毛をまとめ、紐《ひも》で縛り上げるが、梱包《こんぽう》は力の要る作業だったためか、アスランの方が早く、ミスラから丸々任された。というより、ようやくアスランに回ってきた仕事らしい仕事で、旅をしていて梱包作業には慣《な》れていたので、嬉々《きき》として荷物を括《くく》る。

それらを納屋《なや》に仕舞い込み、家畜に水を飲ませ、ようやく一段落。

やっと終わった――。

百頭あまりの毛刈りを終了した頃には、お昼が過ぎているのだった。

毛刈りの後、二人して一休みに軽い食事とお茶をすることにした。

お茶といっても酸乳《ヨーグルト》で、それに作り置きの揚げパンとカイマク、それに干しぶどうだ。

「お疲れ様でした、アスランさん」

「駱駝の毛取りと荷造りくらいしか、役に立ってないけどね」

「そんなことありませんよ？」

「いいよ、無理して感謝しなくても……」

アスランは揚げパンを齧《かじ》りながら苦笑するが、ミスラは「そんなことありませんよ？」と。

「いやいや。刈った毛はガタガタだし、仕事は鈍《のろ》いし、あれじゃあ手伝いになってないよ」

自虐するだけしてから、アスランはべたぁ〜と、揚げパンにカイマクを塗りつけ、ぱくりと一口。ミスラは頬に手を当て考えてから、碗《わん》の酸乳《ヨーグルト》を啜《すす》る。

「あの……アスランさん。ご自分で気付いてないようですけど、羊や山羊を囲いから引っ張ってくるのは、実は助かるんですけどね」

「そうなの？」

「だって、放牧は誘導で済みますが、毛刈りは一頭一頭でしょう？　馬や駱駝はまだしも、羊や山羊は言っても聞かないですから、引っ張り出さないと」

アスランが「あー」と碗を持ったまま声を上げる。

「羊と山羊《やぎ》はなぁ、躾《しつけ》も指示も出来ないからねぇ……」

「ええ……群れるだけですからね。それに、ああ見えて引っ張るのはそれなりに力が要るんですよね。私一人だと、今日の半分も終わってませんでした」

「そっか……じゃあそれなりに役に立ったんだ」

「それなりどころではないですよ？　駱駝《らくだ》の中で一番扱い難《にく》い子を、アスランさんが毛を梳《す》き取ってくれましたから、助かりました」

「ん？　扱い難《にく》いって……どいつ？」

「雄の、一番からだの大きいのです」

「ああ、あの、大きくて鼻息の荒い奴《やつ》か」

アスランが囲いに向かい、ひときわ体が大きい雄の駱駝を指さす。なかなか気の強い雄で、引っ張ってくる時にやや抵抗したが、最後は観念し、毛を梳き取らせた。

「私、あの駱駝だけは諦《あきら》めようと思ったんです」

「そうなの？」

「あれだけは私だと、無理なんですよね……」

「あーまぁ、種雄みたいだからね、仕方ないね」

「……わかるんですか？」

「図体《ずうたい》デカいし、胸張ってたし、雌を従わせて……何より去勢してない」

「ええ。あの雄は〈ボター〉……種雄の駱駝ですね」

「ふうん、やっぱりか。でもあいつ、まだマシな方じゃない？」

「まし、と言うよりは、優秀な種雄ですよ？　若い雄を追い払いはしても、滅多に喧嘩《けんか》を仕掛けません。こういう辺りは種雄馬《アイグル》と同じです」

「やっぱり種駱駝も大人しい方がいいの？」

「大人しいというよりは、優しくて、戦うべき時とそうでない時の分別《ふんべつ》が出来るような、そういう冷静さと賢さを持っている雄が良い、でしょうか？」

「と、いうと？」

「種雄馬《アイグル》と種駱駝《ボター》は種付けだけでなく、群れを護《まも》るのも仕事ですから」

「へぇ……」

「私たちは遊牧でしょう？　全ての家畜を四六時中、見張っていられませんから」

つまり、こういうことだ。夜、眠っている時や他のことをしている時など、家畜を見張れない時、羊や山羊などの場合は簡易の囲いに入れるか、牧羊犬に監視を任せる。

これが駱駝や馬の場合、群れの護りは種雄に任せるらしい。だが、いくら群れを護るためとはいえ、幼い個体や去勢した雄にまで喧嘩を売るような種雄だと、遊牧では家畜の離散や喪失に繋《つな》がり、さらにそういう性質は子にも受け継がれるので種雄としては不向き。

寛容で賢く、しかし強さを兼ね備えているのが、優秀な種雄と。

「騎士道の鑑《かがみ》みたいなのが種雄向きと。人間っぽいねぇ」

「エルフも同じですよ」

ミスラは笑って、腰に掛けていた手拭《てぬぐ》いでアスランの口に付いていたパン屑《くず》を拭う。

「それでも、種付けの時期は気が荒くなって厳しいんですけどね……」

「駱駝《らくだ》の雄はね、発情すると些細《ささい》なことで踏んだり蹴《け》ったりだね」

「たまに死者も出ますよ……」

「そうでなくても、彼奴《あいつ》らに一旦《いったん》、見くびられると、噛《か》んだり蹴ったりしてくるもんな。我慢強いのは暑さ寒さと飲食に関してだけ、っていう……」

アスランとミスラが顔を見合わせ笑う。

粗食に耐えて暑さ寒さに強い駱駝は辛抱強いと世間では思われているが、実のところ、かなり我《が》が強い。気に入らないことがあるとすぐに機嫌を損ねるし、賢い連中なので、理不尽な指示や指示する側《がわ》の不慣れや気の弱さ、脇の甘さなどはすぐに見破り、それで言うことを聞かなくなる。そして、そういう相手に対し、虫の居所が悪くなれば噛んだり蹴ったりしてくる。

「でも種駱駝……〈ボター〉だっけ？　良いんだよなあ……すっごい力持ちだし、速いし」

「種駱駝《ボター》、扱ったことがあるんですか？」

「あるよ？　調査採掘の時に、荒野とかで乗った」

「乗ったって……わざわざ種駱駝《ボター》を？」

「近親交配になりかけていた牧場から手に入れたというか。いい体格してたし」

「去勢とか……」

「しなかったよ？」

「しないで乗ったんですか!?」

「だって、その方が勇敢だし」

ミスラは驚いているが、実際、荒野などで大荷物を持って旅をしていると、たまに山賊に襲われることがあって、そういう時に、勇敢な駱駝は頼りになる。

荷物を盗《と》ろうとした山賊に、駱駝が強烈な前足蹴《げ》りをお見舞いした時など、すがすがしい。

「でも、そのわりに、お持ちではないのですね……駱駝」

「この国の住みやすい所って、わりと雨が降るからね。駱駝って湿気が多い所では病気になりやすいでしょ？　前に住んでたのが王都だったから、余計に手元に置いておけなくて」

「駱駝って……湿気に弱かったんですか？」

「あれ？　聞かない？　そういう話」

「ええ、そういう話は……」

アスランは暫《しば》し考えてから「あ、そっか」と、手を叩《たた》く。

「あっちは雨や水場が少なかったね」

「ええ、そうですけど……？」

「元々、乾燥している場所では、そもそも問題にすら上がらない、と……」

「ああ、そういうことですか」

ミスラも納得し、皿に残った揚げパンの、最後の一つを手に取り、それを二つに割って手渡してくるので「あ、ありがと」とアスランは礼を言う。

「……そうだ！　アスランさん、あの子、いります？」

「へ？」

「あの種雄の駱駝《らくだ》ですよ」

「え？　くれるの!?」

アスランは身を乗り出す。ちょっと乗ってみたい。なんて、思っていたところだ。

「毛を梳《す》く時、ちゃんと言うことを聞かせていましたし、扱ったことのあるアスランさんなら、あの子を使いこなせるんじゃないのでしょうか？」

「うーん、多分ね。……でも、いいの？」

「ええ。私の旦那様《だんなさま》ですから」

「あは……。久々に聞いたな、その言葉」

ミスラに「いけませんか？」と尋ねられ、アスランは「いや、ぜんぜん」と、笑って返す。

以前はこそばゆかったが、今は全く悪い気がしないのだった。

お風呂屋さんに行こう！

「さて、と。持っていくのはこんなもん？」

朝、アスランが納屋《なや》から引っ張り出した荷物を前にして尋ねる。それを、ミスラが確認。

「全部だと思います」

アスランが頷《うなず》く――そう、本日は市場に毛を売りに行く日だ。

なお、ミスラの今日の家畜の世話は休みだ。アスランが決めた。

＊＊＊

毛を刈った日の夕飯の時だった。

夫婦で『刈った毛をどう売りに行くか？』について、話し合っていたのだが、売りに行く日はさすがにミスラも家畜の世話が出来ないので『牧夫《ぼくふ》を雇おうか？』という話になった。

それでアスランは「ついでだから、二日くらい休まない？」と、提案した。

するとミスラは「いいえ、半日でいいですよ」と言う。

しかもミスラは、牧夫を雇うお金は「私が出しますよ？」などと言い出す。

「こう見えてもお金は幾ばくか持っているんです。だから、心配しなくても大丈夫ですよ」

ミスラは笑って言うが、夫であるアスランの立場からしたら「何、言ってるの？」だ。

「もちろん、牧夫を雇うお金は僕が出すよ、出すに決まってるじゃないか」

「え？　どうしてです？　家畜のことは、私の都合ですよ？」

「結婚してるでしょ！　だから、僕が出すって！」

「ですから、私が出しますよ？」

「だから、僕が出すって！　で、休もう！」

「ええ、ですから、毛を売りに行く日はちゃんと半日お休みしますよ？」

なかなか強情だなと、アスランはため息をつく。

「……結婚して一ヶ月以上経《た》つけど、ミスラ、一日も休んでないでしょ？」

「このくらいは普通ですけど？」

「毎日放牧しに行ってるのに？」

「あちらでも、毎日放牧しに行ってましたけど？」

アスランが「まぁ、遊牧ならそうだろうけど……」と、咳払《せきばら》いする。

「休もうよ、一日や二日くらい。というか、一週間に一日か二日は休もう」

「そんなに休んだら、家畜に十分な牧草を食べさせられないんですが？」

「そこは、牧夫や牧童とかを雇うから大丈夫」

「あの、人を雇うのって、どうしても手が離せない仕事がある時とか、身内だけでは世話しきれない数の家畜がいる時とかではありませんか？」

「疲れたからとか、一日ひと休みしたいから、とかで雇ってもいいと思うんだけど？」

「そんな理由で人を雇って、いいものなんですか？」

アスランは「ああ、やっぱりな」と、再びため息をつく。何となくそんな気がしていた。

そう、ミスラには〝休日を取る〟という意識がない。毎日、何かしら仕事をするのが当たり前で、理由もなく〝休む〟というのはあり得ないし、そんなことを言われても困るのだ。

しかしだからと、このままというわけにもいかない。

最近、アスランは気付いた、結婚してから生活費をろくに捻出《ねんしゅつ》していない。

それというのも、食に関してはミスラが殆《ほとん》ど用意してしまうからだ。

肉は狩りで得て、乳は家畜から搾乳《さくにゅう》したものを、そしてご近所の畜産農家の放牧を手伝って、謝礼に野菜だの芋だの、この前は米をもらってきていた。

最近、買った食いものといえば、塩と小麦くらいか？　結果、家の持ち主はアスランだが、食《く》い扶持《ぶち》はほぼほぼミスラ持ち。食だけならアスランはミスラに養ってもらっている。

自分も働いているのにこの状況は解《げ》せない。「なんか違うだろ？」だ。

「ともかく、毛を売りに行く日は丸一日休もう！　もちろん、牧夫の派遣は僕がお願いするから、うちの家畜の世話は気にしなくても大丈夫だよ」

問答無用にアスランは休みを決める。ミスラはというと、これまた予想通り「でも……」と、納得いかない様子だが、アスランはそれを無視し、続ける。

「一週間に一日、二日は休もうか。……あ、異論は聞かないよ？」

「あの……」

「家畜用に飼《かい》い葉《ば》も買っておこうか？　放牧に連れて行く回数も減るし、もっと休めるよ？」

「いえ、それはどちらかというと冬の方が……」

「ああ冬かぁ、わかった。でも、牧夫の人はお願いするから」

「ですから……」

「そうそう、毛を売りに行った後はどうしよっか？　市場《バザール》でも巡り歩くのとかもいいよね？買い食いとかさー。屋台で干し杏子《あんず》とか買ったりしてさー」

「…………」

何か言いたそうにするミスラの発言を遮りまくり、有無を言わせぬように、強引に毛を売りに行く日の予定の話に戻す、アスランだった。

＊＊＊

出掛ける直前、事前に畜産組合経由で話を通しておいた牧夫がやって来た。

牧夫はミスラと同じくらい家畜の扱いに慣れているようで、あっさり羊や山羊《やぎ》たちを誘導し、放牧地まで連れていった。羊たちを見送った後、アスランとミスラは駱駝《らくだ》三頭を見繕《つくろ》い、二頭に荷鞍《にぐら》を積んで荷物を括《くく》り付け、もう一頭には二人乗り用の鞍《くら》を着け——最初、ミスラから譲ってもらった種雄駱駝に乗ろうと考えたアスランだったが、近所の市場へ行くには少々気が荒いので止めた。荷を積んだ二頭と、二人乗りの鞍を着けた一頭、合計三頭を縄で連結し、出発。

先頭は人の乗る鞍を着けた駱駝、手綱《たづな》を握るのは——意外にも、アスランだった。

「本当に、乗れるのですね……」

後ろの鞍からミスラはため息のように声を上げる。

「だから、手綱を任せたんじゃない？」

「ここまで上手《うま》く乗りこなせるとは思わなかったんです」

「上手いってほどじゃないと思うけど……もしかして心配してた？」

ミスラは「いえ、そこまでは……」と言うが、歯切れが悪い。多分、アスランが種雄駱駝に乗っていたと聞いてはいても、実際に手綱捌《さば》きを見ていなかったからだろう。

「だから、乗ってたって言ったのに」

「ええ、ですからそれはもう、よく分かりました」

アスランが「へぇ……？」と、胡乱《うろん》に目を細める。分かったというわりに、ミスラの声は若干、むくれているような気がする。もしかして、これは……。アスランがピンとくる。

「ねぇ、僕が上手《うま》く扱えなかったら、自分が手綱《たづな》を握ろう、なんて、思ってなかった？」

少し意地悪な質問に、ミスラは「いいえ、全く」と、取り澄まして否定する。

が、その声が妙に白々しく、アスランは「そうなんだ」と、笑いを噛《か》み殺していたが、微妙に声が震えていたせいか、ミスラに「何を笑ってるんですか？」と、抗議されてしまった。


アスランとミスラがおしゃべりをしながら駱駝《らくだ》でのんびり進むと、町並みが見えてきた。

ミスラがごそごそし始める。畜産組合でもらった地図を引っ張り出しているようだ。

「……隊商宿《キャラバン・サライ》は、どちらでしょう？」

後ろの鞍《くら》から手を伸ばし、ミスラが地図を前へと差し出す。一旦《いったん》、駱駝を止めたアスランは差し出された地図を覗《のぞ》き込み、片手で場所を示す。

「ここから真《ま》っ直《す》ぐ行った先にある市場《バザール》の外周を、東に迂回《うかい》した先だよ」

「そうですか、ありがとうございます」

「どういたしまして。というか、隊商宿《キャラバン・サライ》に行けばいいのか」

「原毛を取り扱う問屋がそこにあると、伺いました」

「そういえば、組合で言ってたね」

「あと、私が作ったものも、出来れば買い取っていただければなと」

「作ったもの？」

「織物とか縫い物とかです。向こうに居たころに作ったものが大半で……」

そういえばミスラは風呂敷《ふろしき》に包んだものを、刈った毛と一緒に駱駝に積んでいた。

「どんなの作ったの？」

「女性向きの肩掛けや、膝掛《ひざか》けですね。あと、被り物の生地などですが、今、私が着ている服や、布団の覆いの柄と、そんなに変わりませんよ？」

家の布団掛けなど、ミスラの作ったものを思い出して「あんな感じか～」なんて考えながら、天幕の並ぶ市場を東側に迂回していくと、数階建ての建物群が見えてきた。

「あれだよ、ミスラ」

アスランが指さす建物――隊商宿〈キャラバン・サライ〉。

市場《バザール》に隣接する商館や問屋を兼ねた行商用の宿だ。中庭を囲む数階建ての建物で、一階は商会の倉庫や取引所、二階以上は商会の事務所や行商の宿にされている。

中庭は、荷役の馬や駱駝の係留場所として水場や繋《つな》ぐ所がある。

空いていた場所に駱駝を繋いだ後、ミスラは組合でもらった商会名簿を見ながら店を探す。

その間、アスランは駱駝から荷物を下ろし、手持ち無沙汰《ぶさた》になったので辺りを見て回る。

「用事がないから来たことなかったけど……」

アスランはなんとなく中庭を一周して辺りをざっと眺める。

「……さすがに市場ほど見栄えするようには並べないか」

出入り口から辛《かろ》うじて、商品らしき絨毯《じゅうたん》の丸めたものや、畳んだ織物、香辛料の大袋などが見えているが、行商人が卸売りや倉庫にしている場所のせいか、無駄なく出し入れしやすいように物が置かれていて、客が見やすいようには陳列されていない。それら商品や、二階、三階の宿や事務所の部分を眺めたりしていて、ふと、アスランの目に大きな建物が映る。

「――風呂屋〈ハマーム〉！」

そう、風呂屋。本来、この国風に言うなら〈バラネイオン〉と呼ぶのだが、行商のハイエルフの客が多く、彼らが頻繁に〈ハマーム〉と呼ぶものだから、この街の人間にもそう呼ばれるようになってしまった。この国には風呂屋は沢山《たくさん》あるが、この辺りは温泉が出るものだから、そこのお風呂屋はとにかく大きく、そして休憩場の居心地がすごく良い。

隊商宿《キャラバン・サライ》には来ないが、あの風呂屋にはアスランもよく通う。

いや、通っていたと言った方がいいか？　結婚してからは行っていない。

「今行くと、ハイエルフの行商で混んでるんだろうな……」

廂《ひさし》の下に積まれた荷物の前で、べったり座り込む駱駝《らくだ》たちを見て、アスランが苦笑いする。

到着したハイエルフの隊商《キャラバン》が駱駝から荷物を下ろし、その足で風呂屋に行って旅の汚れを落とす――そんな状況を頭にうかべながら、お風呂屋を眺める中、アスランが「あ、そうだ」と思い立ったその時、問屋からミスラが出てきた。

「――お待たせしました、アスランさん」

「首尾はどうだった？」

「毛の取り引きは無事終わりました。あと、持ってきた織物も買い取っていただけました」

アスランが「それはよかったね」と言ってはみたものの。

気のせいか、ミスラに落ち着きがない。そわそわ、うずうず？　浮かれてる？

「……何か、あった？」

「四倍です」

「……はい？」

「織物と刺繍《ししゅう》、あちらの四倍のお値段で買い取って頂けました！」

アスランが「へぇ……」とうわの空で返事をして。

「四倍!?」

「はい！」

「すごいじゃないか！」

「はい！　大きな金貨を頂いたのは、生まれて初めてです！」

にこにこ顔のミスラから、数枚の大金貨を見せてもらう。

「刈った毛も、あちらの二倍くらいでした」

「へぇ……結構いい感じだね。でも、四倍か。行商の儲《もう》けや運搬の費用が掛からなかったのも、あるんだろうけど……。それにしても、そうか、いい値段で買い取ってもらえたね」

ミスラが「ええ」と、嬉《うれ》しそうに返事をする。

「じゃあ景気もよかったところで、あそこに行ってみない？」

ミスラが「あそこ……？」と、アスランが指さした先に目を凝らす。

「あのお寺へ、お参りしに行くんですか？」

「いや……あれ、お風呂屋さんだけど？」

ミスラは「……はい？」と、お風呂屋さんの建物からアスランの方へ振り返る。

「えっと……お風呂屋さん？〈ハマーム〉？」

「あ、遊牧エルフもそう呼ぶんだ」

「あれが？」

「うん、あれが」

暫《しば》し、ミスラが黙して。

「あれが!?　お寺か何かの間違いじゃないんですか!?」

「いや……あれでお風呂屋さん」

ミスラが「え、嘘《うそ》……」と、酷く驚く様《さま》に、アスランはニッと笑う。

あそこの風呂屋は寺や廟《びょう》と見間違えるほど大きい。ひとえにこの街が交易の拠点で、さらに隊商宿の側《そば》ということもあるからだ。大きな建物が皆無の遊牧エルフの地域から来たミスラなら驚くだろうなと思っていたが――予想以上の反応が返ってきた。これはもう行くしかない。

「じゃあ、あそこに日頃の疲れと垢《あか》を落としに行こうか」

アスランは嬉々《きき》として係留する駱駝《らくだ》の縄を解き、お風呂屋さんへと向かった。

お風呂屋さん・妻の場合

半日休みのつもりが、夫に無理矢理、丸一日分の休みを取らされたミスラ。

夫から「あそこに行ってみない？」と誘われてやって来た、お風呂屋さん。

建物の前で、ミスラは口をあんぐりして立ち尽くす。

そのお風呂屋さんはミスラの知る風呂屋さんからあまりにかけ離れていた。
三、四階建てくらいの高さはあるだろう。柱や外壁などに彫刻が施されていて、その様はお寺にしか見えない。これが草原《ステップ》の交易拠点《オアシス》なら、もっと小さくて地味で、切りっぱなしの石造りで庶民の憩いの場所、それがお風呂屋さんだ。なのに、ここは――。
「ミスラぁ、行くよ～？」

茫然《ぼうぜん》としているミスラに、夫のアスランが暢気《のんき》に声を掛けてくる。

ミスラは「はい……」と返事をするが、声は小さく、気後れを隠しきれない。

ずかずかと進む夫の後ろについていて、ミスラは恐る恐る建物の中に入った。

入ったそこは多くの人で賑《にぎ》わっていた。男性客にハイエルフの行商が多いのは、ここが隊商宿から近いからだろう。この辺りは交易拠点《オアシス》のお風呂屋さんと同じだ。

そして、女性客は人間の客が多い。地元の人間だろう。

でも、一応、ハイエルフの女性客も少しまじっている。

ミスラは待合室の絨毯《じゅうたん》の上で寛《くつろ》ぐ人たちを見る。枕に寄りかかり、珈琲《コーヒー》や茶を飲んだり、水煙草をのんだりしている。ここもあちらのお風呂屋さんと同じだ。

と、そこにあった絨毯と枕に、ミスラは「……あれ？」となる。

「んー？　どうかした？」

眉を寄せているミスラに、夫のアスランが声を掛ける。

「あそこの絨毯や枕の柄に、見覚えがあって」

「んー。それ、ハイエルフの行商人がメディアス・エルフィアナで買い付けてきた奴《やつ》じゃない？　どっかの部族が作ったとか、そんな感じで……」

ミスラは「そうですか」と言いながら、どこで見たのかと暫《しばら》く考え、「あ」と、思い出す。

あれ、大草原の嵐の血族《ウルダラ・ボラン＝バグ》のだ。ミスラの実家、千里の野を馳せる血族《ハンシュイマ＝バグ》に近しい一族だ。交配用の馬の交換など、何かと交流が多く、彼らの身に纏《まと》っているもので、あの柄をよく見た。

そっか。遊牧エルフの作ったものは、ああやって使われるのね。

「受付してくるから、ちょっと待ってて」

「あ、はい」

夫に待機を指示されたミスラは、その場でじっと待つ。

受付らしき場所に行った夫は、そこに居た女将《おかみ》さんとやり取りをするが、途中で女将に耳を打って――何か、硬貨にも見えたが、それを手渡していた。ミスラはそんな夫を不審に思いながらじっとしていると、女将が受付の後ろの棚に重ねてあった大判の手拭《てぬぐ》いを一つ取って、こちらにやって来て「ご案内しますね」と言う――これってついていくの？

「あの……？」

助け船が欲しくてミスラは夫を見るが、彼は「いってらっしゃい～」と、笑顔で手を振っているだけだ。これは、行くしかないのね。そう、ミスラは諦《あきら》めるようにため息。

何か、腑に落ちない思いを抱きながら女将の後を追い、女湯へと向かう。


大判の手拭いを体に巻いたミスラは、またもやぽかーんとして立ち尽くす。

案内された場所は高湿の蒸し風呂だったのだが、座る場所や寝そべる場所、体を洗う湯壺《ゆつぼ》なども置かれている辺り、ミスラの知っているお風呂屋と同じ感じだった。

ただ、とても広い。見回す空間は広々して、見上げる円錐《えんすい》状の天井は、すごく高い。

座る場所は大理石で、天井には採光のためなのか、色硝子《ステンドグラス》がはめ込まれていた。

やっぱり廟《びょう》かお寺……。そう思わせる広さなのに、蒸し風呂の中はしっかり温まっている。

きっと、すごい量の燃料を使っているのだろう。それに、水も。

これがメディアス・エルフィアナだと、木がないから乾かした家畜の糞《ふん》を燃料に使う。乾かした糞は結構良く燃えるのだ。小さい頃、ミスラはお手伝いに籠を背負って燃料になる糞を拾い歩いていたが、煮炊きの分を集めるだけでも、そんなに楽な仕事ではなかった。

それに、向こうは水だって少ないから、燃料と水の節約に、風呂場はとても狭くする。

でも、燃料だったら、この辺りは木も多くて薪《まき》がたくさん拾えるから、大丈夫かな……。

そう、こちらに来てからミスラは家畜の糞を拾うことはなくなった。この辺は雨が多くて家畜の糞の乾きが悪く、燃料に使いづらいというのもあってだが、その代わり、薪は簡単に拾えるので何の問題もなかった。そう、薪が簡単に拾える場所なのだ、ここは。

それなのに夫ときたら「薪くらい、買おうよ?」なんて言い出す。

ミスラにしてみれば「薪くらい、拾えばいいでしょう?」だ。

薪拾いなど「家畜の糞を拾い歩くより、全然楽ですよ」というのに、夫のアスランは眉を寄せるばかりで、これにはミスラも困り果てた。

そもそも焚《た》き付け用に拾ってくる灌木《かんぼく》は、あのツツジだ。大体、森の周辺に生えるが、地力が落ちてきた牧草地などに生えてくることがある。家畜の毒なのでミスラは見つけ次第、伐採、しかし無駄にせず焚き付け用として使っている。木材として立派に育たない貧相な低木で、しかも毒。だからこそ、遠慮なく焚き付けに出来る――それがツツジだ。

伐採して使うので、生木《なまき》で乾かさなければいけないからすぐには使えず、別に薪を拾う必要があるが大体そう。そんな事情があるのに夫は分かっていないのか、すぐに楽をしようとするし、ミスラにまで楽をさせようとする。今日の休みだって――。

「……あの人ってば、どうしてああなのかしら？」

ミスラが苦笑いしながら呟《つぶや》くと、一緒に居た女将《おかみ》が「どうかされました？」と、尋ねてくる。

慌てて「あ、なんでもないです！」と、取り繕《つくろ》う。

「……ね？　お客さん。ここ、広いでしょう？」

ふいに女将がミスラに話しかける。

「ええ、すごいですね」

「初めて来たお客さんね、大体、驚かれるんです」

「はい。びっくりしました」

「ええ。これほどの広さのお風呂屋さんは、滅多にないですからねぇ」

「こちらでも、やっぱり珍しいんですか……」

「ええ。特に初めて来るハイエルフのお客さんとかによく聞かれるんですよ。『この蒸し風呂、どれだけ燃料を使っているんだ？』なんてね」

「あ、それ。私も思いました」

「ここねぇ、温泉の蒸気で温めてるんですよ」

「温泉？　あの、ここ、温泉地なんですか？」

「ええ。龍の棲む山《ハラ・ベレザイティ》の恩恵を受けた温泉——向こうにもあるでしょう？」

「ええ、ありますが……」

そう、龍の棲む山《ハラ・ベレザイティ》のメディアス・エルフィアナ側《がわ》にも温泉はある。

ミスラは婚礼前に身綺麗《みぎれい》にするため、立ち寄ったが、規模はもっと小さかった。

「でも、こんな大きな蒸し風呂はありませんでしたよ？」

「ああ、それはお湯の湧《わ》き出る量の差だと思いますよ？」

「湧き出る量……？」

「井戸と同じですよ。雨が多い方が、湧き出る量も多いんです」

「あ、そういうことですか……」

あちらは少雨の地域だ、それで温泉の湯量も少なめと。そう、ミスラが納得していると、女将が手招きし、次の部屋へ案内される。ミスラは導かれるまま部屋に入ると、思わず「わぁ」と声を上げる。そこには大きな浴槽があり、壁からは滝のように湯が流れ落ちている。

「沐浴場みたい……！」

メディアス・エルフィアナだと、暖かい南部にこんな感じの沐浴場がある。単純に汚れを落としたいだけなら水でいい。でも、ここに湛《たた》えられているのは水でなくて、お湯。

「こんなにお湯があるなら薪《まき》を使ってお水を温める必要、ないですね！」

「ええ、そうなんです」

女将はそういって微笑《ほほえ》むと、「まず、蒸し風呂で体を温めてはいかがですか？」と、ミスラを元の蒸し風呂の部屋へ案内する。ミスラはつるつるとして綺麗な、波模様の大理石の腰掛けを「これに座って良いものなのかしら？」なんて思いながらも、恐る恐る座ったが――。

垢《あか》すり、持ってきてないけど、どうしよう？　蒸し風呂で暖まるのはよいが、夫が急にお風呂屋さんに行こうと言い出したものだから、何も持ってきていない。それでミスラが悩んでいたのだが、女将は「体が温まりましたら、お声がけください」なんて言う。

「垢すり、致しますので」

「え？　垢すり？」

「ええ、お代は既に旦那様《だんなさま》から頂戴《ちょうだい》しておりますから」

女将がにこやかに言い、ミスラはやっぱりと納得する。夫が受付でこそこそと手渡していたのは、心付けのようだ。どうしよう？　と、迷ったが、既に支払われたものなら、断りようがない。少し間を開けてから「よろしくお願いします……」と、ミスラが返事をすると、女将は「承知いたしました。では、失礼いたします」と、その場を退散する。

ちょこんと大理石の腰掛けで一人、蒸気に当たりながら、ぼーっとする。

「……こんな贅沢《ぜいたく》、しちゃっていいのかしら？」

お風呂屋さん・夫の場合

「今日もよく混《こ》んでるなー」

アスランは腰巻き一枚で足だけ浴槽に浸して座っていたが、やはり人が多い。

内訳は、人間、ハイエルフ、ハイエルフ、ハイエルフ、ハイエルフというところ。

男湯にハイエルフが多いのは、事前に織り込み済みだ。隊商宿に駱駝《らくだ》が沢山《たくさん》いて、降ろしての荷物が積んであれば尚《なお》のこと、旅の汚れを落としにハイエルフの行商がまとまって来るに決まっている。というよりここの風呂屋にハイエルフが多いのは、いつものことだ。冬以外の平日の昼は決まってそう。特に今は隊商が来たばかりのようなので、〝いつもよりさらに多いハイエルフ〟と言ったところか。隊商宿の側《そば》にあるこの風呂屋にとって、彼らは常連だ。

もちろん人間の客も来るが、大体、朝夕と休日で、平日の昼は来ない。当然だが、平日の昼間は大体の人が働いているから、自然とそうなる。いま来ている人間の客といえば、隠居したおじいさんか、夜勤上がり、もしくはアスランのような一般的な職種からずれた人間だ。

「……そういえばミスラ、楽しんでるかなー？」

とぼけたように呟《つぶや》くアスランだが、口元はにやにやと緩む。

骨の髄まで質素倹約の染《し》みついたミスラだ、多分、風呂屋で何も頼まない。

なら、こちらが勝手に頼んでしまえばいい。そんなわけで、アスランは受付の女将《おかみ》に向かって「うちの妻、ここが初めてなんで、よろしくー」なんて言って、多めの心付けを渡した。

よくある話だったのか、女将は「心得た」とばかりに、笑顔で応じた。

あとは女将がいいように取り計らってくれるだろう。

「ま。本人は色々と焦るだろうけどね〜」

頼んでもいないことを次から次へとやってもらって、それで慌てる妻の様子を、アスランは勝手に想像しては、ほくそ笑む。そう、ミスラはこちらが無理に仕掛けないと、自分から何も要求してこない。自給自足はやって当たり前で、何でも自己完結してしまうところがある。それは結構なことだが、時々「不便なことしてない？」と思う事が多々ある。

たとえば、薪《まき》なんかがそうだ。ミスラは放牧のついでに狩りをするのだが、獲物が得られないと、必ずといっていいほど薪を拾ってくる。わざわざそこまでして燃料費を浮かせる必要はないと思っていたアスランは「薪くらい、買おうよ?」と、言った。

それなのにミスラときたら「薪くらい、拾えばいいでしょう?」だ。

なにやら「家畜の糞《ふん》を拾い歩くよりは、全然楽ですよ」だとか。

薪と家畜の糞に、一体どんな関連性があるのかさっぱりだが——今度、聞いてみよう。

とにかく、ミスラのそういうところはなかなかの筋金入りだ。

といっても、ミスラが拾ってくる焚《た》き付けの薪って、あれなんだよな。

花が綺麗《きれい》な割に毒々しい、あのツツジ……。

ツツジは羊飼いに嫌われている木だ。そして、ミスラが拾ってくる焚き付けの薪は、高い確率でツツジの生木《なまき》。薪拾いというよりは柴刈《しばか》り、それも、狙い澄ませてのツツジの伐採。

ツツジは花が綺麗以外には、貧相な低木で木材としては使い物にならない上に、家畜の毒になるので、焚き付けに遠慮なく使える筆頭だ。ツツジは日当たり良好な貧栄養を好むので、牧草地の地力が弱り始めた場所に侵入、繁殖しやすい。家畜の摂食事故を避けるためにも、放牧中に発見したら、迷わず除去と。つまりツツジの伐採は牧草地の管理で必要なことなのだ。

部外者のアスランが目くじらを立てることでもない——が。

「でも、ミスラ。薪が足らなくなると、ツツジ以外も拾ってくるし……」

アスランがため息をつく。ツツジはわざわざ伐採するので生木だ、そのまま燃やすと燻《いぶ》るから乾かす必要があり、すぐには使えない。そうなると、結局は薪が足らなくなる。それで別に乾いた枯れ枝を拾ってくることになるのだが、そういうところで薪を買えばいいはずだ。

ミスラのことだからなぁ。『薪くらい、拾えばいいでしょう?』再び、か?

苦笑交じりに、アスランが湯をつま先で軽く蹴飛《けと》ばす。

時間が出来たら仕事をひねり出す、そんな感じの、困った妻だ。

「そういうところは一度、話し合ったほうがいいかもなぁ……」

＊＊＊

肩は冷えて足だけ温まり過ぎたアスランは、体全体を温めようと、蒸し風呂へ向かう。

扉を開けて中に入ると、むっとする蒸気の中で、大理石の腰掛けに、ハイエルフの男たちがだらりと座ったり横たわったりしていた。その様子はどこか親父《おやじ》臭いが、ハイエルフなだけに見た目はとても若い。まぁ、見た目だけなんだけど。苦笑しながら、アスランは腰掛ける。

「――うん？　錬金の先生じゃないか。久しぶりだな」

横に座っていた男が、アスランにハイエルフ語で話しかけてくる。

見ると、以前よく顔を合わせていた常連客の、行商のハイエルフだった。

「お久しぶりです……半年ぶりくらいですか？」

ハイエルフ語でアスランが返すと、男は「まぁな」と、笑う。

「しっかし、先生のハイエルフ語は相変わらず帝国訛《なま》りだなぁ～」

「僕が帝国式なのは仕方ないですよ。ここではそれが習いやすいんですから」

「隣の国だから教えてくれる人も捕まえやすい……そんなんか？」

「そういうことですよ……」

アスランが肩を竦《すく》める。

そう、アスランが話すハイエルフ語は、隣国のハイエルフの帝国、聖帝朝《せいていちょう》アールヴィアで使われている〝帝国式〟と言われるものだ。同じ言葉でも彼ら行商ハイエルフが使う〝通商式〟とは少々ズレがある。だが、これでも通じるので改めたりしない。

大体、彼ら行商ハイエルフは、この国の言葉であるアルヴァンド語もちゃんと使えるのだ。話せてなお、アスランにハイエルフ語で話しかけてくるのは、なんだかんだと自分の使っている言葉で話せるのが嬉《うれ》しいからだろう。

「ふひぃ～。冬の間、交易拠点《オアシス》に籠もってたから、体が鈍《なま》って鈍《なま》って……」

ハイエルフの男が肩を回して慣らす。

「もー、ここまで来るのに肩がコリッコリになったわ。温《ぬく》みがよう効く」

「温泉ですからねぇ……湯量も多いし、広いですからね」

「まぁそうだな、温泉。でも、広いだけなら、他にもあるだろ？」

「他って、王都《バシレイオン》にあるやつですか？」

「そっちも広いが、交易港湾のカルセドニオンの方がもっと広い」

「あそこかぁ……」

交易港湾都市カルセドニオン。この国の三大港湾の一つで、西方の国との国境付近にある海と陸の交易拠点だ。人の数と流れだけなら王都《バシレイオン》さえ凌《しの》ぐ。大きな風呂屋があるのも納得だ。

「カルセドニオンには何度も行ったけど、風呂屋には行ったことないな。今度、ぜひ……」

「あー、やめとけやめとけ。海水で芋を洗うような場所だぞ」

「海水で……芋？」

「人、多過ぎなんだよ。俺たち行商だろ？　海運商だろ？　港湾の荷役《にやく》だろ？　目《め》ぇ一杯《いっぱい》汚れた男どもが入って来てな、垢《あか》臭い、汗臭い、泥臭い、磯《いそ》臭い。そこに何にも知らない旅人まで入ってきて、時間帯を見誤ると、余計に体が汚れるんじゃないかってくらい込んでな……」

アスランが「うわぁ」と、自国語で悲鳴を上げる。むさ苦しい状況が想像出来てしまった。

「でもなぁ、込んでなきゃいいとこなんだよ。生薬《しょうやく》や香料入りの風呂や蒸し風呂とか。そこのところは悪くないんだよなぁ……」

「なんだかんだいって、そこも気に入ってるんですね」

ハイエルフの男は「まぁな……」と一旦《いったん》、同意してから。

「いっても、ここも昔は小さくて、温泉で芋を洗うような場所だったけどな」

「昔って……三十年とか四十年とか、そういう前の話じゃあ？」

「はて？　そうだったかな……？」

ハイエルフの男は、コキコキと首を慣らしながらとぼける。

「まぁ、先生の言う通り、ここの湯量が多くていい場所なのは確かなんだよな。メディアス・エルフィアナの方の温泉なんかは湧《わ》き出る量が少ない」

「龍の棲《ハラ・ベ》む山《レザイティ》って、あちらにも温泉があるんですか？」

「小ぶりだが、あるね。雨が少ないせいか、湯量がちと心許《こころもと》ない。まぁ、あそこはあそこで、ひなびているとこが、趣《おもむき》があっていいんだけどな」

ハイエルフの男は快活に笑う。こういう辺りはやっぱり親父《おやじ》だ。

そんな何気ない会話を続けている中でアスランはふと。

「ハイエルフの行商はなんで冬に来ないんですかね」

「うん？」

「春夏は三ヶ月くらいで来るのに、冬はほぼ来ないじゃないですか。こういうのの理由って、そういえば聞いたことがないなって……」

「それなぁ、冬の終わり頃は拠点に留《とど》まって動かないんだよ」

「それって、冬寒すぎて道中、駱駝《らくだ》に食べさせる草がないから、とか？」

話が聞こえていたのか「お兄さん。ちょっと違うなぁ、それ……」と、後からやって来た別のハイエルフが口を挟む。顔見知りのハイエルフが「よう」と、挨拶《あいさつ》。知っている顔らしい。

「草が無いっていうのもあるが、冬の終わりに道中で砂嵐が起こるんだよ」

「砂嵐？　それは……」

「まず、吹き飛ばされる。駱駝は座ってたら飛ばないが、人は飛ぶ。しかも、目の前が真っ暗になるほど砂が巻き上げられて、怖いのなんのって」

「だいぶ危険ですね」

［でも本当に怖いのは、あっという間に凍えることだけどな］
［それは、どういう……？］
［冬の終わりの暖かくなりかけてる時期に、砂嵐が一瞬で厳冬期の寒さにするんだ。油断していたら、羊や人はそれで凍えて死ぬ］
顔見知りのハイエルフが［それな］と腕を組んで頷《うなず》く。
［暑さ寒さに強い駱駝《らくだ》でも、たまにやられる。だから我々は、拠点に留まってしっかりとした家の中でじっとしている］
アスランが［へぇ……］と納得する。
［春の嵐が収まったら、次の夏の嵐が来る前に、こっちに商売しに来るんだ］
［夏も嵐が来るんですか？］
ハイエルフの男の言葉に、アスランがつい聞き返す。
［やや場所が変わるけどな。埃《ほこり》まみれの砂嵐ってのがな。というかねぇ、暖かくなると嵐が増えるだろう？　こっちだってそうじゃないか。ダークエルフの船乗りが泣き出す、あれ］
［ありますねぇ……。北の嵐《サマル》が］
夏になると、この国の東部とハイエルフの帝国との間に強烈な北風が吹くことがある。
陸なら砂嵐、海なら船を沈めるほどの大時化《おおしけ》を引き起こす。
［ところで、遊牧エルフとかはどうしているんですか？］

「遊牧エルフか？　あいつらなら、嵐の時期の前にとっとと北に逃げるぞ？」

「すぐに吹き飛ばされる天幕の家だし、砂嵐に弱い山羊《やぎ》や羊を多く飼ってる。それに嵐の時は特に精霊の声がよく聞こえるからな、それに従って逃げる」

アスランは「あ、精霊か」と気付く。エルフは人間と違って精霊の声がよく聞こえる。風の精霊の声に耳を傾けていれば、嵐の予兆くらいはわかるだろう。

「にしても、先生。遊牧エルフが気になるのか？」

アスランは「ええ、まぁ……」と、曖昧《あいまい》に答えるが、後から来たハイエルフの男は何か思い出したのか「遊牧エルフといえば……」と、顔を上げる。

「さっき、遊牧エルフらしき娘さんが原毛と織物を売りに来てたな。それだけでもこの辺じゃ珍しかったが、さらに珍しいハーフエルフの娘さんだった」

アスランが「あなたの商会でしたか」と、つい、口に出る。

「ん？　知り合いかい？」

アスランが「えっと……」と口籠《くちご》もり、そして。

「……嫁です」

ハイエルフの男たちが顔を見合わせる。

「あの千里の野《ハンシュイマ》を駆ける血族《バグ》の娘さん、お兄さんのお嫁さんか！」

「なんだ？　先生、千里の野《ハンシュイマ》を駆ける血族《バグ》の娘さんを嫁さんにもらったのか？」

ハイエルフたちが口々に言い、アスランが目を丸くする。

「知ってるんですか？　というか、わかるんです？」

「ああ。持ってきた織物と刺繍《ししゅう》に、一族の特徴が現れていたからな。あの一族の意匠はわりとこっちでも人気で、高値で取り引きされるんだ」

「妻も、普段より高く買ってもらえたと言ってましたよ」

「それはまぁね。元々人気のある柄だったが、そこにお嫁さん個人の意匠で入れた柄が、珍しくてね。ちょっとお色を付けた」

「それは……どうもありがとうございます」

礼を言うと、行商人は「それだけの価値があるってことだよ」と笑う。

「でもま、織物や刺繍以上にあそこの一族が有名なのは、馬だけどな」

顔見知りのハイエルフが言い、アスランが「馬？」と、尋ね返す。

「千里の野《ハンシュイマ》を駆けるという族名の通り、長距離を走るのが得意な馬を産出させてるんだよ」

「へぇ……」

「お嫁さん、結納《ゆいのう》に家畜でも連れてきてなかったか？」

「ええ、いくばくかは」

「じゃあ、競《せ》りに出したら結構な高値で買ってもらえるんじゃないか？　特に、近衛騎士団《バシレウス・ロコス》や伝令部隊は、すごく欲しがると思うぞ？」

「そんなに？」

「オクシマールの馬の競《せ》り市《いち》に、毎年来てるよ。アルヴァンドの騎士が」

「オクシマール……聞いたことがあるな」

「メディアス・エルフィアナの西北部にある、交易拠点《オアシス》だ」

「ああ、交易拠点《オアシス》……」

「草原の真ん中にあるところなんだがね、畜類の競り市がよく行われていてな……特に馬の競りには毎年、アルヴァンドの騎士が来て、目を皿のようにして物色しているよ」

もう一人のハイエルフが「あはは、あれな」と笑う。

「あんまり数は買えないようだけどね」

「どうしてです？」

「それは、お兄さん。メディアス・エルフィアナの外から来た人間だからね。遊牧エルフも、おっかなびっくりで取り引きするんだよ」

「警戒しているってことですか……」

「そうなるかな？　ただ、毎年買いに来る常連だから、それなりに顔は覚えてもらっていて、売ってはもらえている……というところかな？」

「欲しいだけの数までは手に入らない、と」

「だね。しかも彼らが買う場合、割高とくる」

「おいくらくらいで？」

行商のハイエルフが「おや？」と、悪い笑みを向ける。

「相場調べかい？」

「当然でしょう」

「まぁね。お嫁さんの大事な財産だものな」

アスランは「それで……」と、先を促《うなが》す。

「はいはい、相場ね。実際の取り引きはちょろっとしか見ていないんだが、アルヴァンドの騎士が買う時は、大体、大金貨十か十五か、その辺りかな？」

「かなり高いですね……。では、遊牧エルフやハイエルフに対しては？」

「大金貨五前後かね？」

「それでもちょっと高いですね……」

「よく走れる良馬の場合だよ。並なら大金貨一枚、駄馬なら小金貨三枚だ」

「普通、ですね」

アスランが唸《うな》る。

「なるほど……。ありがとう、良いことを聞きました」

「なんてことはないよ。あそこの馬を、安く売ったらもったいないからね。それに……あのお嫁さんは苦労してるんだろう？　大事にしてあげなよ」

ミスラがハーフエルフであることを指して言っているのだろう。

アスランは［ええ、そうですね］と、苦笑交じりに返事した。

その時「垢《あか》すり、いかがですか？」と、お風呂屋の垢すりが若い衆を連れてやって来た。

顔見知りのハイエルフが汗まみれの腕をパンと叩《たた》き「ふやけたところだし、一つ、やってもらおうか……」と、この国の言葉で流暢《りゅうちょう》に、そして親父《ケセジ》臭《おやじ》くいう。

「先生も久々に一つ、どうですかー？」

常連であるアスランに、垢すりがいたずらっぽく尋ねる。

普段なら自分でやっているところだが、少し考えて。

「じゃあ、お願いします」

垢すりが「はいよー」と言って、若い衆に指示を出す。

久々にやってきたのだから、たまにはいいだろう。

湯上がりエルフと市場散策

アスランが男湯から出てくると、待合の絨毯《じゅうたん》の上でミスラが座っているのが見えた。

「あれ、待った？」

「いえ、そんなには……」

アスランはミスラの顔をじっと見る。ほんのり頬に紅がさしている様子から、確かにそんなに待っていないようだ。もっとも、お風呂屋の女将《おかみ》に金貨一枚分の袖の下を渡しているので、そう簡単に出てくるとは思っていなかったが。

「ゆっくり出来た？」

「ええ……ありがとうございます」

屈託のない笑顔で返すミスラの様子からして、どうやら堪能できたようだ。

——と、その時、甘い香りがミスラから漂う。

「揉《も》み解《ほぐ》しの時に、ダマスケナを使ってもらったのか……」

「はい？」

「香りからして……多分、薔薇水《ゴラーブ》でなくて香油《オットー》だね」

「なんです、それ？」

「この国特産の薔薇《ばら》を使った、香油だよ。蒸留器《アランビック》で香りが凝縮された液を取り出すんだ。抽出された液の、表面に浮くのが香油《オットー》、下には薔薇水《ゴラーブ》が溜まる。多分、この香りは香油《オットー》だね」

「アスランさん、香りでわかるんですか？」

「そりゃあ、自分の国のものだからね」

「そういえばさっき、薔薇の飲み物を、いただきました」

「ああ、薔薇水《ゴラーブ》に檸檬《レモン》が入ったあれだね。お風呂上がりに最高じゃないか」

そう笑うと、何故《なぜ》かミスラがじっと見つめてくるので「……どうかした？」と尋ねた。

「アスランさん、香油の作り方にもすごく詳しいですね」

「ん、まぁ、香油の抽出方法は、錬金術師が考案したものだからね」

ミスラが「え？」と、目が点になる。

「あの、本当にそうなのですか？」

「うん、そうだけど？」

「あの、香り高い香油の作り方が？」

「うん。僕たち錬金術師が考えたの」

そう言うと、意外だったのか、ミスラはとても驚いた表情をする。そう、これは錬金術の研究成果だ。普通の人が利用しやすい形の成果だったので、すぐに一般に普及した。

「それで薔薇なんだけどさ。王宮の離宮にもダマスケナの薔薇園があってね。ちょうど、園遊会の時期じゃないかな？　お妃《きさき》様たちが摘んでいるころだ」

「そのお話、揉み解してもらう時に伺いました」

アスランは「有名だからねぇ……」と、笑う。そう、後宮《ハーレム》のお妃様たちと王様《バシレウス》による、薔薇の園遊会。庭園の薔薇を愛《め》でた後、その花びらを摘んでお妃様たちが蜂蜜《はちみつ》漬けを作ったり、王様《バシレウス》自らが蒸留器《アランビック》を用いて香油を作ったりするので、何日間かかけて行われる。

そんな与太話《よたばなし》に花を咲かせていると、ミスラが「ん？」と、急に眉を寄せる。

そしてアスランの傍《かたわ》らまで寄って、すんと鼻を鳴らす。

「……アスランさんも、何かつけてます？」

「え？　何かって……何も」

「なんだかいつもと違う感じが……その、香油とかつけましたか？」

「いや。つけてない……と、思う」

ミスラは「そうですか……」と、口では言うが、どこか不可解な様子だ。

確かに、アスランの垢《あか》すりの仕上げに垢《ケセ》すりが香油を使っていたようだが、あまり匂うものでもなかったし、その後、洗い流したから、殆《ほとん》ど匂わないはず——いや、まてよ？

確か、風呂屋で垢《ケセ》すりが「今日、奥さん連れてたね」とか「新婚さんかい？　いいねぇ、お祝儀《しゅうぎ》にまけとくよー」と言って、仕上げの香油に何かを混ぜていた気がする。

何やら「ほんとーに、少しだけがいいんだよ」と、アスラン自身も匂いが分からなかったから、気にもしなかった。でも、もしかすると、香油の中に混ぜていたものは。

麝香《ムスク》……？

男性より女性の方が感応するという香料だ。

その香りは女性から官能的とも捉《とら》えられるとか。そういう危うい話を、聞いたような。

それにミスラが気付いて——。

途端に、ものすごく気恥ずかしい気持ちがアスランの中に湧《わ》いてきた。

これ以上は、ミスラの顔を見るのも恥ずかしくなりそうなので、考えるのを止《や》め、アスランは気を晴らすように「市場《バザール》でも見て回ろうか？」と、声を掛け、お風呂屋さんを出た。

＊＊＊

隊商宿《キャラバン・サライ》と市場《バザール》はとても近く、少し歩けばすぐの距離だ。

隊商宿へ運び込まれた商品を、市場に降ろす関係上、当然だがそうなる。

アスランはミスラを伴い、駱駝《らくだ》を引っ張りながら市場の入り口の迫持《アーチ》を潜《くぐ》ると、ずっと先の拱廊《アーケード》まで天幕を張った青果物の露店が続いていた。駱駝はさすがに邪魔なので、迫持《アーチ》の側《そば》の厩舎《きゅうしゃ》に預けておくことにした。そして、のんびり市場の中を見物しながら買い物をしようと、そう考えたところで、ミスラが「あの……」と、アスランの袖を引っ張る。

「羊を、見に……」

「さすがにこの時間は家畜の競《せ》りはやってないんじゃやない？」

「家の……」

ミスラはこの期《ご》に及んで、家の羊が気になって仕方ないらしい。もじもじしながら、こちらの顔色を窺《うかが》っている。相変わらずの仕事中毒だなぁ、と、アスランは苦笑いしながら。

「今日は牧夫を雇ったし、大丈夫だよ」

「でも、気になって……」

「休むのにも馴《な》れよう、ね？」

アスランが優しい笑顔で言うと、ミスラは何やら気まずそうにする。

「んー、あのね。前にも言ったけど、君、ずっと働きっぱなしじゃないか」

「そうですか？　そうは思わないのですが……」

「僕の目からするとそう見える。だから、もう少しゆっくりしてほしいんだよね」

「ゆっくりしていると、怠けているような気がして落ち着きません」

「僕はどっちかというと、二人で過ごす時間を食われているような気がするけどね」

アスランがため息まじりにぼやくと、ミスラはなぜか驚く。

「あの、二人で過ごす時間って……」

「ん。ああ、それ……」

言いかけたが――……どんなだっけ？

改めて尋ねられると、アスランにはぱっと思い浮かばないが、とりあえず、ありがちなところで、二人で戯れたいとか、逢瀬《おうせ》みたいなことをしたいとか、そういう――。

気付いた途端、アスランは「あ、駄目だ」と、早くも考えることを諦《あきら》める。

所詮《しょせん》は研究の虫といったところか。頭は研究には使っても、異性に気の利いたことを言うために使ったことはない。仕方なしに、何か、この場の雰囲気と、自分の今の気分をはぐらかすものはないものかと、辺りの店を見回し、そして、あれだ！　というものを見つける。

「あれ、食べよう！　氷菓子！」

「氷……の、お菓子？」

「お風呂上がりに最高だからさ」

この際、やりたいことをやる。今はとりあえず、ミスラと一緒に買い食いをしたい。

そんなわけで、アスランは早速見つけた屋台に向かって、ミスラの手を引っ張って行く。

「なんですか、これ!?」

ミスラが叫ぶ。なお、叫びが上がったのは二口目の時。一口目は無言だった。

「氷菓子〈ドンドルマ〉。凍らせて作ったお菓子。材料は主に乳と水飴《みずあめ》、それに蘭の根《サレップ》。たまに果汁や薔薇水《ゴラーブ》とかも入れるかな？　気泡と一緒に混ぜ込んで柔らかくしてるんだ」

アスランが理路整然と説明する。

ミスラの方は焼き菓子の上に載せられたそれを、熱心に舐《な》める。

このドルマンマはよく伸びる。屋台の店の人はのびのび伸ばした氷菓子《ドンドルマ》を焼き菓子の上にのびのびと伸ばして載せた。その演技にミスラが見入り、それからそれを〝食べよう〟としたのでアスランは「最初は舐めた方がいいよ、喉に詰まるから」と、お茶を買って助言した。

「凍らせたお菓子は初めてですよ……」

「だろうね。向こうは寒いから、凍ったお菓子なんて食べる気もしないだろうし」

「そうですね。一年の半分くらいは夜間、水が凍りますから……。でも、この暖かさで、どうやって凍らせるのでしょう？」

「氷室《ひむろ》があるんだよ、冬の間に作った氷を蓄えておく場所ね。国が公共施設として作って、それを民も利用出来るようにしてあるんだ——ほら、あそこ」

そう言ってアスランは市場の向こう側《がわ》に見える円錐《えんすい》屋根の建物を指さす。

「お寺……」

「うん。お寺じゃなくて氷室ね、氷室」

大きな建物を見ると全てお寺と認識するミスラの発言を訂正し、アスランは自分の分の氷菓子を舐《な》める。美味《おい》しい。やはり、お風呂上がりに冷菓はいい。

「それにしても、よく伸びましたね。どうして伸びるように作るのでしょうか？」

「それはね、暑い時期に溶けてべちゃべちゃにならないようにするためだよ。ある程度、粘りがあれば、溶けた時に垂れにくくなるからね」

「確かに、垂れませんね……」

「粘りに使ってる蘭の根の粉《サレップ》、寒い時期はとろみのある温かい飲み物にするんだよ」

アスランの説明を聞きながら、ミスラは「そうですか……」と、生返事。どうやら美味しすぎて夢中のようだ。ミスラは氷菓子を熱心に舐め、それから茶を飲む。この氷菓子に使われる蘭の根《サレップ》は、東方の蒟蒻《こんにゃく》という芋と同じ性質で、強い粘性があり、沢山《たくさん》頬張ると喉に詰まらせることもある。そこを注意し、飲み物と一緒に口にした方が安全だ。

「で、この粘り気の蘭の根《サレップ》ね、昔の偉い錬金術師が――」

「偉い錬金術師が？」

言いかけて止まるアスランを、ミスラが首を傾《かし》げて見つめる。

危ない、危ない。つい、調子に乗ってぺらぺらと話しそうになった。

実はこの蘭の根《サレップ》、昔、媚薬《びやく》だった。そして昔の偉い錬金術師が本に記しているのだ。

『男のなにやらを回復させる』とか――。

同時に、この氷菓子をこれ以上食べるのはまずいのではないかと、アスランの中に過《よぎ》る。

だが、大人も子供も食べるこれが、そこまでの媚薬や精力増強効果があるとは思えない。

やれやれ。なんか今日はもう、あれだな。

麝香《ムスク》といい、蘭の根《サレップ》といい、今日に限って色事めいたことが続く。こういうこととは無縁な学者生活を送っていたアスランにとっては、苦手も苦手、ため息ものだ。

そう、考えてはみたが、それだけでは何か腑に落ちず、もやもやとする。

何だろうな？　と、少し考えてから。

「……あ、そうか」

これは、色事めいたことが続いているのではなくて、自分が強く意識しているのだ。駄目だの気恥ずかしいだの、自分に言い訳しながらも、結局は意識している。

だから、いくら紛らわしたり、はぐらかしたりしても、無駄だろう。

アスランはちらりと妻の方を見る。彼女は、氷菓子を載せていた焼き菓子を少しずつかじっていた。滅多に食べられないお菓子を与えられた、子供のようだ。

そんな様子を見ながら、自分の中のもやもやの原因にやっと納得し、同時に呆《あき》れた。

「……おいしかった？」

「…………っ！　あ、はいっ!!」

声を掛けた途端、ミスラは口に含んだ焼き菓子を慌てて飲み込む。アスランは「よほど気に入ったんだねぇ……」と言って笑うと、ミスラは決まり悪そうに俯《うつむ》く。

「子供みたいで、はしたなかったです……」

「全然いいよ。喜んでもらおうと思って買ったのに、反応がなかった方が虚しいから」

「なら、いいんですが……」

「夢中になり過ぎて、べたべたの、ぐちゃぐちゃにしていたわけじゃないからね」

「さすがにそんな食べ方、しませんよ……」

言い返され、アスランは「それもそっかー」と、苦笑いする。

と、その時、風が吹いてミスラからふっと薔薇《ばら》の香りが漂ってきた。

それに、ミスラ自身の香りも。

「——さっきの話の続きなんだけど」

ミスラが「……はい？」と、小首を傾《かし》げる。

「昔、偉い錬金術師が記した本に、氷菓子の粘り気を出すのに使われる、蘭の根の粉《サラップ》についての記載があったんだけどね……」

「それは、何て書かれていたんですか？」

「あれ、媚薬《びやく》だったんだって」

ミスラが一瞬だけ固まった。それから「はい!?」と、仰天した声を上げる。

「あのっ、そこっ！　屋台に売って……！」

「確か、男の精力を回復させるとかなんとか……」

「男のっ……っ!!」

途中で口を噤《つぐ》んだミスラは、あわあわと氷菓子を売っている店を見て、それから周りを見る。屋台の店主は相変わらず氷菓子を練っては振る舞い、それを小さな男の子が顔をべちゃべちゃにしながら食べ、母親が「駄目でしょー」と、手拭《てぬぐ》いで口をぬぐう。

「……小さい子も食べてますよっ!?」

「うん。年齢問わず誰でも食べて、目立った変化は見られない。そもそも効能の検証をしたという話も聞かないから、とりあえず媚薬としての効果のほどは不明……ってところかな？」

一応、アスランは整然と説明する。

「でもまぁ、別に媚薬《びやく》でも、夫婦で食べるならいいんじゃない？」

「確かにそうかもしれませんが……！」

「いっそ君と僕で、効き目のほどを検証してみるのもいいかもね」

しれっと言ってみると、ミスラが絶句して固まって、それからみるみる顔が赤くなる。

「なにをおっしゃってるんです!?」

「なにって……」

アスランが曖昧《あいまい》に笑うと、ミスラがむっと睨《にら》む。

「……からかってますか？」

「少しね」

「ちょっとおかしくありませんか？」

「それは……多分、さっき僕が開き直ったからじゃないかな？」

「何に、開き直ったのですか？」

「……気になる？」

尋ねると、ミスラは少し拗《す》ねたような顔をして、ぷいっと顔を背ける。

「恥ずかしいことを言われそうなので、結構です……」

「恥ずかしいことは言わないけど……」

というより、言えないな。と、アスランが苦笑いする。

いくら開き直ったからといって、何でも思ったことが口に出来るほど、アスランは明《あ》け透《す》けになったわけではない。そういう辺りはミスラとさほど変わらないのだった。

日暮れの二人

やや日が傾き、日光が赤みを帯びてきた。

外に出たことだし、今日は家で夕飯は作らず、外で何か食べようかと思ったアスランだが、せっかく来た市場《バザール》なのでミスラと二人で屋台を物色することにした。

「あそこの天幕のお茶屋、あそこに座って食べよう」

アスランが指さしたそこは、日差し避《よ》けに黒い防水帆布で天幕を張った、茶屋だった。

お茶を飲むところというよりは座席を貸している場所で、屋台の茶より割高な代わりに、卓は広めで椅子も向かい合わせ、そして何より、食べ物の持ち込みが自由だった。

茶屋にはとりあえず先に席代を払い、二人して屋台を物色する。

「――あ、あそこ。串焼き、ありますよ？」

早速、ミスラが屋台を見つけたので「何を焼いているのかな？」と、アスランは覗《のぞ》き込む。

「あ、仔羊《こひつじ》と鶏肉だね。買う？」

「仔羊……？　こちらでは串焼きを仔羊で作るんですか？」

「あっち、仔羊食べないの？」

「余程で無い限りは成羊ですね。早くに潰すと、乳も毛も取れませんから」

「乳や毛ね……。ものは試しに買う？」

ミスラが「はい……」と返事してからすぐに「あっ！」と、別の屋台を見つける。

回転焼き〈ギロス〉だ。重ねた肉を棒に刺し、回して焼いている。表面の焼けた肉を短刀で少しずつ削り、たれと一緒に、空洞があるパンに挟んで売っている。

「向こうの市場《バザール》でもよく見ます。ところであれも仔羊ですか？　ちょっと違う気も……」

「いや、多分牛肉」

アスランが答えると、ミスラが「……贅沢《ぜいたく》ですね！」と、驚く。

その反応に「これは買いだな」と、アスランは思いながら店のお品書きを見る。

「ご飯に乗せるのもあるみたいだね」

「どちらにします？」

「両方買えばいいんじゃない？　君と僕で分け分けすれば」

アスランの提案に、一瞬、迷ったミスラだが、結局は「あ、はい……」と、了承する。

「お肉ばっかかで、ちょっとパンが足らないね」

「あそこ、あれ、どうですか？」

ミスラが荷車に乗せられ売られている、輪状のごまのかかったパンを指す。

「ああ、いいね、ごまパン〈コリキオン〉」

「いいですよね、ごまパン〈ゲヴレク〉」

二人が同時に言い、二人して顔を見合わせる。

「……職人が、店の窯《かま》で焼く奴《やつ》だよね？」

「……お家《うち》の浅鍋で焼いたパンとは、ひと味違いますよね？」

「……名前の違う、同じものかな？」

「……で、しょうか？」

お互いが確認し合うように尋ねて。

「まぁ、いいや。買っちゃおうかー？」

「いいですね。職人の作ったものですから、美味《おい》しそうです」

「明日の朝ご飯用にも買っておこうか……」

「あ……」

「作らなくて楽でしょ？」

ミスラは何とも悩ましい顔をする。相変わらず楽をすることに抵抗があるらしい。

しかし、結局は「……はい」と、返事。それを聞いて、アスランがにんまり満足する。

そんなわけで朝食用にもパンを買い、それから食後の口直しとして苺《いちご》も購入する。

屋台から物色するだけして、得た食べ物を茶屋に持ち込み、二人して食べ始める。

「お肉、美味《おい》しいですね……」

ミスラが空洞のパンに挟まれた回転焼きを口にし、そう零《こぼ》す。

「そんなに？」

「牛肉な上に、香辛料がたくさん……」

「牛も香辛料も珍しいか……」

「牛、飼ってはいるのですよ。引っ張る力が馬より強いので。ただ、本当に荷物運びばかりで、羊よりも干魃《ガン》に弱い家畜なので、あまり数多くは飼えないんですよ」

「あー、牛ってそうなんだ……」

あちらで香辛料が珍しいのは分かる。香辛料の大半は暖かい地域で栽培されている。

ただ、牛が干魃に弱いのは知らなかった。意外な話だなと思いながら、アスランは御飯と一緒に肉を匙《さじ》で掬《すく》ってぱくっと一口。うん、美味しい。満足しながら、これをどうやって二人で分けようかと考えていたところで、ミスラがパンを手元に置き、茶を口にするのが見えた。

ミスラが茶を飲み終わった拍子を見計らい、アスランは匙で御飯と肉を掬って、そして。

「はい、あーん」

口元に差し出すと、びっくりしたミスラが「えっ？」と、仰《の》け反《ぞ》る。

困惑した顔で「これ、食べなきゃ駄目なんですか？」と、目で訴える。

もちろん、食べてほしい。アスランは笑顔で匙を差し出したまま、じっと待つ。

すると観念したのか、ミスラは思い切った様子でパクッと一口。

もぐもぐしながら、何か言いたげな表情でじぃっと、こちらを見つめる。

アスランの方は素知らぬ顔で苺を一つ、摘《つま》む。

それを見ていたミスラは「……へび苺ですか？」と尋ねてくる。

「へびって……この苺、毒は無いよ？」

「蛇の出てきそうな湿った藪《やぶ》に生えてるからですよ。馬でも羊でも大好物です」

「自生してるやつか。好物っていうことは、やっぱり食べさせたりするの？」

「いえ、食べさせませんよ？」

真顔でミスラが即答する。

「ほとんどの家畜にとって好物ですからね。うっかり見逃さないよう、時期になったら放牧前に生えている場所を確認しますし、熟してなければ家畜を近寄らせないように注意します」

「あ、うん。そうなんだ……」

思いのほかな熱弁だ。つい、アスランは押されてしまう。

つまり、美味しいものをわざわざ馬や羊に譲る道理もないということか。

「で、ミスラは苺《いちご》が大好きと……」

「いえ、あの、そこまでは……」

今さら誤魔化《ごまか》そうとしているが、熱弁を振るったばかりなので何の説得力もない。

アスランは「そっか、そっか」と言いながら、苺を一つ摘《つま》んで「はい」と。

先ほどと同じような調子でミスラの口に押し付ける。

「あの……」

「どうぞ、食べて」

「……」

「甘酸っぱくて美味《おい》しいよ?」

ミスラは顔を赤くしながら悩ましく苺を見つめていた。

でも、結局はアスランの手からぱくっと一口で食べた。


日が落ち、灯りをともし始めた市場だが、未《いま》だ混雑している。

帰り際に、香辛料や塩、油など、家で必要なものや、欲しいものを買ったのだが、いつの間にかミスラは苺と桑の実を買っていた。どうやら苺に限らず果物は好きらしい。

へぇ、そういうことか。と、アスランはこそっと干し杏子《あんず》や干し無花果《いちじく》などを買って、それが入った小袋をミスラに「こういうのも好きでしょ?」と、しれっと渡した。

ミスラは受け取ってから暫《しばら》く呆《ほう》けていたが「えっと……あの」と、狼狽《うろた》えながらも「ありがとうございます……」と、消え入りそうな声で礼を言った。

そうして、真っ暗になる前に帰ろうと、夫婦二人して市場《バザール》の出入り口の側《そば》にある、一時預かりの厩舎《きゅうしゃ》に、駱駝《らくだ》を引き渡してもらいに行った。

厩舎に来た途端に、ミスラは「飼い葉……」と、また呟《つぶや》き、アスランは苦笑いする。

羊の次は駱駝の心配らしい。しかし「ここの厩舎、水、飼《か》い葉《ば》込みの預かりだよ」そう言って、アスランが説明すると、厩舎の男がニッと笑う。「ばっちりやったぜ」の笑顔だ。

ミスラはほっとした顔で、厩舎の人に「ありがとうございます」と、頭を下げた。

三頭の駱駝を繋《つな》ぎ、先頭の駱駝に二人して乗って、ぺたぺたと家路に就く。

「本当に、今日は物を売り買いしに行っただけですね……」

「たまにはいいんじゃない？」

手綱《たづな》を握りながらアスランはそう返すが、ミスラから返事がない。

「……仕事してないと、落ち着かない？」

「何かするのが普通でしたから……」

「用事が終わったらすぐに帰るつもり満々だったもんねぇ……」

ミスラが半日休みと言っていたのを思い出し、アスランが苦笑いする。

「まぁ、お陰様で君と暮らし始めて僕、ろくにお金を使ってないね」

「それは良いことでは？」

「良いことかもしれないけど……。でも、この前も言ったけどさ。ミスラって僕から見ると、どうも働き過ぎなんだよね」

「普通ですよ？」

「まぁ、そう言うと思ってたけどさ」

アスランはため息をつく。ミスラは常に働いている。アスランは自分との帳尻を合わせるために、最近、家事を手伝っているが、それでも、明らかにミスラの方が働いている。

「僕一人の時でもあんまり困ったことはなかったけど、結婚してからさらに生活が楽になったんだよね。じゃあミスラにも楽をして欲しいかなっては思う」

「あの、ありがとうございます……」

「……歯切れが悪いね……」

そう言うと、ミスラはひたりとアスランの背にくっついて「……アスランさんって……」と、何か言いたそうにするので「……ん？　なに？」と、尋ねる。

「ちょっと私に甘すぎると思うのです……」

「……これで？」

うっかりアスランが口に出してしまった。

「自分に厳しいというか……君の方こそぜんぜん僕に甘えてこないと思ってるけど？」

「わりと、甘えてると思うんですけど……？」

「え？　どこが？」

「一緒に寝てるじゃないですか」

「…………」

さすがのアスランも、これには困惑する。

夫婦で一緒に寝るのが甘えている――これは、甘えていると言えるのか？

重症だなぁ……。こめかみを押さえ、考えてから、ため息のように大きく息を吐いて。

「……あのね、ミスラ。もっと僕に甘えてきてくれてもいいんだよ？」

「……はい？」

「前も言ったけどさ。僕に言いたいことや、やってほしいことは、口に出してほしいな」

「……」

「僕としても何かやってあげたくて、極力、君に歩み寄ろうとしてるんだけど……。やっぱり、分からないことも多いんだよね。だから、口に出してくれたら嬉《うれ》しいというか……」

ミスラの応答なし。悩んでる、悩んでる……。アスランは苦笑いする。

と、暫《しば》くしてから「すいません」と、消え入るような声が上がる。

「頑張っているのですが、言いたいこととか、特にないです……」

「うん。だろうと思った」

アスランが笑って言うと、ミスラは「すいません……」と、詫《わ》びる。が、今までのことを考えれば、致し方ないだろう、アスランは「謝ることじゃないよ」と流す。

「ともかく、明日は休んでもらうし、週に二回は休んでもらうから」

ミスラが「それは……」と、もぞもぞごにょごにょしている。

「……もしかして、いきなり時間が空くと、使い方に困る？」

「……はい」

ミスラは申し訳なさそうに返事をする。

「急に休みと言われても、何をするものなのか、さっぱり……」

「じゃあ、とりあえずは時間がなくて出来なかったことをすれば？」

アスランが助言をすると、ミスラは「あっ！」と、声を上げる。

「あります！　たくさん！　どう時間を作ろうか、悩んでいたところなんです！」

何か、あったらしい。一体、何なのか、アスランには分からないが、ミスラの張りのある声からして、重要なことなのは分かった——またぞろ、仕事のような気もしなくもないが。

「よかった、これで出来るわ！　ありがとうございます！　アスランさん！」

「そう？　それはよかったね……っと！」

よほど嬉《うれ》しかったのだろう。後ろの鞍《くら》からミスラがぎゅっと抱きついてきた。

アスランは僅《わず》かばかり前のめりになるが、体勢をすぐさま整え、手綱《たづな》を握り直す。

背中越しにミスラが頬ずりしている感触が伝わり、アスランはくすぐったい気持ちになる。

暫《しばら》くミスラはアスランの背に頬ずりして――そしてふと、動きを止める。

「……アスランさん。やっぱり香油を付けてませんか？」

背中に頬ずりしたためか、アスランから漂う香りがはっきり分かったようだ。

ミスラが背中越しにすんすんと匂いを嗅《か》ぐのが分かる。

「ん……まぁ、多少は残ってるかも……」

「……なんでしょうか、この香り……」

「多分、麝香《ムスク》」

「麝香《ムスク》!?　麝香鹿《じゃこうじか》の、あれですか!?」

「あれって……なに？　知ってるの？」

「麝香鹿《じゃこうじか》の匂い袋ですよね？　いい値で売れるので、たまに獲《と》りましたけど……」

ミスラが言い淀《よど》む。その理由は多分――。

「……獲れたては臭《くさ》いんだよね？」

「……はい」

どこか嫌そうな様子でミスラが肯定する。獲ったばかりの麝香鹿《じゃこうじか》の匂い袋は、足の臭《にお》いだの、糞尿《ふんにょう》の臭いだの、相当な悪臭であるのはアスランでも聞く。

「でもこんな香りになるのね……」

ミスラが感心したように呟《つぶや》く。精製した麝香《じゃこう》の香りは知らなかったらしい。

アスラン自身は今、自分から漂う香りは分からないが、研究所の試薬資材の一つに麝香があったので嗅《か》いだことならある。何か、粉っぽさがあった気がするが――。

それよりも、今、背中越しにミスラの吐息を感じ、少しくすぐったい。

「それにあれは……」

ミスラが何か言いかけ、黙り込んだ。

あ。これは気付いたな。アスランが悟る。

「お風呂屋で新婚だからって、ほんの少しおまけしてくれたんだけど……」

ミスラから返事がないが、照れているのが何となく伝わってくる。

「夫婦仲よくってことじゃないかなぁ……」

後ろの鞍《くら》に乗っていたミスラが黙ってぎゅっと強くしがみつく。

もう、かなり日が暮れて、黄昏時《たそがれどき》の道は薄ぼんやりとしている。

今、無性に早く家に辿《たど》り着きたい。

アスランは、手綱《たづな》を振るって駱駝《らくだ》に先を急ぐように促《うなが》した。

新妻エルフは休みを知らない

市場に出掛けたあの日からアスランとミスラの関係性が微妙に変わった。

ミスラは少し素直になったし、アスランも変な気遣いをしないで済むようになった。

ようは気安い仲になったというか、仲良しになったというか。

あと、アスランの知らないうちに仔馬《こうま》、仔山羊《こやぎ》、仔羊《こひつじ》などが増えていた。

そういえば、先日「そろそろ出産時期なので、仔を囲っておく場所を作りたいのですけど、手伝ってもらえませんか？」とミスラにねだられた覚えはある。ミスラが自分の仕事のことでねだってくるのが珍しかったので、資材を手に入れ、夫婦二人してトンカンした。

しかし、その後に羊や山羊の仔が生まれていたのは、全く気付かなかった。

というのも、ミスラが全く顔にも出ず、話題にも上げなかったのだ。

人だと出産は大騒ぎだが、ミスラのこの淡泊な反応に、つい「仔馬や仔羊が生まれても、全然驚かないし、話に出さないんだね」と零《こぼ》すと、ミスラから「ご報告した方がよいですか？」と、素で聞かれた。アスランは「いや、いいよ」と、やんわりと断る。

ミスラが淡泊である理由は分かるのだ。牧畜をする者にとって家畜の出産は毎年の当たり前のことだし、数だって多い。今年、うちで生まれた仔だけでも、三十頭くらいは居る。

だから、ミスラにとって羊の仔が生まれるのは取り立てて騒ぐことではないのだ。

ただ、「難産や、病気や怪我の時は頼ってきていいよ」とは言った。最近、アスランは畜類に関する傷病の文献を確認したりしている。さらに詳しい事は、近いうちに生理学に詳しい同僚がこちらに来るので聞く予定だ。ミスラは「今は順調なので――でも、困った時はよろしくお願いします」と、素直に頼ってきたので「もちろん」と返した。

そういったことはさておいて。

先日から懸念していた、ミスラの休み問題についてだが、こちらの勧《すす》めに応じ、ミスラは週に一度は休むようになった。やっとか。そんな感じで、安堵《あんど》したアスランだった。

と、思ったのは気のせいだった。あれは多分、休みとは言えない。

そう、市場に出掛けたあの日の翌日にも牧夫を雇い、ミスラに休みを設けたのだが。

彼女が休日に「やりたかったこと」と言っていたそれは――。

＊＊＊

ミスラの休みの日の朝食後。アスランは自宅の書斎で何となく本を読んでいた。

ちょうどその時、扉を叩《たた》く音が響いた。

「アスランさん、よろしいでしょうか？」

「はい、どうぞー……ん？」

書斎に入ってきたミスラの身なりに、ついアスランが目を剝《む》く。

片手に箒《ほうき》を持ち、腰帯に鴨《かも》の羽根で出来たはたきを挿し、口元には手拭《てぬぐ》いを巻いている。

それはいかにも「掃除する！」という姿のミスラだった。

胡乱《うろん》なミスラの視線が、ぐるっと書斎を見回す。床のそこらじゅうに紙が落ち、そして埃《ほこり》っぽい。アスランの書斎はいつもこうだった。仕事に支障はないし、面倒だからと放置していた。

その部屋の惨状を、ミスラは視線だけで見定め、すうっと目を細めて一言。

「お掃除をしようと思います」

「あ、うん。掃除ね」

適当に話題を流すように言ってみたものの、ミスラはまるで動じていない。

そう、ミスラのやりたかったことの一つ、アスランの書斎の掃除。

日々忙しいミスラがこの部屋を掃除しようとすると、時間を作らなければ出来ない。

そしてミスラは、部屋の掃除を虎視眈々《こしたんたん》と狙っていたのだ。

ふと、床中に落ちている紙の一つをミスラが拾い上げる。

「ん？　どうかした？」

「……厠《かわや》の……」

「かわ……？　いやいやまって！　僕の覚え書きだよ！」

「紙くずではないのですか？」

アスランは「いやいやいやちがうちがう」と、全身全霊で否定する。

「あの、錬金の鉱物調査の覚え書きで……行った先で書き留めてて、これを見ながら、原稿や報告書に清書したりするんだけどっ！」

そう。紙くずのように見えるそれは全て、アスランが錬金素材の現地調査での発見や出来事、状態を記録した覚え書きだ。ただ、皺になっているし、床一面に散らばっているし、紙くずのようにも見えるくらい、管理は雑だが、それでも大事な記録の一つだ。

それで、ミスラはというと。

「そうだったんですか……」

とても残念そう。本気で厠の紙にしようとしていたのが窺《うかが》える。

「だから、ほんっっとに厠に使わないでね、お願い！」

「そうですか……。焚《た》き付けにも使えると思っていたのですが……」

「焚き……っ!?」

アスランが絶句する。厠の紙も大概だが、焚き付けだと、灰にされてどうにもならない。

「えっと!!　確かに、原稿にまとめちゃって、不要になったのもあるんだけど!!　なくなっちゃうと困るのもあるんだ！　だから止《や》めてお願い!!」

「あ、要らない紙もあるんですね？」

「あ」

余計なこと言ったぁっ!! 慌てていたせいだが、今さら遅い。アスランは頭を抱える。

「でも……困りました。必要な紙と不要な紙の区別がつきません……」

「あ、うん! 散らばってるから分からなかったよね!」

一応、それらの紙は机から眺めて右左で、要不要が分かれていた。

が、そんなの、アスラン本人にしか分からないことだ。

「それで……お掃除をしてもよろしいですか?」

「いや! いいよ!! せっかくの休みだもの、ゆっくりすればいいと思うよ!」

悪足掻《わるあが》きに寛《くつろ》ぐことを勧《すす》めると、途端にミスラが静かになる。

「………どうかした?」

「ごめんなさい。ゆっくりというのがまだ出来ないというか……落ち着かなくって」

しゅんとしたミスラの様子に、アスランも「そっか……」と、無駄な悪足掻きを止める。

「それよりも、アスランさんのおっしゃる通り、やりたいことや時間がなくて出来なかったことをした方がいいかなと、そう思いました」

「うん、まぁ、そうだね……」

「最初、この書斎はアスランさんの書き仕事をする場所で、私のようなよく分からない者が、手や口を出すような場所ではないと、そう思っていたのです」

「うん……」

「でも、アスランさんは言いました。『言いたいことは口に出してくれたら嬉《うれ》しい』と」

「うん……」

「それで、アスランさんは結婚してから今日という日まで、この部屋をお掃除する様子が全くないようなのですが、それはどうなのでしょうか？」

アスランは「ははは」と、乾いた笑みを浮かべながら、心の中で「僕だって掃除しようと思ってたんだ」と、しょうもない言い訳する。実際、掃除しようと思っていた――いつかは。

「……それで、お掃除の方は……」

「あっ、はい……」

埃《ほこり》を吸い込まないためなのか、ミスラは口に巻く手拭《てぬぐ》いを手渡してくる。

まるで掃除するのが既定路線のようだ。

「それで、出来れば要不要の紙を分けていただければ、助かるのですけれど？」

「え～。……あ、はい」

「あ、やっていただけるのですね？　では、必要と不要で紙を、分けていただけますか？」

「う。わかりました……。ちゃんと整理します、はい」

結局、アスランは面倒で放置していた書斎の掃除をする羽目になった。

＊＊＊

次の週、ミスラの休みの日。先週の書斎の掃除で懲《こ》りたアスランは「一体、何をしでかすんだろう？」と、少々戦《おのの》きながらも、朝食後に井戸端で洗濯を始める。

洗濯はアスランがミスラから奪い取った家事だが、独り身の頃からそれなりにやっていたので慣《な》れている。慣れてはいるが、男の雑さというべきか。一度、毛織りの胴着を石鹸《せっけん》でしっかり揉《も》み込んで洗ってしまい、盛大に縮絨《フェルト》化、縮ませた。仕方なしに縮ませた胴着は鍋敷きとして台所に置くと、後日、それにミスラによって立派な刺繍《ししゅう》が施されていたが、さておき。

少しの失敗をしつつも、いつも通りアスランは井戸端で洗濯を始めたちょうどその時。

納屋《なや》の方からごそごそがたがた物音がするのに気付き、アスランが顔を上げると、ミスラが納屋に仕舞っていた大きな桶《おけ》を引っ張り出し、風呂場の方へ向かうのが見えた。

「——あ。アスランさん、お疲れ様です」

「うん、お疲れ様……って、そんな大きな桶なんか出して、なにかするの？」

「刈り取った毛を洗おうと思って」

「洗うんだ」

「ええ、紡ぐのも染めるのも、洗わなければ始まりませんから」

「もしかして、お湯で洗うの？」

「そうです。汚れがたくさん付いてますから――」

風呂場の方に桶を持っていったミスラは井戸の側《そば》に来て「ちょっと井戸、いいですか？」と、尋ねる。既に洗濯物を濯《すす》ぎ終わり、絞るだけになっていたアスランは「いいよ」と答えると、ミスラは「じゃあ」と、湯沸《ボイラー》かし釜に水を溜めるため、水管の切り替えを行う。そしてコキュコキュと手押しポンプを上げ下げすると、管を通って水が湯沸《ボイラー》かし釜の方に流れていく。

「いいですねー。たくさんお湯が沸かせるのは」

ミスラは楽しげにポンプを動かしながら、缶の中に水が溜まるのを待つ。

そう言えばここに来た当初、ミスラは家のお風呂の存在に至極《しごく》驚いていた。


結婚した日、ミスラは「湯浴《ゆあ》みの準備をしますね」と言って、納屋に仕舞った天幕とたらいを持ち出し、アスランは仰天した。あっちで湯浴みといえばそういうものらしい。

当然だがミスラは湯沸《ボイラー》かし釜の使い方を知らなかったので、アスランが教えた。

「水管の取っ手を捻《ひね》ると、水が湯沸《ボイラー》かし釜の缶の方に流れて行くんだ。で、水が溜まったら、取っ手を閉めて――燃料は薪《まき》とか、骸炭《コークス》とかも使うかな？　それを燃やして沸かす……っと」

説明を聞きながら、ミスラは感心したようにうんうん頷《うなず》いてから一言。

「これ、羊の毛を洗うのに便利そうですね！」

なんのこっちゃと、アスランはその時、思った。

後々聞いた話だが、あちらでは大量の水を確保して、さらに湯を沸かすのは大変だという。

だから、自宅に井戸があり、湯を沸かす釜があるのは、便利らしい。

そのミスラだが、今では湯沸《ボイラー》かし釜にも慣れ、手際《てぎわ》よく釜の火熾《ひおこ》しを始める。


「それで、どう洗うの？」

アスランが洗濯物を干しながら尋ねると、ミスラは「まずですね……」と、話し始める。

「お湯で軽く洗って、大雑把《おおざっぱ》に汚れを落とします」

「ふんふん」

「次に熱めのお湯に石鹸《せっけん》を入れて、棒などで軽く混ぜます」

「軽く混ぜる……」

「毛がお湯と石鹸で膨らんでいる時に強く混ぜると、絡んで縮絨《フェルト》になるので」

アスランは「あー……」と、自分の胴着を縮ませたことを思い出し、反省する。

「それで、冷めないように桶《おけ》に蓋《ふた》をして、暫《しばら》く漬け置いて。昼過ぎになって様子を見て――汚れが酷ければ、また同じようにします」

「二度目？」

「時々、しつこい汚れとかあるんですよ。糞《ふん》とか脂《あぶら》とか」

「へぇー」

「この、何度かの洗浄の際に、毛の脂が浮くので取ります」

「羊毛脂《ウールグリス》だね。脂《あぶら》……というよりは、性質的には蠟《ろう》かな、あれは」

「ご存じですか？」

「創傷治療の軟膏に使われてるんだよ。《医薬資材書《デ・マテリア・メディカ》》にも書かれてる」

「よく分かりませんが……私が知っているのは、革のお手入れに使うとかですが……」

「まぁ、普通はそういう利用だよね」

「それで、ぬるま湯で濯《すす》いで……あまり揉《も》んだり混ぜたりし過ぎないように」

「うん、絡んで固まりになりそうだね」

「そうなんですよ……」

と、まぁ、一通り工程を聞いて。

「ところで、ミスラ」

「はい」

「それ、仕事じゃないの？」

暫く静かにして。

「結構、時間が掛かるんです！　せっかく頂いたお休みですから、やらなきゃ！　それに、刈った毛をそのままで放置していると、臭《にお》いや汚れが落ちなくなって、毛も傷むんですよ!?」

「でも、仕事だよね？」

「でも、やらなきゃいけないことですよ!?」

確かに、刈った毛の加工は必要だろう。だが結局は、休日が仕事の日と化している。

ミスラは「年に何度もあるわけではありませんし……」と、言い訳がましくぶつぶつと。

しかしやはり「……仕事だよね？」と、アスランが再三指摘。

すると、今度はぷいっと顔を背けてしまう。どうやら、拗《す》ねてしまったらしい。

わぁ、初めて見る顔だ……。むっとしているミスラに、アスランは困ったやら、可愛《かわい》いやら。

何とも新鮮な気持ちにさせられた。

＊＊＊

こうしてミスラは拗ねながらも、刈った毛を洗浄し、筵《むしろ》の上に広げて干す。

毛わたは放牧に一緒に持っていき、鉄櫛《てつくし》でほぐして流れの揃《そろ》った毛並みに変えていく。

アスランは「放牧中にわたをほぐすなら薪《まき》拾い出来ないでしょ。買ったら？」と、勧《すす》めると、
ミスラは「そうですね。足らない分は購入しましょうか」と、前とは違って素直に応じた。

そうして――。

「すごいね、どんどん出来ていく」

ミスラがカラカラと糸車を回し、糸を紡ぐ様子に、アスランがため息のように呟《つぶや》く。

夕食後、お茶をしながらミスラが糸車を回す度に、単なる毛がどんどん糸になっていく。

「普通ですよ、面白みはないです」

「いや……見たこと無かったから、面白いよ」

糸車以外にも、ミスラは紡錘《ぼうすい》を使って糸を紡ぐ。糸車は仕事は速いが、持ち歩きには紡錘が便利らしい。放牧先や出掛けた先などで紡錘を持ち歩き、色々な場所でミスラは糸を紡いだ。

「……いろんな種類の糸が出来たね」

毛から紡ぐ作業が終わり、様々な種類と太さの糸が糸巻きに巻かれている。

「あとはこれを必要に応じて染めて、機《はた》で織ります」

「ああ、納屋《なや》に置いてあるやつ？」

ミスラは「はい」と。嫁入り道具にいくつかの手織り用の機を持ってきていた。

その中の一つ、いざり機《ばた》を休みの日に取り出し、山羊《やぎ》毛の糸を器用に張って織り始めた。

「地味で細かい作業だよね……」

縦糸を張っている時の芸の細かさに感心しながら、自分なら出来ないなぁと、アスランは苦笑すると、ミスラは「普通ですよ」と笑う。昼のお茶の時間、続きを織るミスラの熱心な仕事ぶりをアスランは眺めながら、ふと、今、織っている生地が無色無地なのに気付く。

「それ、無地だけど、柄織りしないの？」

ミスラの嫁入りに持ち込んだ布は柄織りが多い。それを考えると、随分と質素だ。

「アスランさんの肌着ですから」

「うん……うん？」

今、ミスラは肌着といった。でも、たしか。

「……今、織ってる糸、高原山羊《やぎ》じゃなかったっけ？」

「二人で一緒に梳《す》き取ったあれですよ。肌触りがよくて、すごく着心地がいいんです」

「じゃなくて！　売った方がよくない？」

「え？　売りませんよ。せっかく市場に出さずに残しておいたのに」

「うん……そう？」

とはいえ、確かこれは高級品だ。アスランが独り身だった頃、衣服屋で高原山羊の肌着を見かけたことがある。確かに肌触りはよかったが、他の肌着の十倍の値札に気付き、即「要らない」と断念、軒先で山積みにされていた綿の肌着を買って帰った。

そんな懐かしいことを思い出していたが、それを今、ミスラが織っているという。

「織り上がったら作りますから、待っていて下さいね」

ミスラは笑顔で言うが、アスランの頭の中には十倍という値札がどうしても過《よぎ》る。

いいのかなぁ？　いいのかなぁ？　実に悩ましいところだった。

Column: About the system of dairy processing

生乳〈スット〉

羊、山羊、駱駝、牛、水牛、ヤク、トナカイ等の搾りたての生乳。

加熱→撹拌→静置→分離

乳脂〈カイマク〉

クロテッドクリーム状の乳脂製品。
水分や乳清の含有量が高く、
風味は非常に良いが、日持ちはあまりしない。
パンなどに付けて食べる。

脱脂乳《バターミルク》〈コク・スット〉

スキムミルクよりは脂をやや含む脱脂乳。バターミルク。

乳酸発酵

乳脂《バター》〈サルマイ〉

カイマクを加熱、乳脂をさらに取り出したもの。
いわゆるバター。徹底して脂質を取り出した場合は
バターオイルとなり、数年は保存可。

酸乳《ヨーグルト》〈カティク〉

乳酸発酵した脱脂乳、ヨーグルト。
そのまま、もしくは水などで薄めて食べる(飲む)。

加熱・分離

脱水・分離

乳清《ホエイ》〈サル・スー〉

カイマク、カティクの水分部分。いわゆるホエイ。

凝乳《カード》〈スズマ〉

酸乳を脱水して作るカッテージチーズ状の凝乳、
カード。そのままサラダに入れたり、
パンに練り込んだり、料理の中に入れたりする。

加熱・脱水

日干し・乾燥

乳清乾酪《ホエイチーズ》〈イリムシック〉

乳清を加熱脱水して作る乳清乾酪、ホエイチーズ。
この時点でかなり乳酸発酵が進んでいるので酸っぱい。

乾酪〈クルト〉

凝乳の形を整え、日干しした遊牧民のチーズ。
非常に固く酸っぱいが日持ちが良い。
日頃のおやつ、料理の調味料、冬の糧食等にする。

乳酒

乳に含まれる乳糖を酵母発酵させた飲み物。同時に乳酸発酵も行われているので、酒というよりは
酸乳に近く、飲まれている地域では酒という意識は低い。蒸留して初めて酒と認識される。

馬乳・生乳〈スット〉

他の家畜の乳と違い、乳脂が低くてバターが作り辛く、
乳糖が高くて人が腹を壊しやすく、蛋白質が固形化
(チーズ)にし辛い性質があるので、馬乳酒への加工一択。

駱駝乳・生乳〈スット〉

馬乳ほどではないが他の家畜よりも乳脂が
低めで乳糖が高めなので、
こちらでも乳酒は頻繁に作られる。

撹拌・発酵

撹拌・発酵

馬乳酒〈クミス〉

馬乳に含まれる乳糖を酵母発酵、乳酸発酵させた
飲み物。酒精(アルコール)含有率が低く、
酸味がやや強く、栄養価が極めて高い。

駱駝酒〈シュバット〉

駱駝乳に含まれる乳糖を酵母発酵、乳酸発酵させた
飲み物。馬乳酒同様、酒精(アルコール)は低く、
酸味がやや強く、栄養価が高い。

概ね、平均的な呼称。但し、地域によって名称が微妙に変わる。(※非加熱で乳脂を取り出した場合、乳脂を〈カイマク〉でなく〈セレゲイ〉と呼んだり、酸乳を〈アイラン〉と呼んだり、バターオイルを〈カイルガン・サルマイ〉と呼んだり、色々)作り方も、気候条件で少しずつ変わる。(※温暖地域は発酵・腐敗が早く進み、寒冷地なら発酵と腐敗も進むのが遅い、等により、加熱殺菌を行ったり、加温で発酵を促したりする等)

三章　新妻エルフと義母の来訪

錬金術師と親友たち

夜の冷え込みもやわらぎ、随分と暖かくなった。

そう、思っていたのはアスランだけで、ミスラは「だいぶ暑くなりましたね」という。

まぁいい、こういうのも馴《な》れた。そうアスランが思い始める、今日この頃。

ミスラは刈り取った毛から、様々な織物や刺繍《ししゅう》を作った。

高原山羊《やぎ》の肌着、羊毛の敷物、膝掛《ひざか》け、などなど。この国の金持ちが使うような品々だが、それをミスラが続々と作り出す。あと、ミスラは織るのが速い。単純な柄や無地などなら、縦糸を張ってしまえば一日で半分近く、二日もあれば反物一つを作り上げてしまう。

どちらかというと、刈った毛を糸にするのに時間が掛かると言った方がいいだろう。

そしてミスラは結婚した日に言った通り、アスランの服を作った。元々の服に柄が入っていなかったためか、無地に限りなく近かったが、それでも同系色で繻子織《しゅすおり》がなされており、近くで見るとうっすら柄が見えるような、そんな生地で、この国で同じ服を買うとすごく高い。

作った服をアスランに着せて、ミスラは「素敵ですね！」と、惚《ほ》れ惚《ぼ》れとする。

素敵というのは着ている方なのか、それとも作った服なのか、アスランには分かりかねたが、ミスラは「両方ですよ」と言うので、アスランは言葉通りに受け取っておくことにした。


昼下がりの書斎、アスランは仕事をしながら、自分の膝を見る。

ミスラが最近作った膝掛けがかかっている。そして、今着ているのは高原山羊の肌着。

どちらも売れば高いのだから、問屋に卸せばいいのにと思う反面、自分のために作ったと思うと、それはそれで嬉《うれ》しいのだが、ミスラに食《く》い扶持《ぶち》どころか衣服まで養ってもらっているような、そんな気がしてきて、アスランは何とも言えない気分だった。

「結局、休みの日でも働いてることになってるよなぁ、あれ」

ミスラは休みの日を使って、染め物をし、糸を紡ぎ、機織《はたお》りし、刺繍を縫う。

ほとんどは家で使うものだが、それでもやはり仕事だろう。

しかし、アスランは「そんなことしないで休め」と言う気になれない。

「機織りとか縫い物してる時のミスラって、すごく楽しそうだからなぁ」

膝掛けを眺めながら、呟《つぶや》く。

エルフの女性の間では織物や刺繍に個人の柄を入れるそうだが、それは作った者の個性を表す、言わば存在証明のようなものらしい。だから、そう簡単に止めるわけにもいかない。

なんて思っているうちに、寝室、居間、玄関先と、家じゅうにミスラの作ったものが置かれていく。嫁入り道具として持参したものと合わせると、かなりの数だ。

さすがにここまでくると、アスランも心配になってくる。

ミスラには他にも家畜の世話などがある。だから「少し多いんじゃない？　無理しないで」と、気遣おうとしたのだが――そんな彼よりも先んじて、ミスラはこう零《こぼ》した。

「まだまだ少ないですね」

それを本気で不満そうに言ったので、アスランは額に手を当てた。そして、家の中はミスラの自己主張で満たされていく。その存在感たるや、まさにこの家の女主人。

「あー、もう好きにして……」

この家のもう一人の主人であるアスランは、こっそり書斎でぼやいた。

＊＊＊

平日の昼前、仕事の同僚二人と古い友人が、アスランの自宅を訪れた。

実際に彼らが訪れたのはアスランの自宅ではなく隣の研究所だが、この二つが至近距離なので、結果的に彼の自宅にも訪れることになったのだ。

「んやぁ、アスラン。久しぶり～」

「お久しぶり、アスラン。お嫁さんと仲良くしてる？」

「やぁ、二人とも久しぶり……」

アスランは同僚の錬金学者フォティスと、研究所の紅一点ドレアにそれぞれ挨拶《あいさつ》する。

が、ドレアに関しては、毒草の一件で手助けしてくれなかった上に、さらに仕事を増やそうとした記憶が頭に過《よぎ》ったが――それは、まぁいい。とにかく軽く挨拶を交わして。

それから一人だけ浮いた人物を見る。

「……なんでクリソスがいるの？」

「ひでぇ挨拶だなぁ、オイ」

アスランに悪たれ口で返す。本当は〝クリソストモス〟という名だが、舌を噛《か》みそうになるので、そう略している。アスランの昔からの腐れ縁で、近衛騎士団《バシレウス・ロコス》の騎士なのだが――。

「護衛よ、護衛。か弱い研究者二人を、インサニアの辺境まで連れてきたの」

「……君の護衛が必要なほど、うちの国って治安は悪くないでしょ？」

「いや、まぁ……。こっちに用事もあったからな。ついでだよ、つ、い、で」

とぼけたように答えるクリソスに、アスランは同僚たちの方を見る。

二人とも肩を竦《すく》め、ドレアが「そうらしいわよ」と言う辺り、どうもクリソスが無理に付いてきたようにも見えるが、アスランは「ふうん」と、胡乱《うろん》に腐れ縁の友を眺めて。

それから「……そう、わかった」と承知する。

「……まぁ、お客様ですか？」

澄んだ声に皆が一斉に振り向くと、ミスラが馬に乗って駱駝《らくだ》を連れ帰ってきたところだった。

「あ、お嫁さん？」

「あれがお嫁さん？」

「へぇ、お嫁さんか」

三人が三様《さんよう》に口にして、ミスラを感心したように眺める。囲いに駱駝たちを入れたミスラは、馬を井戸端まで引っ張って、それから服の裾をぱんぱんと払う。

「はじめまして、妻のミスラです」

手綱《たづな》を握ったまま、ミスラはぺこりと頭を下げる。

同僚と知人もそれぞれ「フォティスです」だの「ドレアよ」だの「クリソストモスだが、クリソスでいい」だの、相次いで挨拶《あいさつ》し、ミスラはそれぞれに「よろしくおねがいします」と、おじきをして、井戸端の係留用の杭《くい》に馬を繋《つな》ぎ留め、鞍《くら》や馬銜《はみ》、手綱を外し始める。

「……へぇ。聞いていたけど、美人さんだ」

「本当、綺麗《きれい》ねぇ……」

アスランの同僚二人からそれぞれ称賛されると、ミスラは「ありがとうございます」と、はにかみながら礼を言って、それから、ばっ！　と、アスランの方を向く。

「これは、歓迎しないといけませんね！」

「まぁ、一応、お茶くらいは出すつもりでいるけど……」

「そうですか。では私、今からご飯の準備をしますので」

「ご飯？　あの、昼ご飯とかいうなら、二人とも仕事で来てるし、別に……」

「昼夜兼用になります――ちょうどいい時期でした！」

「は？　ちょうどいいって……え、ちょっ!?」

戸惑《とまど》うアスランを残し、ミスラはずんずんと囲いの中に入って羊を物色し始める。

ミスラは「これは駄目」「こっち？」「いえ、これね……」と、一頭を選び、その首根っこを摑《つか》んでずるずる井戸端まで引っ張ってくる。羊はヴェェェと喚《わめ》くが、ミスラはお構いなし。

その様子から、同僚友人の三人は一体、何が起こるのかを悟ったのか、口々に「もしかして」とか「まさか」とか、妙に期待の籠もった声を上げる。

「あの……ミスラ？　もしかして……」

「はい。一頭、潰します。暫《しばら》くお待ち下さい」

「ちょ!?　この時期、あんまり潰したくないんじゃなかったの!?」

「お客様が来た時は別です」

「春は瘦《や》せて美味《おい》しくないって、いってなかった!?」

「春はもうだいぶ過ぎてますよ？」

言ってから、ミスラは羊の首を押さえ、腰から愛用の狩猟刀を抜く。

「この時期は春の青い草をたくさん食べて、美味《おい》しいんです！」

ミスラは朗らかに言い、それから首にズバッと、躊躇《ちゅうちょ》なく狩猟刀を入れる。

アスランは「うわっ！　やった!!」と、つい顔を顰《しか》めてしまう。

「すげぇ……。一発で急所に入れたぜ」

騎士のクリソスが感嘆の声を上げる。

フォティスとドレアの錬金術師二人も、一切の迷いのないミスラの刀捌《かたなさば》きに、「いったなぁ」とか「すごいわ……」と、それぞれ感心や畏怖を込めて呟《つぶや》く。

後は、あれよあれよと血を抜き、皮を剝《は》ぎ、胴を割って、中身《わた》を取り出して。

その間、ミスラは羊を捌《さば》きながら「アスランさん、器を三つ持ってきてもらえますか？」だとか「水を汲《く》んで下さい」だとか、次々と指示を飛ばし、へいこらはいはい、と、アスランがそれに従う。ミスラは剝いだ皮の上に肉を置き、取り出した中身《わた》を、器に入れ「腸詰めに使うので綺麗《きれい》に洗って下さい」と指示を飛ばし、アスランはそれに従ってせっせと洗う。

その間にミスラは肉を切り分け、それらをどんどん器の中に入れていく。

そんな解体の様子を、同僚のフォティスが「いい手際だなぁ」と、感心して。

それからフォティスはモツを洗っているアスランに「なぁ……」と声を掛ける。

「悪いなぁ、アスラン。仕事で来たのに、お前にそんなことやらせて」

アスランは「いいよ。別に」と、ぶっきらぼうに返す。

「いやいや。だって、ほら？　お前、解剖が苦手だったろう？」

「羊くらいはどうということはないよ」

「そのわりにさっき引いてなかったか？」

「あれは、いきなり潰すとは思わなかったから……」

　フォティスも「まぁねぇ」と苦笑いする。

　と、そこに「ちょっと、フォティス」と、ドレアが鋭く声を上げる。

「なんで解剖になるのよ？　どう見ても肉の切り分けでしょ」

「やー、そんなに変わらないよ？　調理をするか、研究するかの差だけだよ。それよりもさ、ほら、見て。この羊、去勢雄だろ？」

　指摘されたドレアが羊を眺めてから「あら、本当」と、呟く。

「羊に限らず多くの生き物の雄が、雌と比較して成熟後に暴力的であるのは、生殖腺から分泌される成分が攻撃性や競争行動を促進させているからだけど」

「それは知ってるわ。それに、骨格筋増強にも関与してなかった？」

「そうそう。で、その大きく力強くなった雄同士が、雌ないし群れでの主導権を巡って闘争を始めて、常に外傷が絶えないと思うんだよね。これが飼育されている動物なら、群れの中での潰し合いは、管理上問題が大有りという感じで……」

「つまり、闘争を未然に防ぐという目的で去勢という管理法を取るということ？」

何だか、興が乗った二人の錬金学者が、やいのやいのといっている。

その間、アスランは腸詰め用から別のモツを洗っていた。

緑に染まったこれは反芻《トライプ》の胃かな？　こっちはミノで、こっちはハチノスか。

後で煮たり焼いたりして食いたいなぁ。と考えながら、アスランは二人に向かって。

「近親交配を避ける、という目的を忘れてない？」

「数の調整と、体格の良い家畜の選別もです。牧草は限られてますから」

続いてミスラが補足。フォティスとドレアが顔を見合わせる。

「そっちの管理もか……」

「肝心なことが抜けてたわね」

「まぁ、間違ってもないようじゃないか」

「間違ってないけど、視野狭窄《きょうさく》というか、近視眼的になってたんじゃない？」

「視野狭窄は網膜剥離《もうまくはくり》などで起きる眼《め》の障害だけど、言わんとすることは何となくわかるよ。

うん、あんまり良くない傾向だな。反省……」

ドレアの指摘に、フォティスが間違いを正しながら唸《うな》る。

そんな中、騎士クリソスが一人、何とも言い難い顔で取り残されていた。

「なぁ、アスラン。お前の同僚、変わってんな……」

一応は「あれで普通」と言っておいたが、なおもクリソスは渋い顔をしている。

「……錬金術師でも、フォティスは生物・生理学。ドレアは植物・薬学。毒にしろ、薬にしろ、その作用機構を理解するには、生物の構造や器官の役割を理解する必要があるし、こういうことは常に気にしているというか、気になりやすいんだよ」

「いや、だからそれが変わってるって」

「変わってるっていってもなぁ……。必要不可欠だし」

アスランはモツを洗いながら、ふー、と一息。

「彼らがいないと消毒一つ、鎮痛剤一つ、作り得なかったんだからさ。君も騎士なら、怪我を負った時に、そういうもののお世話になった経験とか、あるだろう?」

「足らなくて、のたうち回った経験ならあるぞ?」

「うーん。それは騎士団の兵站《へいたん》の充足率の問題では?　僕に言うより、備蓄量の増強を王様《バシレウス》へ陳情するか、将軍《ストラテゴス》にでも具申した方がよくない?」

クリソスが「それだけが問題じゃねぇよ……」とため息。

「違法な嗜好《しこう》目的での阿片《アヘン》の不法栽培と裏流通が増えて、仕方なしに取り締まりを強化したら、今度は鎮痛剤用途の阿片の正規栽培が認可しづらくなってだな」

「……なんで?」

「だからっ!　許可するには不備や不審な点のある農場が多過ぎなんだよ!　で、正規品の価格は上昇!　懐が世知辛《せちがら》い騎士団の備蓄減少!」

「そういえば、その手の調査、君らの仕事だったね。お疲れ様……」

騎士クリソスが「人ごとだと思いやがって……」とぶつぶつ愚痴を零《こぼ》す。

そんな会話を聞いていたのか、ミスラが「あの」と、皮の脂を刮《こそ》ぐ手を止め、顔を上げる。

「錬金術師さんたちがお薬を作って下さるのって、とても助かると思います」

そんなことを言う自分の妻に、アスランは「うちの奥さんは優しいし、素直だなぁ……」と、ほのぼのして、腐れ縁の旧友は「惚気《のろけ》か……」と呆《あき》れる。

一方、フォティスとドレアの二人は、羊の様子を見ながら「去勢で皮下脂肪が増えているのがよく解《わか》るねぇ」とか「脂肪肝じゃないから、健康状態は良好」とか「それに関しては《博物史《ナチュラリス・ヒストリア》》に、ガチョウの肝《きも》を肥やす〝イチジクで肥育した肝臓《イエクル・フィカトゥム》〟ってあるし、西の方じゃそれが人気だから、何とも言い難い」とか「羊の場合、向かないんじゃ?」とか「確かに、水鳥だからこそって感じかもねぇ」とか。妙な方向で、話に花を咲かせていた。

そうして解体作業を続けて――。

「あっ、いけない！　お客様にお茶をお出ししないと!!」

肝心な接待のことをスコッと忘れていたらしいミスラが、声を上げる。

「すいません。解体に夢中になってしまいました」

ミスラのお詫《わ》びに、錬金術師のフォティスとドレアが「いやいや、興味深かったよ」「なかなかすごかったわ」と、笑う。実際、彼らは解体を興味津々《しんしん》で見物していた。

ただ、騎士のクリソスだけは手持ち無沙汰《ぶさた》だったのか「はよ、飯が食いたい」と言い、それがアスランには妙に図々《ずうずう》しかったので「君、予定にない訪問者なんだけどな」と皮肉で返すと、クリソスは「ひってぇ」と、零す。

「あの、アスランさん。よろしいですか？」

「あ、はい」

「私はまだ手が離せないので、皆様にお茶をお出ししていただけませんか？」

「あ、はい」

「〈クルト〉もお出しして下さい。あ、お茶請けなので甘い方で」

「〈クルト〉か。うん〈クルト〉ね。わかった」

実は、一瞬、何のことなのかアスランは分からなかった。

が、途中で思い出す。あれだ、遊牧民が作る、独特の固い乾酪《チーズ》〈クルト〉。

レンネットは使わず、脱脂乳《バターミルク》を発酵させて出来るその酸で凝固、それを布で漉《こ》して脱水し、乳清《ホエイ》を抜いて水切り酸乳《ヨーグルト》に限りなく近い凝乳《カード》である〈スズマ〉を作る。

それに塩か砂糖を加え、好みにより香辛料なども入れ、形成し、天日干しをして、完成。

固くて酸っぱいが日持ちが非常に良く、日頃のおやつや、調味料、冬の糧食になる。

確か、台所の棚にあったはず。そして来客用のお茶請けなので、料理やつまみに使う塩辛い方でなく、誰でも食べやすい甘い方をお出しせよと、そういうミスラからのご指示だ。

とりあえずアスランは「はいわかりましたー」と、物分かりよくお返事。

そして「みなさんこちらへー」と、客人たちを家の中へと案内する。

「なんか、尻に敷かれているなー」

旧友のクリソスがニヤついた顔で言うので、アスランはため息まじりに「からかうなよ」と言ってから「今日、たまたま」と、一応、反論しておいた。

遊牧エルフのご馳走披露《ちそうひろう》

「いやー美味《うま》いっ！」

居間の絨毯《じゅうたん》に広げた風呂敷《ふろしき》の上に並んだ料理を前に、よほど腹が減っていたらしい近衛騎士のクリソスが、馬芹《クミン》をたっぷり掛けた腎臓《マメ》と肝《きも》、それにミノの串焼きを前に唸《うな》る。

「先にモツの串焼きなのね……」

ドレアが串焼きを眺め、一口。「……あら。意外に臭《くさ》くない」と、また一口。

「モツ、苦手だったけど、意外にいけるわね」

「羊の脂身は時間経過で臭《にお》いやすいからねぇ。特にモツは、鮮度が良ければ良いほど良いよ」

フォティスがミノをこりこり噛《か》み締めながら説明する。そう、モツは潰して即日、頂くのが一番美味《おい》しい。さらに言うと、アスランが一生懸命洗ったからこそ、臭みが取れて美味しい。

「にしても、一頭潰すってなった時、丸焼きにでもするかと思ったけど、違ったわね」

「丸焼きは時間が掛かり過ぎるから、とか？　確か六時間かそこら……」

食べ終わった串を皿に置いて呟《つぶや》くドレアに、そうフォティスが推察する。

「丸ごと焼いても、この人数では食べきれませんから……」

二人の話を聞いていたのか、鍋を抱えたミスラがにこやかに答える。

今日、捌《さば》いたのは仔羊《こひつじ》でなく成羊だ、一頭、十五貫余りはある。

いくら大食らいが一人いても、十五貫はさすがに食べきれる量ではない。それで、残った肉はどうするかといえば、干し肉にしたり、塩漬けにしたりするつもりらしい。

「こういう人数で食べるなら、こちらだと思います！」

待ちに待ったとばかりにミスラが料理を鍋ごと、どん！　と、皆の前に置く。

鍋一杯に肉の塊《かたまり》と皮を剝《む》いて大口に切った野菜が入っている。

フォティスが「ん。噂《うわさ》に聞く、あれか」と、呟く。

そう、遊牧エルフの、羊の塩ゆで。

「野戦食みたいだな……」

騎士のクリソスが感心して呟くが、その喩《たと》えはあながち間違っていない。

実際、遊牧の民が移動に適するよう、鍋一つで作れるように出来た料理なのだ。

必要最低限の道具で作れる料理という意味では、行軍中の騎士や兵の野戦食に近い。

だから、騎士のクリソスには身近に感じるのだろう。

ニカッと笑って「ま、嫌いじゃないけどな！」なんて言う。

「それを食べる時はこちらをどうぞ！」

ミスラが茹《ゆ》で上がった太麵《ふとめん》を、深皿に盛って持ってきた。

「へぇ。乾麵《かんめん》じゃなくて生《なま》……だよなぁ？」

「太いわねぇ、あっちらしいわ」

フォティスとドレアがそれぞれ言っている間に、ミスラが「ゆで汁を掛けて食べるんです」と、お玉で汁を掬《すく》って麵《めん》によそい、固まりの肉と野菜を麵の上に載せる。

一方、アスランは周りから空気扱いされながらも給仕の手伝いをしていた。

そして台所でハチノスをトマト煮込みで食べたり、シマチョウを串にぐるぐる巻きにして焼いて食べたりと、自分（と、ミスラ）だけ、客とは違う料理を作っては食べていた。

そんな中で、アスランは茹で上がった麵を見て眉を寄せる。

「初めて見るな……それ」

「うどんですか？」

「うん。今まで小麦を扱う時は、大体パンか餃子だったじゃない？」

「これ、羊を茹でた時に作る物で、今日はお客様がいらして、羊を潰したから作ったんです。

羊肉は冬の食べ物なので、冬になったら作りますよ」

「つまり、季節性があると……」

アスランが頷《うなず》き、「これ、肉や野菜と一緒に炒めたら美味《おい》しそうだよね」と、麺を浅鍋に放り込んで羊肉やトマト、玉ねぎをぶち込み、焼き始めた。するとミスラから「まぁ、焼きうどんですね」なんて言われた。思いつきで作ったのに、元々あった料理のようだ。

そんな感じで、台所で作った焼きうどんを前に、二人して「いただきます」をする。

「アスランさん。人を雇ってくださり、ありがとうございます」

「あー、いいよ。ご飯作ってくれてみんな満足しているみたいだし、こっちが感謝しないと」

焼きうどんを食べながら礼を言うミスラに、アスランがそう返す。

そう、ミスラのためにアスランは緊急で牧童を雇ったのだ。

羊の解体が終わった後、アスランは畜産組合まで馬を走らせた。

臨時で人を雇えないかと尋ねたその時、ちょうどご近所羊飼いのバシル氏とその息子と居合わせた。側《そば》で事情を聞いたバシル氏は「おお、ミスラさんが忙しいと。わかった、うちのせがれを使ってくれ」と、息子を差し出した。突然、仕事を言いつかった少年は「えー」と難色を示したが、それをバシル氏が「こいつ、将来騎士になりたいとか言い出してねぇ」と困り顔をして「なれなかった時のためにも、羊の世話は覚えにゃな」だから「使ってくれよ」と。

それを聞いたアスランは「あ。今、うちに来ている客、近衛騎士ですよ？」と言う。

すると少年は「その人とお話しできる？」と目を輝かせた。

アスランは「多分」と答えると「じゃあ行く、行きたい！」と、がぜん張り切り出した。

こうして、牧童派遣契約が成立となったのだった——の、だが。


「——でだな？　どばぁぁっと血が出て、それを包帯で縛り上げてだな。その後、生死を彷徨《さまよ》ったわけだ。他にも、足の骨を折った奴《やつ》とかがいてだな……」

「う、うん……」

日が暮れ、放牧を済ませて戻ってきたご近所の羊飼いの少年に向かい、近衛騎士のクリソスが得意げに話をする。少年は行儀よく座ったまま、覇気の無い返事を繰り返し——。

それもそうだ、端《はた》から聞いていても痛い武勇伝をしている。

アスランが「放牧のお礼に、騎士の話をしてくれる？」と頼んで、快諾してくれたのはいいが、これはない。しかも話が進むにつれ、饒舌《じょうぜつ》さはより一層増し、内容も酷くなる。

少年は食欲が出ないのか、出された料理にも手を付けずにいた。

そんな様子を、馬乳酒《クミス》片手に同僚たちは呆《あき》れ果てて見ている。

そして牧童の少年の帰り際に、騎士のクリソスは元気のない彼の肩を力強く叩《たた》く。

「近衛騎士団《バシレウス・ロコス》はいつでも漲《みなぎ》る若き新人を歓迎する！　待っているぞ!!」

近衛騎士によるむさ苦しい勧誘に、少年は消え入りそうに「はい……」と返事するが、そこへやって来たミスラが「これ、少ないですが……」と、羊肉とモツをお裾分けすると、牧童の少年は「いいんですか!? ありがとうございます!!」と、むしろこちらの方を喜んでいた。

「いやあ、ああいう若手が来るのは大歓迎だよ！」

「無理だと思うよ……」

玄関で少年を見送る騎士クリソスに、アスランは冷静に答えた。

それにクリソスが「なんでだ!?」と、喚《わめ》く。正直、「自覚がないんだねぇ……」としか言いようがないのだが、なぜかクリソスは「ああ!?」と、ごねるような声を上げた。

「クリソス。君はもう少し相手のことを考えて物を言った方がいいと思うよ」

夢破れた少年のガッカリさを哀れに思いながら、一応、アスランは忠告する。

「まぁ、それはいいんだ、それは」

「いいっていってもなぁ……」

「いいんだって！　はい！　この話はお終《しま》いな！」

図星か……。強引に話を終わらせるクリソスに、アスランが呆れ果てる。

そうして、二人して玄関から居間に戻るのだが、途中、クリソスが居間の扉の前で立ち止まり、「なぁ、アスランよぉ……」と、急に神妙そうな顔で声を掛ける。

その様子を怪訝《けげん》に思いながら「……なに？」と、返事する。

「おまえん家の囲《ち》いさぁ、馬がけっこういたよな？」

「いたねぇ。奥さんの連れてきた馬だけど」

「そっかー。やっぱり奥さんのかー」

クリソスは独り言のように呟《つぶや》くが、どこか、落ち着きがない。

挙動不審の旧友を、アスランは「ふーん……」と、胡散臭《うさんくさ》そうに眺め、居間に入る。

居間では同僚のフォティスが「ん。これ、鎖骨」と言って、骨をガラ入れの皿に、ぽい。

ドレアが汁を啜《すす》って「この甘みは玉ねぎ由来ね」と呟き「玉ねぎって実は甘みが苺《いちご》並みなのよねぇ、辛みで分からないだけで」と、相変わらずだった。

そんな二人に苦笑いしながら、アスランは皿を回収しようと絨毯《じゅうたん》に屈《かが》む。

すると、ちょうどそこにミスラが馬乳酒《クミス》のお替わりを酒器に入れて持って来た。

「お？　奥さん、ちょうどいいところに来た」

「あ、はい。なんでしょう？」

声を掛けられ、碗《わん》に馬乳酒を注いでいたミスラは振り返る。

「もしかしてこの家の囲いに居る馬って、千里の野を馳せる血族《ハンシュイマ＝バグ》の馬じゃないのかい？」

「……私の一族を、ご存じで？」

「えっ!?　マジなのっ!?」

ばっとクリソスがアスランの方を振り向き、ごつい手でがしっと手を握る。

「奥さんにお願いしてくれ!!　囲いの馬、一頭、譲ってくれと！」

「え？　ああ、ミスラの馬が欲しいと？」

「そうだっ!!　前の騎士団の買い付けで、俺の分はなかったんだ！」

「それは大変だったねぇ……」

やっぱりなぁ。アスランが苦笑する。先日のハイエルフの行商が言っていた、アルヴァンドの騎士が欲しがっているという、ミスラの一族の馬。あれが欲しくて堪《たま》らなかったのだ。

「あ。一頭、欲しいのですか？　でしたら……」

ミスラが言いかけたのを、アスランはぱっと手をかざし、制止。

顎《あご》に手を当て「そうだねぇ……」と、考え込む素振りを見せてから。

「あいつらは僕らの生活の糧《かて》だから、あんまり簡単に譲れるものじゃないんだけど……そうだな、有料でよくって、ミスラがいいというのなら、それで」

「そうかっ。助かるっ!!」

「ただ、それほど選べないけどね。あんまり減ると、立ち行かなくなるから」

「かまわんっ!!　出来れば牡馬《ぼば》がいいが、この際なんでもっ!!」

むしろ、牡馬《オス》より牝馬《メス》を連れて行かれた方が立ち行かなくなるのだが、ともかく。

「……ミスラ。一頭譲ってあげてもいい？」

「はい。何頭か生まれたので大丈夫です。それに牡馬《ぼば》をお譲り出来ると思いますよ。最近になって種牡馬《アイグル》に逆らうようになってきた、若いのがいるので」

尋ねるアスランに、ミスラは快諾。その返事にクリソスは「おおおおおっ!!」と、両手の拳を上げて雄叫《おたけ》び。与太話《よたばなし》に花を咲かせていた錬金術師二人が「え？　なに？」と、びっくりして振り返り、クリソスが「あ、わりぃ……」と詫《わ》びて静かになる。が、それでも未《いま》だ腰が浮いて落ち着きがないあたり、かなり浮かれている。

「で、で、いくらくらいになるのか？」

「あー、そうだね。大金貨七枚くらいは、どう？」

さらりと提示したアスランの額面に、ミスラがギョッとして、彼の耳元で「高過ぎですっ!!」と、小さな声で抗議するが、アスランは「いいから、いいから」と、軽く流す。

一方、騎士のクリソスは、二人の様子を見て「おいおい……」と呆《あき》れる。

「そんなに安くていいのかよ？　奥さん、困ってるだろ？」

クリソスの口から飛び出した言葉に、ミスラが「えっ？」と。

アスランは「いいよ、別に」と、さらりと答えてから、ミスラに向かって「……そうだよね？」と、笑いかける。すると、ミスラは「あの……えっと……」と口籠《くちご》もって。

「……すいません。交渉事は旦那様《だんなさま》に……」

口を出すのを断念。夫に全てを丸投げし、ガラ入れの皿を持ってそそくさと退場する。

「んじゃあ、大金貨七枚で」

「俺は嬉《うれ》しいがなぁ。なんか奥さん様子がアレだったけど、いいのか？　知らねぇぞ？」

「いいよ、いいよ。無茶な値段じゃないから」

「な～んか、気になるが……ま、いっか。んじゃ、遠慮なく……」

こうして取引成立。その後、アスランも汚れた皿を持ってミスラの後をついていく。


「アスランさん。さっきのあれ……」

台所で待ち構えていたミスラが周りを気にするように小声で尋ねてきた。

アスランが「あ、あれね」と台の上に汚れた皿を置く。

「ミスラさ。君、クリソスにいくらくらいで売るつもりだったの？」

「えっと。羊……ではなくて、大金貨で四くらいのつもりでしたが……」

羊換算しかけたのを途中で金相場に変えてミスラは答えた。

その額を聞いて、アスランはつい「やっすいねぇ……」と、零《こぼ》す。

「うちに馬を買いに来た人には、そのくらいでしたよ？　それに、これでも高いかと」

「もしかして競《せ》りを通さず直接買い付けに行くと、そのくらいなの？」

ミスラが「ええ、そうですけど？」と、眉を寄せながらも答える。

「あのー、これ、行商のハイエルフに聞いた話なんだけど」

「はい」

「うちの国の騎士がオクシマールの競《せ》りで、君のとこの馬を買う時の相場なんだけどさ」

「……おいくらくらいなのでしょう？」

「大金貨で十か十五らしいよ」

羊換算ではなかったためか、すぐにはピンと来なかったミスラが暫《しば》し黙り込んで。

「なんですか!?　その大金!!」

「ハイエルフの行商人から聞いた相場だよ……知らなかったの？」

「馬の競りに行くのは大体は男衆なので。でもまさか、そんなに吹っ掛けていたなんて」

「ま、とにかく、そんな感じ。あいつは安く手に入って大喜び。こっちはお高く売れて嬉《うれ》しい。お互いに大満足の取り引きだった、ってことで」

ミスラは気難しい顔をしていたが、この場合「お互いに幸せなんだから」と、アスランは笑いながら汚れた皿を井戸端へと持っていき、洗い始めた。

旧交を温める

客人の歓待の食事が終わり、居間で酒を飲んでいたらすっかり夜が更《ふ》けた。

居間では同僚の二人が持ち込んだ葡萄酒《ぶどうしゅ》――仕事で来ていたはずなのに、なぜ持ってきた？

――そんなものを、飲んではだらだらしていた。

「なかなかな嫁さんだったな。ヘタレなお前にはいいんじゃないか？」

旧友の騎士クリソスが、葡萄酒を呷《あお》っては冷やかすが、アスランは「ヘタレじゃないよ……」と、ため息しながら反論する。が、悪友はまるで聞いていない様子で乾酪《クルト》を一つまみ。

「というかさぁ……他の二人はともかくさ。クリソス、君は予告もなしにここに来て、ひたすら食べて飲んでいるだけなんだね……」

「あー、きのせいきのせい……」

アスランの嫌味に、クリソスはへらへら笑っては酒を呷る。

騎士道は何処《どこ》へ行った？　そう、問《と》い糺《ただ》したくなる。元々騎士としては言葉遣いが悪い男だったが、そこに酔いが回ってだらしなさが加わり、酷いことになっている。

そんな腐れ騎士を「駄目ねぇ……」と笑うのは、女錬金術師のドレアだ。

「護《まも》りの要《かなめ》のはずの近衛騎士がそんなんじゃ、もうこの国もお終《しま》いね～」

「そんなに簡単にこの国が終わってもらっても、困るのだけど……」

アスランの苦言に、ドレアは「それはもう、仕方ないわぁ～」と、お気軽に笑う。

仕方ないとか言わないでほしい、本当にそう思った。

そしてドレアは絨毯《じゅうたん》の上にごろんと寝転び、置かれた刺繍《ししゅう》の枕に抱きつく。

このまま寝てしまっても困ると、アスランが「寝るなら、隣の研究所でね」と、釘《くぎ》を刺すと、ドレアは「分かってますよ、ぷ～」と。普段はちゃんとしているのに、見る影もない。

「この刺繡《ししゅう》。お願いしたら作ってくれるかしらね～?」

枕に抱きつき寝言を漏らすドレアに、フォティスが「作ってもらうんなら、ちゃんとお金とか支払いなよ?」と、注意をする。ドレアは「分かってるって。あー、この枕の柄、素敵……」と、適当な返事をしていて――とりあえず、フォティスはまともか?

そんなフォティスだが「ところでさぁ、アスラン」と、声を掛けてくる。

「これって、いわゆる抜け駆けじゃないのか?」

「抜け駆けって……いや、お見合いだし」

「いやぁ、お見合いであんな美人とか、そんな都合いい話、あり得ないんだけど?」

フォティスが、ねちゃあ～と。こっちもあんまりまともじゃなかった。

アスランは「だからお見合いだと……」と、軽く流すように努めるが、フォティスは冷たい視線を向けながら「へー。そうかい」と、またねちゃあ～。――駄目だ。面倒臭い。

「というか、ねぇ、みんな酔っ払ってない? 仕事はどうしたのさ?」

「ああ、それ? 明日からやればいいでしょー、明日から」

「そーそー明日から」

「そうだっ! 明日からっ!!」

同僚二人がへらへら笑い、腐れ騎士が力強く宣言――完全に酔っている。

ただ、錬金術師の二人は確かに明日からでもいい。酔っ払っているのはどうかと思うが、そこはまぁ見逃そう。だが、腐れ騎士クリソスの場合は別。本当に、何しに来たのだ？

なお、アスランは飲んでいない。

飲むと、飲まれる。潰れれば、ミスラを困らせてしまう。

「アスラン、お嫁さんととても仲がいいわね～。いいわぁ私も結婚したいなぁ」

不意打ちにドレアが零《こぼ》し、フォティスが「あー、その言葉、久々に聞いた」と、笑う。

「迂闊《うかつ》に言わないように注意してるのよねー。どっかのおっさんが絡んでくるから」

「あー。おっさんねー。空気読まずによく口滑らすよねー」

二人の言う、おっさんとは、アスランの師匠のことだ。一応、注意はしたのだが、既に遅かったようだ。だが、仕方ない。師匠の『君、いつ結婚するのかね？』は、失礼だ。

特にドレアは怒り心頭のようで「あーうっとうしい。頭の毛、毟《むし》りたいわぁ～」などと、物騒なことを呟《つぶや》いている。そんな彼女を、フォティスが「既に不毛地帯になりつつあるんだから止《や》めてあげて」と諫《いさ》める。すると、ドレアはぶすっとして「庇《かば》うつもり？」と文句。フォティスは「いやぁ、僕もいつああなるか分からないし、人ごとに思えなくて……」と、妙な心配をし、ドレアは「なら、発毛促進薬の研究とかどう？」「植毛技術でもいいのでは？」――。

二人の話は斜めに進んでいた。

錬金術師二人の発毛と植毛の与太話《よたばなし》が、より天然毛に近い人工毛の制作、果ては禁断と呼ばれる人造人間《ホムンクルス》の技術応用なんて話にまで発展していた頃。

ミスラが羊肉に強く香辛料を利かせたものを焼いて持ってきた。

それを騎士クリソスが「ありがとね、奥さん」と、美味《おい》しそうに頬張り、酒を飲む。

「あー、俺、こんな飯が食えるなら毎日でも遊びに来たいわ～」

「近衛騎士団《バシレウス・ロコス》の団員でしょ。王都をしっかり護《まも》ったら？」

アスランが呆《あき》れたように言うと、腐れ騎士のクリソスは「つれねぇなぁ」と、子供っぽく膨れて——精鋭たる近衛騎士とは思えない。こんな調子で王都防衛は大丈夫なのか？

と、それはさておいて。アスランは咳払《せきばら》いして、改めて近衛騎士クリソスに向き直る。

「……それで、何しに来たの？」

「ん？　何しにって？」

「王立研究所の二人は本当に仕事だけど、君は違うでしょ？　わざわざ王都の研究所に赴いて、二人に同行したいとか、そういうこと言ったんじゃない？」

「お前……目敏《めざと》いなぁ」

「不自然なんだよ。近衛騎士団の騎士が、こんな片田舎に来るなんて」

クリソスが「ああそれな」と酒を呷《あお》る。

「二人の護衛っていうのはまぁおまけ。本当は、こちらの視察だ」

「視察？」

「国境付近の街道は治安が悪くなりがちだが、こちらの領主や警備を担当する兵団がそれを王都に正確に報告するかっていうと、そうでもない」

「都合が悪くなったら、隠蔽《いんぺい》の可能性もあると？」

「そりゃあ隠すだろ。悪いことがあれば、領主の首はすげ替え、警備の兵は地獄の強化訓練だもんな。でも、それじゃあ国も民も困るんだよ」

アスランは「そうだろうね」と、一旦《いったん》は同意する。

「それなら、あの二人に同行する必要ないんじゃない？」

疑問点を指摘すると、クリソスは「そっちはなぁ」と、持っていた杯を手前にとんと置く。

「副団長のお願いだ」

「副団長……………」

「そう。『視察ついでに北の錬金術師の様子を見てきてくれない？』だとさ。お前を名前で呼ばなかったあたり、あんまりご機嫌は良くなかった感じだ」

ご機嫌は麗《うるわ》しくない、と。それはまぁ、そうだろう。

なにせ、副団長殿には、ここの住所を教えていないのだから。

「……で。僕の居場所を知っていそうな二人に、同行したと」

「ま、そういうことだな」

話が聞こえていたらしい、アスランの同僚の二人は肩を竦《すく》めた。

事情は知らなかったが、とりあえずクリソスの同行を許した、というところか。

「ところであの人、随分と静かだったけど、何かしてた？」

「わりぃ。お前の結婚式の時、俺もディアナポリに行ってて知らん」

ディアナポリ。この国に存在する三つの大港湾の一つ、南西部にある交易港の街だ。

「というか、お前も知ってるだろ？　俺が近衛騎士団《バシレウス・ロコス》の使い走りっつーの」

「連絡員なのは知ってたけど……。それで、あの人には色々と報告するの？」

「しっぽりやってる、ってくらいは伝えるつもりでいたんだが……。ところで聞いていいか？」

「なに？」

「なんで副団長を結婚式に呼ばなかったんだ？」

アスランは黙り込んだが、暫《しばら》くして。

「絶対に、反対されると思ったから」

正直に答えた。同僚二人は初耳だったのか、眉を上げる。

古い友人のクリソスはそれで察したのか「そっかそっか」と笑ってアスランの肩を叩《たた》く。

「んじゃ、副団長にはお前とは会えなかったって、伝えておくわ。研究所の人に、お前の家まで案内してもらえなかったとな」

古い友人はそう言って、アスランの同僚二人の方を見る。

フォティスとドレアが「やれやれ仕方ない」という様子で肩を竦める。

「奥さん、いい人だし、ご馳走《ちそう》も頂いたことだしね」

「本当、そう」

二人とも、口裏を合わせてくれるらしい。アスランは「……悪いね」と、三人に礼を言う。

と、そこにミスラが杯を乗せた盆を持ってやってきた。

「お酒の後の白湯《さゆ》はいかがですか？」

「おー。気が利く。めっちゃ気が利く！」

陽気そうに騎士のクリソスが白湯の入った杯を受け取り、他の二人も次々と杯を受け取る。

「いやあ、なんかアスランにはもったいねぇなぁ……っと」

悪友クリソスが何かを思いついたのか悪い笑みを浮かべる。

「……なぁ、ところで、奥さん」

「なんでしょうか？」

「あいつと俺、取っ替えてみない？」

すぐには言葉の意味が理解出来なかったらしいミスラが、暫く呆《ほう》けて。

ギョッとなり、盆を取り落としそうになりながら、すごい勢いで逃げ出す。

「絶対にいやです！　私の旦那様《だんなさま》はアスランさんだけですっ!!」

ミスラは叫び、アスランの傍《かたわ》らまで逃れて、脇に隠れる。

少し恥ずかしいが、この反応は悪い気はしない。

ミスラの肩を抱きながら、アスランは己の腐れ縁の友に白けた視線を送る。

「さっきも言ったけど、クリソス。君はもう少し相手のことを考えて、物を言った方がいい。それと、そういう冗談は言う相手を選んだら？」

やや語調を強くして注意すると、クリソスが「あ、いや……」と、しどろもどろになる。

その様子を、錬金術師の二人が呆《あき》れ半分、苦笑半分で見物。

「なんか……酔って調子に乗ってました。すいません」

結局、しでかした男は夫婦に平身低頭で詫《わ》びる。アスランだけならまだしも、ミスラまでからかったのは、さすがに調子に乗り過ぎだと思ったらしい。

一方、その様子を見ていた二人の研究者は、笑いを必死に堪《こら》える。

「新婚さんをからかいたい気持ちはわかるけど……」

「奥さん、すごく真面目そうな人だしねぇ……。まぁ、色々とご馳走《ちそう》さま」

錬金術師二人がそれぞれ言いたいように言い、杯の中の白湯《さゆ》を空《から》にする。

ドレアは「そろそろ隣の研究棟に行きますか」と声を上げ、フォティスは「じゃあ、奥さん。急に来たのに、ご馳走様。すごく美味《おい》しかったよー」と立ち上がり、撤収の準備を始めた。

母からの手紙

「プラト、〔座れ〕」

日も高くなってきた午前、アスランのエルフ語による鋭い支持に、種雄の駱駝《らくだ》はもそもそとその場に座り込む。アスランはその横に立ち、敷物が掛けられた二つある瘤《こぶ》の間に跨《また》がる。

種雄に「よし〔立て〕」と、指示すると、前足から種駱駝がのそりと立つ。

今度は〔行け〕と、指示を出すと同時に手綱《たづな》で首を軽く揺すると、種雄はのそのそ歩き出し、途中から手綱を叩《たた》くと、種駱駝《ボター》が勢いよく走り出す。

「おー、速い速い！」

群れに君臨しているだけあって、迷いのない、力強い走りだ。

こんな感じで譲ってもらった種雄の駱駝に〝プラト〟と名付け、試しに乗ってみたが、期待通りだ。しかも賢く、どう動くのか即座に理解して走る。いい駱駝だ。

「今、戻りました……あ！」

一走りして戻ってくると、馬に乗って羊の放牧から帰ってきたミスラと鉢合わせする。

「すごいですね。もう乗りこなしているんですか？」

「乗りこなしているっていうか。こいつ、賢くてよく指示を聞くよ？」

「いえ、そうでなくて……その種駱駝《ボター》、乗っている時の指示はまだだったんです」

「もしかして、調教してなかったの？」

「種雄は乗れる人が限られてますから。どう仕込もうかなと、考えてたのですが……。でも、まさかもう走らせてるなんて」

アスランは「一発で指示を理解してたけどなぁ」なんて言いながら、種雄に〔座れ〕と指示を出すと、駱駝《らくだ》はもそもそと膝を折り、その場に座り込む。背から下りたアスランは種駱駝を再び立たせ、囲いの中に誘導する。ミスラの方は、馬から下りて囲いに羊を入れ、それから馬の背に括《くく》っていた袋を降ろす。袋からは糸巻きの先が見える。ミスラは出掛ける時、ふわふわの毛が入った大きな包みを持っていっていたが、袋は半分以下の大きさになっていた。

「もしかして、持っていったわた、全部紡いじゃった？」

「ええ、難しい仕事ではないので」

アスランは「速いねぇ」などと言って笑う。ミスラは紡いだ糸で、色々なものを作る。

今、作っているのは山羊《やぎ》の毛織物だ。今度は染め糸で、細かい柄織りをしていた。

そうして、何度目かの休日の夜半。ミスラは出来上がった肩掛けを広げて確認していた。

柄織りの上からさらに刺繍《ししゅう》がされ、凝ってるなぁと、アスランは思いながら、ふと、これは何に使う肩掛けなのかと、疑問に思って聞いた。

「それ……女性向きだよね？　売るの？　それとも自分用に使うのかな？」

「アスランさんのお母様に、ですよ。贈り物にしようかなと思いまして」

「ああ、母さんに……」

微笑《ほほえ》むミスラに、努めて冷静に返事をする——が。

母さん!!

唐突に、降って湧《わ》いたその言葉に、アスランは心中で凍り付いた。

正直、考えたくもなかったので、頭の片隅に捨て置いていた。

そんな母なのだが、今のところ、何の音沙汰《おとさた》もない。父が淡泊なのはいつものことだが、自分の意にそぐわないことに関してすぐに激昂《げっこう》する母が、アスランのいい加減な「結婚します」を知らせる手紙以降、何の反応も返ってこない。これは、かなり不気味だ。

まぁ、何の反応もないのならそれはそれでいいのだけど。

そう、思っていた、ある日。

「北の錬金術師《アスラン・アルヒミスティス＝トゥヴォーラ》のアスランさんですか？　速達ですよー」

郵便屋さんが朝早くから手紙を持ってきた。

封筒に差出人の名がない。そこに嫌な予感を抱きながらも、アスランは手紙を開封。

〝バカ息子へ。近いうちに行く。逃げるな。母より〟

手短に書かれた紙が一枚、入っていた。

どうやらアスランの居場所が、母に発覚したらしい。

まずい……。手紙を持ったまま、アスランから滝のように汗が流れる。いずれ知られるのは分かっていたが、しかし、この手紙の手短さ。母の迸《ほとばし》る怒りを、感じずにはいられない。

「……ただ今帰りました」

丁度いい塩梅《あんばい》、でもなんでもなく、ミスラが朝の放牧から帰ってきた。

アスランは玄関先で返事をしないまま、茫然《ぼうぜん》と立ち尽くす。

「どうしました？　アスランさん？　顔色が……あら？」

ミスラはアスランが手紙を握っていることに気が付く。

「もしかして、訃報ですか？」

アスランの顔色の悪さから、ミスラはそう判断したようだが、違う。訃報くらい嫌な知らせではあったが――いや、いい。アスランは少しばかり考えを巡らせる。

いっそ予定を繰り上げ、ミスラを連れて、現地調査《フィールドワーク》の旅にでも、出るか？　そう、考えたが、いくらミスラが遊牧の出でも、今日、明日中に旅へ出るには無理がある。

それ以前に、逃げるにしろ留《とど》まるにしろ、ミスラに黙っているわけにはいかないだろう。

「母さんが近いうちに来るんだって」

「……お義母様《かあさま》が？」

「うん。で、ちょっと腹の虫の居所が悪くて」

「ご機嫌がよろしくないのですか？」

「うん。結婚式に間に合わなかったからね。結婚するって手紙を、式のぎりぎりに送ったから。……そう、これは僕が悪いし、僕の責任なのだけど」

言葉を慎重に選びながらも、正直に話す。

ミスラは神妙な面持《おもも》ちで聞いて、それから「あの」と声を上げる。

「一つ、聞いてもよろしいでしょうか？」

「……どうぞ」

「なぜ、ぎりぎりになってお知らせのお手紙を送ったのでしょうか？　結婚式までには結構、時間があったと思うのですが……？」

「あー…」

アスランが答えに詰まる。そんな様子に、ミスラは「あっ……」と、口を噤《つぐ》む。

「すいません。困らせるつもりはなかったんです」

「いいよ。もっともな質問だし。ちゃんと話さないといけないな、って思ってたから」

「あまり無理にお答えにならなくても……」

気遣ってくるミスラだが、アスランは首を横に振る。

「……君にとって、ちょっと嫌な話をするけど、いいかな?」

「私は構いませんが……」

苦笑したアスランが「ふー」と一息吐く。

「……あれなんだ。僕の母方の祖母が、ハーフエルフで」

「お義母様《かあさま》のお母様が、ですか?」

「聞いたことない? アルヴァンド王国がハーフエルフの養子先に送られる場所だって」

ミスラは「いえ、私は……」と、知らなかったらしい。アスランは「そっか」と、呟《つぶや》く。

「もしかしたら、身内が私の前でそういう話をしないようにしていたのかもしれません」

「まぁ、あまり良い話じゃないからね。実際、僕の祖母は幼い頃に里子としてこっちに来たけど、ここに馴染《なじ》めなくて、ずっと故郷を懐かしんで、長生きしなかったから」

「馴染めなかった……」

「それで、僕は昔から母さんに『ハーフエルフとは関わるな』って、散々言われ続けてたんだ。どれだけ手を尽くしても、救えない存在だからって」

ここまで話して、ミスラを見ると押し黙っている。つい「……怒った?」と、顔色を窺《うかが》う。

「いえ……。ただ、少し驚きました」

「驚いた?」

「だってそれだと、お義母様がハーフエルフとの結婚に反対されてたようなものですよね?

なのに、どうしてアスランさんは私と結婚されたのかと……」

アスランは似たような質問を前に受けたような、そんな既視感を覚えながら、頭を搔《か》く。

「ん〜。結婚を反対しているのはあくまで母の意向で、僕の意思とは関係ないからなぁ……」

「でも……親ですよ？」

「そうだね、親だね。でも、僕は既に独立している大人で、親の庇護《ひご》を受けている子供じゃないから、親の言うことの全てを聞く必要はないと思ってるよ」

ミスラは「それは……」と、返答に窮《きゅう》する。

彼女の立場ならそうなるだろう。アスランは「君が困るのはわかるよ？」と。

「環境が厳しくて助け合い以上の団結を必要とするのもあるからだろうけど——遊牧エルフは血族の結束も強いけど、序列も厳しくて、目上に従うのが、当たり前なんでしょ？」

「そう、ですね……。大体の場合、従います」

「そういう厳しいのって、軍規みたいなところがあるよね」

「女性もですが、エルフの男衆は皆、騎兵として戦えるので、あながち間違ってないかと」

「だろうね。近隣に戦争を頻繁に仕掛けてくる国が幾つかあるから、余計に……」

メディアス・エルフィアナは環境が厳しいだけではない。周りで領土拡大を目的に、侵攻してくる国がいくつか存在する。だからエルフは皆、いつでも戦えるように備えているのだ。

そしてハーフエルフであったミスラは、その中でも序列が最も低かっただろう。

だから、自分の意見を言える立場ではない——さすがにそれを口に出したりしないが。

「ともかく、祖母の事情とミスラの事情は、ハーフエルフって以外は特に関係ないから」

「そう……ですか？」

「うん。祖母の話から、ハーフエルフ全てを不幸と決めつける母も、まぁ大概というか……。そもそもうちの国って、結婚に親の許しが別に要らないし……」

ミスラが悩ましい顔をする。心配になってきてアスランは「あの、やっぱりまずかった？」と、つい顔色を窺《うかが》うように尋ねてしまうと、ミスラは「……いえ」と、首を横に振る。

「なんだか、アスランさん。結婚した日も同じような調子で話をされていたなと」

アスランも「そういえば言ったかな」と、結婚した日、こんな感じの話をした覚えはある。

「あと、母さんに逆らうの、これが初めてじゃないんだ」

「他にもあるんですか？」

「母さん、僕が錬金術師になるのも反対してたし」

ミスラがぽかんとなった。あー、これは呆《あき》れられたかな？　アスランが思っていると。

「アスランさんって穏やかそうに見えて、納得の出来ないことには、抵抗されますよね……」

それからミスラは「なにげに押しも強いですし……」と、付け足す。

恐らく休みを無理矢理に取らされた件についてだろう、アスランが「うっ」と、後退《あとずさ》る。

実際のところ、アスランはお人好《ひとよ》しなので、押し付けられた挙げ句、押し切られる事も結構あって、研究所の事案ではわりと頻発しているのだが――いや、それは別にいい。

「とりあえず、今、問題なのは母さんなんだよなぁ」

話を本題に戻すと、ミスラは少し考える。

「あの、お義母様《かあさま》って、どんな方でしょう?」

「さっぱりなんでも腕っ節で解決するというか、切れやすいっていうのかなぁ……」

「激昂《げっこう》しやすい方ですか……」

「そう。自分の思い通りにならないと、すぐに怒り出すような人で……僕が当たられるのは、それはもう仕方ないけど、ただ、ミスラにも当たってくる可能性も、もしかしたら……」

「私に、ですか」

「そう。だから、母が来る時、ちょっと放牧に逃げていてくれないかな?」

アスランが「その間に僕が対応してるから」と言うと、ミスラが暫《しばら》く考える。

「反対を押し切られた上に、結婚式に呼ばれなかったのですから、ご立腹ですよね」

「うん。そうなんだ」

「わかりました」

「うん、じゃあ逃げて……」

「いえ、ご一緒します」

思わず「え!?」と、アスランは声を上げてしまう。

「あの、逃げた方がいいよ!? 母さん、近衛騎士団《バシレウス・ロコス》の騎士なんだ。腕っ節も強いけど、気もめちゃくちゃ強いんだ。だから、当たり方も酷いと思うよ!?」

「すごいお仕事をされてますね。でも、私は当たられても大丈夫ですよ」

「いや、大丈夫って……。とんでもなく気が強いよ!?」

「当たられるのはつらいですが、アスランさんがご一緒なら、私は平気です」

ミスラは健気《けなげ》にそう言うが、正直、アスランは母に対して不安しかない。

性格的に、嫁に当たることはないと思うが——それも絶対ではないのだ。

一方、ミスラの方はというと、何やら懸命に考えている。

「贈り物は用意したし……やっぱりご馳走《ちそう》かしら? 市場に……いえ、羊を潰すのは……多過ぎるわよね。じゃあ、なにか獲《と》ってきて……お布団とかは……大丈夫ね。あとは……」

独り言から察するに、ミスラは歓待する気で満々だ。

「逃げたくなったら、逃げればいいから! なんでも親の言うことを聞く必要はないから!おまけに義理! 義理だし!! 会ったこともないよね? 付き合わなくてもいいから!!」

「平気……とは言いませんけど。でも私、旦那様《だんなさま》に付き合いますよ」

悪足掻《わるあが》きするアスランに、ミスラはにっこり微笑《ほほえ》む。

「ああもう! 分かった! 分かったよ!! 僕は奥様を護《まも》るのに注力するよ!!」

最後にアスランは諦《あきら》め半分、子供の反抗のように叫ぶ。

＊＊＊

アスランが戦々恐々の日々を過ごす中、彼の心配などを他所《よそ》に、母の歓待をするつもり満々なミスラがいつもより熱心に仕事をこなす。乳の加工にも気合いが入り、それまで丸めるだけで作っていた乾酪《クルト》も、実家から持ってきた可愛《かわい》らしい型抜きを使って作っていた。

そうして、二日ほど経《た》った頃、アスラン宛てに父から手紙が届いた。

〝アスラン、結婚おめでとう。住所が分からなくて祝いもできなかったよ。お嫁さんはハーフエルフのお嬢さんらしいが、きっと可愛らしいのだろう。君たちのこれからの多幸を祈る。

追伸　母さんがそちらに向かうと鼻息を荒くしていた。がんばりたまえ〟

「はは……。相変わらずだな、父さん」

つい、アスランの口から乾いた笑いが零《こぼ》れる。

淡泊な、いつも通りの父だが、逆に安心した。そして、母を止める気がない辺りも。

そうして、アスランは刻一刻と迫る母の来訪を、待つのだった。

母、来たる

油断というのは、いつどのような形で現れるか、分からない。

アルヴァンド王国東北部、辺境都市インサニア──別名、通商交易都市ボリオアゴラ。

この国と遊牧エルフの地域の境界近くにあるこの街は、北部に於《お》ける交通と交易の要所だ。というより〝北の市場《ボリオアゴラ》〟こそ、本来の地名だったのだが、ここで商売する行商ハイエルフたちが頻繁に〝人間の場所《インサニア》〟と呼ぶものだから、それが当たり前になってしまっていた。

その街の郊外で、丘から吹く風に短い赤茶の髪をなびかせ薄墨《うすずみ》の馬に乗る、一人の娘。

腰に剣を提げ、簡易な防具を身に纏《まと》い、簡単な旅の荷物を積んで馬を歩ませているこの娘は、そのうら若い姿とは裏腹に、険のある顔には、何処《どこ》か歴戦の趣《おもむき》がある。

「確か、この辺りのはずなのよねぇ……」

この娘──アセナは険のある顔の表情をさらに険しくさせる。王都《バシレイオン》から勢いよくやって来たのはいいが、いざ付近まで辿《たど》り着いた途端、目的地の詳細な場所を忘れてしまったのだ。

仕方なしに辺りを見回しながら「ま。そのうち見つかるでしょ」と、適当に馬を歩かせる。

こんな調子のアセナだが、実は騎士だ。それも、この国の精鋭たる近衛騎士団《バシレウス・ロコス》の。

さらに言えば既婚者で、夫と息子がいる。もっといえば息子は成人済み。

その外見とは裏腹なアセナは牧草地を貫く道を、愛馬に乗って、てくてくと歩いて。

暫《しばら》くして、前方の方から馬群を引き連れた牧民らしき人影が来るのが見えた。

「う〜ん？　変わった歩様《ほよう》の馬たちねぇ……だく足かしら？」

近衛騎士団《バシレウス・ロコス》の馬も歩様はだく足が多いが、それは長距離の行軍に適しているからだ。

だが、この国で産出される馬でその歩様は殆《ほとん》ど見かけず、大体が遊牧エルフの地域が産地で、実際、騎士団の馬は遊牧エルフの氏族の一つ、千里の野を馳せる血族《ハンシュイマ＝バグ》の馬が多い。

そもそもエルフの血族は人間に対し、なかなか馬を売ってくれない。騎士団の馬も思った数が手に入らないのに、なぜ、その歩様の馬がインサニアなんかにあんな数がいるのか？

「……というか、あれ、千里の野を馳せる血族《ハンシュイマ＝バグ》の馬じゃない？」

そう気付いた時、その馬たちを引き連れている牧民が変わった格好をしていることに気付く。やたらと刺繍《ししゅう》や織り柄が凝った服というか——。

いやそれ以前に、尖《とが》った耳をしている辺り、あれは明らかに。

「……エルフよね？」

アセナは獲物を狙う狼の如《ごと》く、眼光を鋭くさせる。

もしや、あれか？　バカ錬金術師が娶《めと》ったという、ハーフエルフの娘というのは。

＊＊＊

馬の放牧を終えたミスラが、馬群を引き連れ、自宅へと戻っていた。

ゆっくり馬を歩かせながら、ミスラがちらりと後ろを見る。鞍《くら》の後ろ側《がわ》には、犬くらいの小さな竜を載せている。とても珍しい獲物で、煮て良し、焼いて良し、非常に美味《おい》しい。

「お義母様《かあさま》がいらした時に獲《と》れればよかったのだけど」

ミスラが苦笑する。この獲物、少々足が早くて、鮮度が落ちやすいのが難点だ。

そもそも狩猟というのは安定しない。中でもこれは、獲ったらその日のうちに捌《さば》いて食べなければならないので、来客用に出せるのは本当に運がいい時だけだ。

「アスランさんは歓待なんてしなくていいと言っていたけれど……」

ミスラは「そういうわけにもいかないわ」と、たとえ義母が激昂《げっこう》していて、ミスラの出した食事に手を付けなくても、準備だけはしておいた方がいい。

苦笑したミスラが前を向き直り、馬群を誘導しながら家路を急ぐ。

すると、前方から薄墨《うすずみ》の馬に乗った若い赤毛の娘さんが見えてきた。

ミスラが「いけない。道を譲らなきゃ！」と、馬群を道の端に寄せようと手綱《たづな》を引き、馬を反転させると、前方の娘さんから「あー。ちょっと、ちょっと！　そこのエルフさ〜ん!!」と、声を掛けられ、ミスラは再び手綱を引いて馬を止めさせ、振り返る。

「……なんでしょうか？」

「ちょっと、道を尋ねたいのだけど」

ミスラが「道？」と、首を傾《かし》げると、娘さんは「そそ」と明るく頷《うなず》く。

「王立錬金術研究所ってとこなんだけどね。そこの責任者の錬金術師に、少し用事があって。〝カプランの息子、王都の錬金術師、アスラン〟《アスラン・ギオス＝カプラン・バシリコス＝アルヒミスティス》……今は〝北の錬金術師〟《アルヒミスティス＝トゥヴォーラ》かしら？」

この娘さんは、居を移す前の夫の全名を知っている。ということは、本当に用事があって来たのかな？　そう思ったミスラは「確かにその方が責任者ですけど」と、一応、答える。

「私、近衛騎士団《バシレウス・ロコス》所属なんだけどね、王家からご用命を賜《たまわ》っちゃって。研究所に行かなきゃいけないのよ。だから、案内してくれないかしらねぇ、研究所に」

「あ、近衛騎士団の方で、お仕事ですか」

確かに、この娘さんは軽装でありながら、腰にはなかなか立派な剣を提げている。

刀剣に詳しくないミスラだが、鍔《つば》や鞘《さや》に施された凝った装飾は、まるで貴人から下賜《かし》されたような素晴らしい一品で、その辺で簡単に手に入れられる代物《しろもの》には見えない。むしろ、その若さでそんな剣を帯刀することを許されるのは、この娘さんがかなりの実力者ということだ。

もしかしたら、あちらで言うところの〝勇者《バガトゥール》〟なのかも――。

「分かりました。私の家のすぐ側《そば》なので、ご案内しますね」

「あらあら。じゃあミスラさんは新婚さんなのね〜」

＊＊＊

研究所へ向かう道すがら、アセナはハーフエルフの娘――ミスラと言うらしいが、その子と世間話に花を咲かせる――実際は、アセナによる探り以外の何ものでもないが。

この娘はメディアス・エルフィアナから輿入《こしい》れしたらしい。まぁ知っていたが。

夫のアスランは甘々らしい。奴《やつ》が甘ちゃんなのも、まぁ知っているが。

それから、アスランは時々、職場で紅玉《ルビー》とか蒼玉《サファイア》などを作って、妻に贈っているらしい。

これは、初耳だ。何やら錬金術の技術とやらでその辺の石ころから作り出せるという話を、夫から聞いたそうだ。ということはごねたら自分も、金剛石《ダイヤモンド》くらいは作ってもらえるのかも？

そんな欲求がアセナの中で湧《わ》き、この話を心に留めておくことに決めた。

そうして、アセナはこのハーフエルフの娘から色々な四方山話《よもやまばなし》を聞いて――。

惚気話《のろけばなし》？　気のせいか、この娘から出てくる話は全て惚気話に聞こえる。

でも、さすがにそれだけではないでしょ。と、アセナが気を取り直す。

「ねえ、ミスラさん。馴《な》れないこの土地に来て、困ったことや苦労があるんじゃない？」

まるで姑《しゅうとめ》みたいな底意地の悪い質問よねぇ。そう、アセナは思っていたのだが。

「特に苦労はないですよ」

笑ってミスラは即答。その迷いの無さに、聞いたアセナが「うっ」と、詰まる。

「すぐ側《そば》に草がたくさん生えて、その日のうちに放牧から行って帰れますから、すごく楽です。草を求めて遠くまで放牧しに行く必要がないって、こんなに生活が楽なんですね」

続けざまにミスラは「夫が畜舎や囲いを用意してくれたんです」とか「家に井戸があるんですよ、ポンプの」だとか、「お風呂のあるお家って素敵ですよね」とか――。

「夫が毒草にすごく詳しくて、家畜に対する毒草の御本も書いていて。それを先日、下さって、とても役に立つんですよ。それに毒の治療についても詳しくて――頼もしいです」

そんな惚気話で一気に畳み掛けられる。

「でもっ！　あるんじゃないの？　困った話とか？」

抵抗するようにアセナが尋ねると、ミスラは「あ……」と。思い当たる節があるらしい。

ほれ、来た――!!　アセナがほくそ笑む。

「夫は私に休め休めとばかり言うんです」

ミスラが困ったように笑う。牧夫を雇ったりして、妻に休養を取らせようとするらしい。

ほー。アセナが眉を上げる。

「私が嫁いできてから生活にあまりお金が掛からなくなったから、少し休めって」

「ふーん。それなら問題なく休めるんじゃないのかしら？」

月並みの返事をすると、ミスラは「そうはおっしゃいますが」と、眉を寄せる。

「そもそもここの生活は楽ですし、こちらの生活の中心は、家畜でなくお金なのですよね？　使わないに越したことはないと思うのですが……」

「まぁ、確かにそうなんだけど……」

アセナは頷《うなず》く。どうやらこの娘は働き者らしい。それはとても良いことなのだが――。

「夫婦で働いてるんでしょ？　なら、経済的にも多少の余裕はあるでしょうから、休養をとっても罰《バチ》は当たらないし、取ることも大事だと思うわよ？」

「そういうものでしょうか？」

「そういうものよ。騎士団でもろくに休息を取らせず行軍してると、士気が落ちて疲労が溜まって戦闘の精度がガタ落ち。当てられる的に矢が当たらず、倒せる敵が倒せない、ってね」

「そういうものかしら……？」

「そうよ。それにねぇ、休める時に『自分はまだ行ける、頑張れる』って虚勢を張って休まない騎士に限って、途中で力尽きて他の者の足を引っ張って、迷惑をかけるのよ」

「それは……よくありませんね」

「でしょう？」

そう、休息はとても大事だ。騎士団など、有事の際は休みたくても休めないのだ。

にしても、ちょっと敵に塩を送り過ぎたかしら？

アセナが苦笑いする。この娘があまりに真面目だったので、つい、助言してしまった。

しかし、思っていたのと全く違う。不幸な娘だと思っていたのに、思いのほか、ここの土地で楽しく暮らしていて、しかもあのバカ……じゃない、夫と仲良くしているとくる。

先ほどの『夫に休めと言われる』の愚痴も、結局は新婚の惚気《のろけ》でしかない。

「それにしても、アセナさんのお名前、すごく素敵でお似合いですね」

唐突に褒めてくるミスラに、アセナが「あら、そう？」と言う。

「伝説の雌狼《めすおおかみ》の名ですよ。強い女子になるように願いを込められて付けられます」

「あーそういう伝説って草原《ステップ》の方であるわねぇ……」

「ええ。ですから、近衛騎士のアセナさんには、とってもお似合いの名だなって」

「そぉ？　ありがとねぇ……」

なかなかこそばゆい褒め方をしてくる。それで、ついアセナの顔がニタニタと緩む。

が、ミスラはその後に「でも、この辺では珍しいですね」と言う。

「草原《ステップ》の方の人やエルフで多い名前なんですよね……」

アセナが「まぁねぇー」と曖昧《あいまい》に相槌《あいづち》を打つ。

そう〝アセナ〟の名は、遊牧エルフの女性に付けられることが多い。しかし、それを言うと色々とまずいので黙っておく方がいい。とりあえず、何か話題を変えようとアセナが考えて。

それでふと、ミスラの乗る馬の、鞍《くら》の後ろに積まれているものの存在に気付く。

「あのー、ミスラさん。ちょっといいかしら？」

「なんでしょうか？」

「あなたの馬の後ろに積んでいるそれって……なにかしら？」

鞍《くら》の後ろに積まれた、小さな竜のような、蜥蜴《とかげ》のような、それ。

「あ、これですか？　草原地竜《ステップ・ドラゴン》ですよ」

ミスラの答えに、アセナが「やっぱりっ!!」と、叫ぶ。

草原地竜《ステップ・ドラゴン》——非常に美味な小型の竜だ。煮て良し、焼いて良し。鶏のような食感、舌平目《したびらめ》のような味わい。だが、その旨味と上品な風味は、それらと比較にならない。

「でも……そう簡単に捕まらなかったんじゃないの？」

「すばしっこくて臆病ですからね。でも、コツを摑《つか》めば仕留められますよ」

ミスラは笑って「美味《おい》しいので研究所にいらっしゃるなら、ご馳走《ちそう》します」とまで言う。

それはアセナとしては大歓迎だが、こいつは動きがとてつもなく速く、熟練の弓騎兵《きゆうきへい》でも仕留めるのが困難。コツを摑んだ程度で射止められるような相手ではない。

この子……出来る！　騎士としてのアセナの勘が、そう訴える。


「——で、ここに来るまでに野盗らしき悪漢に二回は遭遇してねぇ……」

道中の四方山話《よもやまばなし》で、アセナが「最近、治安がねぇ」と言いながら、そんな事を口走る。

「それは、大丈夫だったんですか⁉」

ミスラが心配そうに尋ねると、アセナは「大丈夫、大丈夫」と、へらへら笑う。

「余裕でボッコボコに返り討ちにして、憲兵に突き出してやったわ！」

アセナが自慢げに心底愉快そうに笑っていると、その間に王立錬金術研究所に到着。

ミスラが「──あちらが私の自宅で、隣が研究所です」と、馬たちを囲いの中に入れながら案内し「厩《うまや》はあちらです」と、獲物を下ろし、鞍を外しながら言う。

「多分、アスランさんは研究所でお仕事中かと……」

そう言いながら、ミスラは研究所に向かって「ただ今帰りました～」と、声を上げる。

すると暫《しばら》くして、研究所の中からアスランが出てきた。

「お帰りー、ミスラ。今日もおつか…………」

「アスランさん。こちら、近衛騎士のアセナさん。お仕事でいらしたそうですよ」

そう、ミスラは紹介するのだが、なぜかアスランが固まっている。

様子のおかしさにミスラが「アスランさん？」と、呼び掛ける。すると──。

「──母さん!!」

夫の叫びに驚いたミスラが、慌ててアセナの方を振り返る。

「お久しぶりねぇ、アスランちゃん。元気にしてた？」

うら若き姿の母は、顔中を引《ひ》き攣《つ》らせながら息子に笑みを向けた。

母との晩餐会

油断というのは、いつどのような形で現れるか、分からない。

普段通り放牧に出掛けたはずのミスラが、アスランの前に連れ帰ってきた人物。

彼とさほど変わらぬ歳に見える女性、その姿から、誰もがそう思わないが。

戦場の餓狼《がろう》、血に飢えた雌狼《めすおおかみ》、近衛騎士団《バシレウス・ロコス》の副団長――そして。

アスランの母、アセナ。


最初、アスランの方が母の姿に固まっていたが、今度はミスラの方が固まっている。

と、いうより――。

「なんで母さんがミスラと一緒にうちに来てるんだよ!?」

「道端でばったり逢《あ》ってねぇ。この辺であの服と長い耳って、分かりやすいわ」

確かに遊牧エルフの服は一種独特だが「今はいいよ、それは！」と、母を睨《にら》む。

「『お仕事で来た近衛騎士のアセナさん』って何だよ!?　騙《だま》して連れてこさせたのか!?」

アスランは「ほら見ろ！　固まってるだろ!?」と、茫然《ぼうぜん》するミスラの肩を抱いて叫ぶ。

「近衛騎士のアセナさんで、何一つ間違ってないわ」

「減らず口ばっかり叩《たた》くなよ！　大体、何が仕事だよ？　方便だろ!!」

「減らず口ばっかり叩く子に、言われたくないわねぇ……」

母アセナは「しかも親に雑な手紙一つで結婚の知らせなんて……」と、ぶつぶつ。

「というかね！　よりによって離宮の園遊会の時期に!!　抜け出せないでしょ!!　男子禁制の後宮《ハーレム》のお妃様《きさき》！　そんな護衛なんて、私くらいしか出来ないんだから！」

ああ、だからすぐに反応がなかったのか。アスランが合点《がてん》する。

王宮の離宮で毎年行われる、薔薇《ばら》の園遊会。あれは数日続くのだが、母アセナはそれの護衛に時間を取られていたと。結婚したのがその時期で本当に良かったと、心底思う。

「しかも、手紙に新居の住所を書いてないし……！」

「あ～、ごめんごめん。書き忘れてたみたいだ」

「しらばっくれるな、バカ息子！　わざとでしょうが、わ・ざ・と！　とにかく！　住所がわからないから、あなたの師匠から聞き出そうと思って王都の研究所に行ったわ！」

「へー。で、どうだった？」

「どうもこうもないわ！　あの親父《おやじ》、メディアス・エルフィアナまで現地ナントカに行くとかでいないのよ!!　逃げたのかしらねぇ、ああもう！」

師匠は現地調査《フィールドワーク》を言い訳に、逃走済み、と。いつもの事だが、なかなかの卑怯《ひきょう》さだ。

「仕方ないから、こっちに用事のある騎士の子に様子を見に行かせたら、知らぬ存ぜぬ分からぬと……。やっぱりあの子じゃダメだったわ」

その騎士の子とは、この前、家に来ていた、近衛騎士クリソスのことだ。

どうやら約束通り、アスランのことは黙っていたらしい。

「別にそれはいいけどさ。母さん、仕事のなんのって言って、ミスラを騙《だま》してここまで連れてこさせたんだよね？　それは許容出来ないから」

「あ～。お仕事は間違ってないわよ？」

澄まして返したアセナは、手に持っていた革袋を漁《あさ》り、凝った包装の小瓶を取り出す。

「……はい。国王陛下《バシレウス》からの結婚祝いの下賜《かし》」

アセナは「陛下《バシレウス》自らが抽出した、王宮庭園の薔薇の香油よ」と説明する。

平時なら陛下《バシレウス》からの有り難い一品なのだが、この母から手渡されては、素直に喜べない。

だからアスランは「あ～はい!!　有《あり》り難《がた》く頂戴《ちょうだい》仕《つかまつ》りますっ!!」と、雑な略式礼で頂く。

アセナは「馬はさっき見たけど……」と、囲いの方をちらっと見る。

「にしても、羊に山羊《やぎ》に牛と、たくさんいるわね」

「牛は居ないよ？」

「うるさいわね！　いいじゃない、そんなの!!」

良くない。家畜の種類を間違え過ぎだ。

一方、暫《しばら》く固まっていたミスラは、顔を青くし、慌てて自分の服の埃《ほこり》を払う。

「あのっあのっ!!　お義母様《かあさま》、先ほどは大変失礼いたしました!!」

深々と頭を下げて詫《わ》びるミスラに、アスランがすかさず「いや、謝らなくていいから。騙《だま》した方が悪いから」と言うと、母アセナは「騙してないわよ？」と、開き直る。

「あの……。改めて初めまして。私、アスランさんの所へと輿入《こしい》れさせていただきました〈千里の野を馳せる血族《ハンシュイマ＝バグ》、黄金の勇者の娘《アルトゥバガトゥール＝ドフト》、獅子の妻《シェル＝ザン》、ミスラ〉です」

アスランが「獅子の妻《シェル＝ザン》？」と、眉を寄せる。

自分の知らない間に、妻の全名に新しい要素が加わっていたようだ。

アセナはアセナで「あらぁ～？　それがあなたの全名なの……」と、うんうんと頷《うなず》く。

「あの、本当にすみません。お義母様があまりにお若いものだったから、つい……」

「いいの、いいの～。どーしても、若く見られちゃうからねぇ～。仕方ないわぁ～」

詫びるミスラに、アセナが笑う。そして「本当はいい歳《とし》の息子が居たりするけどね」だとか「ハーフエルフさんに、クォーターの歳って分からないものなのね」だとか、なぜかご機嫌。

そんな母の様子を、息子は白々と眺め、そしてため息。

にしても……どうも様子からして、母はミスラのことがそれほど嫌いでもないようだ。

「あのっ！　大したおもてなしは出来ませんが……！」

ミスラがだだっと走り出し、そして馬から外した鞍《くら》の側《そば》に置かれた獲物を掴《つか》み取る。

「これっ！　これをお出ししますので!!」

そう言い、ミスラが尻尾《しっぽ》を摑《つか》んでぶら下げた、鱗《うろこ》のあるそれ。

「………なにそれ？」

思わずアスランが胡乱《うろん》な声を上げる。すると母が「はーぁ!?」と、呆《あき》れた声を出す。

「あなたねぇ、草原地竜《ステップ・ドラゴン》を知らないの!?」

「草原地竜《ステップ・ドラゴン》自体は知ってるけど？」

「いーい？　簡単に仕留められないのよ、動きが速くて!!」

アスランは「へぇ……」と。ミスラが獲物を捕まえてくるのは日常茶飯事だし、日頃から弓矢を用いているのだから、弓の腕そのものは相当なものだろう。それは分かっている。むしろ、草原地竜《ステップ・ドラゴン》なんて珍獣を捕まえてきたことに驚いた。しかし、母にとっては違うらしい。

「あのねぇ……これ、近衛騎士団《バシレウス・ロコス》の弓騎兵《きゅうきへい》の中でも、仕留められるのはごく僅《わず》か！　騎士団の演習の後の余興で、こいつの狩りで弓取り一番を決めるくらいには、難しいの！」

アスランは「へぇ……」と。エルフの弓の腕と、人間の騎士の弓の腕では、比較にならないし、比較するのも酷だろう。しかし、母は「なに!?　その薄い反応は!!」と、ご不満だ。

「いい？　この竜ね、肉がすごく美味《おい》しいの！」

アスランは「へぇ……」と。食べられたのか、それ。

「皮なんか、刀剣の柄《つか》に使われていてね、すごく稀少《きしょう》で、最高級品よっ!!」

アスランは「そっかー」と。生返事でしか返しようがない。

「あああもう!!　これだから物の価値がわからない子は！」

母は嘆《なげ》くが、アスランからしたら「だって、興味ないし……」だ。錬金学者に柄《つか》の素材の価値を語られても困る。どちらかというと、刀身《とうしん》の金属素材に興味がある。

「あーもう！　とにかく！　こいつを狩るのは難しいの！　ミスラさん、相当な腕よ？」

アスランは「うん。知ってる」と。いつものことだ。

「何よ、その反応はっ!?」

なぜだか知らないが、母に噛《か》み付かれる。一体、どういう状況だ、これ？

「あの……とりあえず、お茶にしませんか？」

事の成り行きを見ていたミスラがおずおずと声を上げる。

すると、母アセナが「そうそう、お茶よ、お茶」と、がぜん張り切り出す。

「そしてその後に草原地竜《ステップ・ドラゴン》ね」

「ええ、そうです」

ようやく余裕を取り戻したミスラが、ぎこちないながら笑みを浮かべて返事する。

アスランは「へー、草原地竜《ステップ・ドラゴン》」と、生返事。

「あの、草原地竜《ステップドラゴン》って、ただの大きな蜥蜴《とかげ》で……でも、美味《おい》しいですよ？」

「あ、そうなのか、へぇ……」

耳打ちするミスラに、アスランは生返事するのが申し訳ないので感心したように返事。

それを見ていた母アセナが「ふーん……」と、胡乱《うろん》な顔で眺める。

「しっぽりやってるようねぇ……」

「……なに？　嫌味？」

「あらあら、そんなに嚙み付かなくてもいいわよ？」

そう言いながら母は「あ、そうだ」と、手を打つ。

「アスラン。あなた、私の馬に水をあげておいてちょうだい。ああ、汗もだいぶ搔《か》いたから拭《ぬぐ》ってね。それに飼《か》い葉《ば》もよろしく」

「……は？　いやいや、僕、仕事中なんだけど？　自分でやりなって」

「何言ってるのよ？　私は国王陛下《バシレウス》のご用命でここまで来たの。言わば、名代《みょうだい》。貴賓よ、貴賓。あなたが接待するのは当然。つべこべ言わずにやっといて」

「なんだよ、それ？　取って付けたような理由を作るなよ」

アスランは咎《とが》めるが、母は「じゃあ、よろしくね～」と、まるで無視。ミスラの背を押しながら、ウキウキと自宅の方へと入っていく。急《せ》かされるミスラは後ろ髪を引かれるようにこちらを見るが、仕方ないとアスランが苦笑しながら「行って」の合図を込めて手を振ると、ミスラはそのまま母と共に家の中へと入った。

＊＊＊

ミスラが母に茶を出して歓待用の御飯を作っている間、アスランは研究所での仕事を途中で切り上げ、母の馬の汗を拭《ぬぐ》い、飼い葉を与える。それからミスラが牧畜の仕事が出来ない代わりに、買い置きの飼い葉を駱駝《らくだ》、羊、山羊《やぎ》にも与え、それから家に戻る。

すると、母はとっくの昔に茶を飲み終え、食事の前菜に手を付けていたところだった。

「僕のことは無視して始めたようだけど……」

嫌味を言うと、母は「あなた、いつ戻るか分からなかったもの～」と言っては、一口。

「おナスはいいわね、おナスは」

前菜《メゼ》として出された、潰した焼き茄子《なす》の冷製だ。アスランは「……よかったね。おナス」と言って、ため息をしてから絨毯《じゆうたん》の上に座って、自分のために置かれた茄子を一口食べる。

次に、トマトや胡瓜《きゆうり》、甘唐辛子《あまとうがらし》、玉ねぎなどを輪切りにし、羊の凝乳《カード》を切ってちりばめたサラダが出てきた。いわゆる田舎風サラダだが、ミスラは西海風サラダと呼んでいた。

「……この乾酪《チーズ》は何？　フェタ？　羊？　軽いけどすごく酸っぱいわ」

「酸乳《ヨーグルト》を水切りにした〈スズマ〉です。乾燥前の乾酪《クルト》ですよ」

給仕していたミスラが説明するが、母は「よく分からないけど、軽くて美味《おい》しいわ」と。

「〈スズマ〉はカッテージチーズに近い凝乳《カード》の一種だよ。軽いのは脱脂してるから」

理解していない母にアスランが説明すると「また減らず口を……」とぶつぶつ。

減らず口ではない。食材の説明と、その食味になった理由を、説明しているだけだ。

ミスラは次に、酸乳《ヨーグルト》の冷製スープを持ってきた。

アスランはそれがなにか分からず、とりあえず一口、覚えのある味に「これ〈ツァジキ〉で出来たスープだ」と、気付く。王国では定番の前菜で、酸乳《ヨーグルト》、玉ねぎ、胡瓜、にんにく、オリーブ油、香辛料などを混ぜて作る。先日、屋台で食べた回転焼きにたれとして掛かっていた。

今日はそれがスープになって出てきた。

次に、ミスラが串焼きを焼いている間、母は平焼きパンにカイマクを塗りつけて頬張る。

「このバター、香りがよくてほんわかして甘くて美味しいわねぇ」

「バターじゃない。それ、〈カイマク〉。クロテッドクリームの一種で……」

アスランが説明しかけたが、母が黙らせるように途中で睨《にら》む。

なんでこんなに突っかかってくるんだ、この人は？

それにしてもミスラが頑張って料理に精を出しているのに、姑《しゅうとめ》は出された料理を喰らい続けるのみ。分かってはいたが、その図々《ずうずう》しさに、アスランは腐れ縁の近衛騎士のクリソスを思い出す。上司の副団長がこの調子だから、部下のクリソスもああなってしまうのだろう。

そうしているうちに、ミスラが串焼きを持ってきた。

「来た……来た来た来たわ！　草原地竜《ステップドラゴン》の串焼き!!」

「お義母様《かあさま》のおっしゃる通り、塩だけの簡単な味付けです」

「そう、それがいいの！」

今、草原地竜《ステップドラゴン》の串焼きを前に、興奮気味の母は「では、頂きます……」と、一口。

「ん～!!　あの見た目からは想像も付かない繊細な味!!　塩だけで頂くのが一番だわぁ～」

しみじみ味わう母の横で、アスランが串焼きに胡椒《こしょう》をごりごりと掛ける。そんな息子に母は「なにしてくれてるのよ？」と眉を吊り上げたが、アスランは知らん顔でごりごり。

「一口目は素で食べた。二口目からは胡椒」

「違うでしょう!?　ちゃんと塩だけで味わうのが通ってものよ!?」

「食べ物の好みは人それぞれ。母さんにとっての正義は僕の正義じゃない」

母は「あ～！　またもう、この子はぁ～～」と、地団駄《じだんだ》を踏むが、アスランは胡椒が大好きだった。塩味も悪くなかったが、やっぱり焼いた肉には胡椒をかけたくなるものだ。

「ところで、ミスラさんは食べないの？」

給仕をするミスラに、母が尋ねる。そう、ミスラはずっと料理をしていて食べていない。

「あとで頂きます」

「一緒に食べればいいじゃない？」

「一番美味《おい》しい時に、お客様に頂いてほしいんです」

微笑《ほほえ》むミスラに、母は「健気《けなげ》ねぇ……」と。そして、ジト目で息子を見る。

「……あなたが焼こうとか思わない？」

「一度も扱ったことない食材だし。滅茶苦茶《めちゃくちゃ》になるんじゃない？」

「そうね。あなたじゃ馬鹿みたいに胡椒をかけるわね」

息子に皮肉を言ってから串焼きを頬張る母だが、人を胡椒中毒のように言わないでほしい。

しかし気のせいか、母がミスラに対して随分と優しいような……？

いや、気のせいじゃない。母は、ミスラのことが大変お気に召したようだ。

或るハーフエルフの話

食事の後、アスランはミスラと一緒に台所の後片付けを行おうとした。

しかし、ミスラから「久々にお会いになったのでしょう？」と、手伝いを断られた。では、アスランが片付けをすれば、それはそれでミスラと母が二人きりになる。

まだ二人だけで話をさせるのには不安があり――と言っても、既に遅いが、アスランも母に聞きたいことがある。そして、母もアスランに尋問したいことがあるだろう。

そんなわけで、後片付けはミスラに任せ、母の接待を行うことにした。

「いい子ねぇ、あのお嫁さんは」

「いい人だよ、ミスラは」

居間の絨毯《じゅうたん》で半分寝そべっている母に、アスランは茶を啜《すす》りながら答える。

「母さんがミスラに八つ当たりとかしなくてよかったよ」

「ん？　なに？　私がそんなことすると思ったの？」

「恐らくしないと思ってたけど、可能性はゼロじゃないからね」

「相変わらず、小賢《こざか》しいというか、ぐだぐだと余計なことを考える子ね」

アスランは「子供の頃からでしょ」と言って、ため息をつく。

「言っておくけど、母さんが何を言っても別れるつもりはないよ」

「そんなこと言わないわよ。ここまで来て、後戻りはできないでしょう、あなたは」

「それじゃあ、母さん、ここまで来る必要はなかったんじゃない？」

「はぁ？　言うことを聞かないバカ息子をそのままにするとでも？」

予想通りのご回答を頂き、アスランも「まぁ、うん……」と、再びため息。

アスランが母の言いつけに逆らったのは確かにそうだ。それに。

「親を結婚式に呼ばないって、本当、なんて子なのよ、あなたは！」

「いや、だって、式前に揉《も》めたくなかったし……」

アセナは「相変わらず、そういうとこでグダグダのヘタレねぇ……」と、ぶつくさ言う。

何とでも言えばいいが、とにかくもう、後戻りは出来ない。彼女を受け入れた時点で、既に後には退《ひ》けないのだ。だが、後悔はしていない。結婚した理由が「相手いなかったし」程度の軽い理由で、しかも、式当日まで顔も知らなかった相手だが、それでもだ。

「でも、あの子、逞《たくま》しいから。あなたのおばあちゃんのようにはならないでしょうね……」

アスランが「おばあちゃん？」と尋ねると、母アセナは「そう」と頷《うなず》く。

そう。これは、幾度となく聞いた、祖母の話——。


ハーフエルフだったアセナの母。

彼女は幼少の頃、遊牧エルフの地からアルヴァンド王国へ里子に出された。里子というよりは、子のいない人間夫妻への身売り同然の養子縁組、まさに棄てられたようなものだ。

それにも拘《かか》わらず、彼女は草原《ステップ》を恋しがった。

それは彼女が大人になって結婚し、そしてアセナを産んだ後も続いた。

望郷の念は少しずつ彼女を衰弱させ——。

アセナが大人になる前に、亡くなってしまった。

この国で幸せになれなかったハーフエルフ。

一族から追い出されてなお、死ぬまで草原《ステップ》を恋しがっていた人。

「……ハーフエルフはみんな不幸になるって、そう思ってたわ」

母アセナが茶の入った碗《わん》を持ったまま、遠くを見つめる。

「私の母と比べれば、あの子は……ね？」

アセナはいつもとは違った穏やかで、それでいて寂しげな笑顔をアスランに向ける。


でもなぁ、母さんの話だけで結論付けるには、無理があるんだよな……。

母の話に、アスランは懐疑的だった。祖母は不幸だったかもしれないが、他のハーフエルフもそうなるかといえば、学者的に考えるなら〝反証の可能性がある限りはそうではない〟だ。

そもそも、そんなに感傷的になって何度も語りかけられれば、聞いている側《がわ》は話の内容に馴《な》れて冷静に内容の検証をする余地が出来てしまう。アスランとて、何でも疑いを持つほど情緒に欠けているわけではないが、母の話し方だと、どうしても眉唾《まゆつば》――。

……なんて言ったら、多分、キレる。うん、黙っとこう。

茶を静かに啜《すす》り、遠い目をしている母を横目に、アスランはひっそりと思う。

そんな母だが、飲んでいた茶碗を手元に置き、ひと息吐いて、それから。

「って言っても、おばあちゃん、ちょっと草原に夢を見過ぎてたとこ、あったけどねぇ～」

「……へ？」

なんだか真逆のことを言い出した。

「というか母さん、そう思ってたの？」

「だって、おばあちゃんの語るメディアス・エルフィアナは楽園みたいな所だったけど、実際行ってみると、どこまでも続く草原の眺めは壮観だけど、油断したら水不足で早々に干涸らびるような、厳しい場所だもの～。準備と移動計画は綿密にやらなきゃ、詰むわねぇ……」

さっきまでしんみりしていた母が、今度はけらけらと笑いながら語る。

「……砂漠よりマシ、くらいは知ってるけど……」

茶を啜りながらそう言うと、母は「まぁ、大体そうね」と、肩を竦《すく》める。

「草が生える程度には降水量はあるけど、川や池が出来るほどはない。井戸が掘られてない場合は、水源同士がすごく離れているから旅慣れてないと大変……そんな場所でしょ？」

「そうね。他は、砂漠と同じくらい、昼と晩の寒暖差が激しいってとこかしら？」

「雲の少ない乾燥した晴天だから、地面が直接的に暖められる日中は気温が上がっちゃうよね。逆に夜間は熱がどんどん空に逃げてすごく冷え込むと……まぁ、砂漠と同じ理由だね」

母が「何言ってるのか、分かんないんだけど？」と、眉を寄せるので、「乾燥地域における昼夜の極端な気温差が起こる理由」と、一応、説明しておくが――自分で言っておいて何だが、草原《ステップ》の旅の条件は草が繁る様《さま》とは裏腹に、砂漠に限りなく近い厳しさだ。となると。

「……あっちに鉱物調査に行こうかと思ってたけど……」

何とはなしに呟《つぶや》いたアスランに、母が「おやめなさいって！」と、大きな声を上げる。

「何しに行くつもりか知らないけど、素人《しろうと》じゃあ無事に旅なんか出来ないわよ？」

「さすがに素人じゃないよ？　砂漠や荒野の調査もしたし、詳しい情報はミスラからも聞く。人口密度が低過ぎるし、水場が少ないから、駅伝《ヤム》の利用は必須だと思うけど」

〈ヤム〉は、遊牧エルフの大首長《カガン》が整備した駅伝制度だ。水場や宿場などを揃《そろ》えている。

「駅伝《ヤム》は部族連合が発行した通行証《パイザ》が必要よ？」

「知ってるよ、そんなの。今、研究所から王室経由で向こうに手続きを申請中だよ」

「あらあら。私なんて、国王陛下《バシレウス》の御璽《ぎょじ》と大首長《カガン》の聖旨《せいし》付きの通行証だったわよ？」

「はいはい……。陛下《バシレウス》の特使として出掛けたんなら、普通はそうなるよね」

母は「可愛《かわい》くないわね」と、ぶすっとするが、それはしょうもない自慢話だったからだ。

「ともかく。あっちは旅すら難しい地域で、夢見るほど現実は甘くないって話だよね」

「そう、元々住んでるならまだしも――。多分、おばあちゃんは幼過ぎたのね。あの土地の厳しさを知る前に追い出されて、良い思い出と追放された辛《つら》さだけが残ったって感じよ」

「へぇ……。そういうこと、分かってるんじゃないか、母さん」

「直接何度も呪いみたいに話を聞かされた身にもなりなさいって！」

「僕も呪いみたいに『ハーフエルフに関わるな～関わるな～』って、言われてたけどな」

息子がそう言うと、母は「うるさいわねぇ……」と、煩《わずら》わしそうに呟《つぶや》く。

「ともかく、おばあちゃんが夢想し過ぎだったってことね」

「それで弱って亡くなったのだから、笑い話にもならないのだけど……」

母アセナと息子アスランが、同時に静かになる。

「でもあの子は逞《たくま》しいから大丈夫よね。ただ、ちょっと、頑張り過ぎるところがあるけど」

「そうなんだよなぁ～。休めって言っても、働こうとするからさぁ～」

言いながらアスランは「牧夫を週二で雇って、休ませてるけどね」と、肩を竦《すく》める。

「どうも、ミスラって休むって意識がなくってさ……」

「ねぇ、それ。そうならなきゃいけなかったんじゃないの？」

アスランが「それね」と、ため息。彼女が仕事熱心なその理由。

「一族から追い出されないためとか、そんな感じ？」

母は「ふん！　やっと気付いたか！」と、鼻息も荒く呆《あき》れるが、アスランから言わせてもらえば「いや、まぁ気付くよ」と、一応。しかし、母にはそれだけでは足らなかったようだ。

「きっとあの子はね？　一族でぞんざいに扱われながらも、そんな調子で頑張ってきたのよ。それが弱みに付け込まれて、こんな遠くまで結納金《ゆいのうきん》で買われて……。相手は錬金術だかなんかの学者なんて妙ちくりんな仕事をしている胡散臭《うさんくさ》い男だし。ミスラさん、可哀想《かわいそう》よね」

「母さん、途中からおかしい」

健気《けなげ》に頑張ったハーフエルフの話から、そんな娘の弱みに付け込んで金で買った非情な男の話にすり替わっている。しかも学者業のことは妙ちくりんだとか、酷い言いようだ。

「というか、僕がミスラを結納金《ゆいのうきん》で買ったとか思ってたんだ、やっぱり」

「品行方正になるように育てたのに、どうしてこうなったのかしら？」

「いや、それ、違うから！　むしろ、ミスラが持参してきた物とか家畜の方が価値があるし！　僕の払った結納金じゃ絶対買えないよ！」

名誉に関わるのでアスランは反論した。しかし、母は。

「……やっぱり結納金は払ったのね。いくらよ？」

「いわないよ、そんなこと！　というか、払うでしょ、普通は!!　もしかして結納金が人身売買の代金とか思ってない？　母さんが結婚した時も、父さん、結納金を払ったんじゃない？」

「私の時は、お父さんの親が払ったわよ？」

「じゃあ自力で払った僕の方が偉いよね!!」

「ああもう！　いいじゃない、そんなことは!!」

「よくない！　僕の名誉に関わるって!!」

「いいから！　その話は脇に置いといて!!」

息子に人身売買の疑いをかけたわりに、母は強引に話を切り替える。

「あの子は逞《たくま》しそうだけど、多分、それほど強くもないと思うわ」

「それは……まぁ、そうでしょ」

「なに？　アスラン。その分かったような分からないような返事は？」

「そういうところに土足で足を踏み入るような真似をしたくないんだよ！」

母さんみたいにね……。腹の中で付け加える。

アセナが「はぁ〜〜」と、絨毯《じゆうたん》の上の枕に、しな垂《だ》れ掛《か》かる。

「この子ってば、変なところが父親に似たわね……」

「変なところって、どんなところだよ？」

「自分の胸に手を当てて考えてみなさい」

「なにそれ？　父さんと僕の人格的な類似点を自分で比較検証しろってこと？」

「あ〜もう！　よく分からない言い回しの減らず口はいいから！　自分で考えるのっ！」

アスランは「なんだよ、それ……」と、両手両足を絨毯の上に投げ出す。

曖昧《あいまい》なことを言ったのは母なのに、詳しく尋ねた途端に丸投げだ。

「とにかく、アスラン。あのお嫁さんのことは――」

「――お待たせしました」

母が何かを言いかけた時、ミスラが手拭《てぬぐ》いで手を拭《ふ》きながら、居間にやって来た。

「すいません。お片付けに時間を取られてしまいました」

「あらぁ、ミスラさん。お疲れさまぁ……」

厳しい顔をしていた母アセナが急に顔を綻《ほころ》ばせる。そんな母の豹変振《ひようへんぶ》りに、アスランは少々複雑な気持ちになるが、ミスラを頭ごなしに否定されるよりは、幾分ましだった。

＊＊＊

結局、母のアセナはここに泊まっていくらしい。休みを授かったとかなんとか。

離宮の園遊会で母が王族の護衛をしていた時、お妃様《きさき》の一人に「あなたのお子は息災にしておりますか?」と尋ねられたという。母は「外せない仕事が入っている時に限って唐突に結婚の式を挙げる、困った子です」と答えた。するとお妃様は「それは大変!」と、国王《バシレウス》に陳情。国王《バシレウス》からは「妃を護《まも》るためとはいえ、自《みずか》らの子の婚儀に間に合わぬこと、誠に残念である」とのお言葉を賜《たまわ》り、そして、お休みを授かったという。

「二ヶ月ですって」

「そっか。父さんとゆっくり出来るね」

アスランが母に、何の感情も込めずに返す。

「お父さんはいいの、お父さんは。陛下《バシレウス》が母子を慮《おもんぱか》って授けた休みなんだから、ここに居るに決まってるじゃない。二、三週間くらいは居ようかなー、なんて」

「姑《しゅうとめ》に長居されても、ミスラの負担が重くなるだけだから、勘弁して」

「あらぁ、多少の家事の手伝いくらいするわよ?」

「母さんって家事が出来たの?　見たことないけど?」

「失礼ね！　出来るわよ!!」

母アセナはそう言うが、実際に母が家事をしているところをアスランは見たことがない。

そもそも母アセナは仕事が近衛騎士団《バシレウス・ロコス》なので、たまに二、三ヶ月、帰ってこないことも普通で、その間、家事は女中さんに丸投げだったたし、帰ってきても、やはり女中さんに丸投げ。

——いや、料理をしているところは何度か見たか？

庭先で焚《た》き火《び》して、大鍋にばんばん食材を放り込み、がんがん鍋を振り回して作る雑な料理で、どう見ても野戦食。不味《まず》くはないが世間で言う〝お袋の味〟からは、ほど遠かった。

その母はというと、息子の反応が悪いせいか「どうしてこんな子になっちゃったのかしら」と嘆きを漏らす。だが、新婚の新居に居座る姑など、邪魔以外の何ものでもないのだ。

「あの……お義母様《かあさま》？」

居間で茶を飲んでいる時、ミスラが恐る恐る姑のアセナに声を掛けた。

「なあに？　ミスラさん」

「お贈りしたいものがあるのですが……」

ミスラは脇に置いていた風呂敷《ふろしき》をすっと前に出し、包んでいた中の物を広げる。

するとそこには、先日ミスラが織り上げた肩掛けが綺麗《きれい》に畳まれてあった。

「なにかしら……これ？」

「見ての通り、肩掛けじゃない？」

アスランが説明すると、母が無言で『黙りなさい！』という視線を飛ばす。

「お義母様《かあさま》の好みがわからなかったので、気に入っていただけるかどうか……」

控えめにミスラは言うが、母はその肩掛けを黙って眺め、広げたり撫《な》でたりしていた。

と、思いきや、母アセナは突然、ばっ！　と、ミスラの方を振り向く。

「こんなもの、受け取れないわ！」

いきなりの拒絶に、ミスラが「えっ？」と、引《ひ》っ叩《ぱた》かれたような顔をする。

一方、アセナは嫁の様子に気付かないまま、熱心に肩掛けを眺めている。

「これ、この触り心地……高原山羊《やぎ》よね？　しかも、こんなに織り柄や刺繍《ししゅう》が凝ってて……高いんでしょ!?　こんなの無理して買って……そこまで私に気を使わなくていいの！」

高いの、買っただので、ミスラが困惑し、アスランが「あー…」と、苦笑いする。

「若いんだから、こういうのはあなたが身に着けなさい！」

母がきりっとそう言い放つが、そこでミスラは気付いたのか「あ！」と、声を上げる。

「これ、買ってませんから、お値段はないですよ。うちの山羊の毛で作った物なので」

今度は母の方が状況を飲み込めないのか「山羊？　作った？」と、眉を寄せる。

「アスランさんと一緒に、うちの山羊の毛を取って、紡いで、織ったんです」

ミスラがこちらの方を見てきたので「下の産毛《うぶげ》を櫛《くし》で梳《す》き取ったな」と、呟《つぶや》く。

「ええ。なので、お金が掛かったのは、染料だけでしょうか？」

夫婦二人にそう言われた母は、暫《しばら》く呆気《あっけ》にとられて、それから。

「うそ!?　自分で作ったの!?　作れるの!?　毛から!?　本当に!?」

今さら驚く母に「だから言ったじゃない……」と、アスランは呆《あき》れる。

「母さん、買った奴《やつ》って、勘違いしてるし。そりゃあ、この国で衣類は自作しないけど」

「そう言うけどねぇ、アスラン！　これ、買うといくらか知ってるの!?」

「……知らないけど？」

「無地で大金貨二枚、簡単な柄で大金貨三枚。細かい柄だと大金貨四枚……」

暫くアスランが呆《ほう》けて。

「なんだよそれ!?　馬が買えるじゃないか!!」

「そーよ！　この肩掛け一つで馬が買えるのよ!!」

「ちょっと待って下さい！　さすがにこれで馬は無理ですよ!!」

ミスラが興奮する親子の間に、割って入る。

が、逆に母アセナから「買えちゃうのよ、この国では!!」と、言われて絶句する。

「そんな、これがその値段で……」

「ちなみにこれ、行商人とかに売った時とかいくらした？」

アスランが尋ねると、ミスラが額に手を当て、思い出そうとする。

「確か、銀貨三枚、よくて小金貨一枚……だったかと」

思わず「うわ、安いな！」と、アスランの顔が渋くなる。

「問屋とか仲買とか、あちこちたらい回しにされるんだろうけど、でもなぁ……」

買い取ってもらう時と、実際に店頭で売られる値段が違い過ぎる。

などと二人で話していると、母が「とーにーかーく！」と、声を上げて二人を制する。

「そのくらいお高いってことよ！」

「うん。それは分かった」

「でぇ、私としては、これをね……」

アスランが「これを？」と、首を傾《かし》げる。

「有り難く頂戴《ちょうだい》することにするわ！」

腕を組んだ母が、ムン！　と、胸を張る。

「結局、もらうのか……」

「そりゃ、そうよ。せっかく私のために拵《こしら》えてくれたんだから！　それによくて小金貨一枚なんでしょ？　で、買うと大金貨四枚！　それなら私が有り難く頂戴した方がいいわ！」

アスランが「そっか……」と、ミスラの方を向く。

「……だ、そうだよ。作り甲斐があったね」

「受け取ってもらえて、嬉《うれ》しいですね」

そんなミスラを見ながら、母が「うんうん」と頷《うなず》く。

「でも、ちょっと……いえ、かなり高いものだから、お礼をしなきゃいけないわねぇ……」

「いいですよ。衣類を作るのは当たり前ですし、アスランさんの肌着も私が作りました」

「あら？　その子の分も作ったの？」

ミスラが「ええ」と笑って頷く。すると、母が「へーぇ」と、アスランににじり寄る。それを素早く避《よ》けたアスランは「うん、作ってもらった」と、距離を置いて言う。

息子に逃げられた母は「ちっ！」と舌打ち。危ない。今、素材を確かめようとしていた。

「じゃあ、そんなわけで、ミスラさんは私の娘ね！」

突然の母の宣言に、アスランは「へ？」と、頓狂な声を上げ、ミスラも目を剝《む》く。

「結婚したんだから、そうでしょ？」

「ああ、義母って意味ならそうなるかな？」

「養女でもいいわよ？」

「いや、僕の奥さんだから、そこまでは……」

「あなたの決めることじゃないわ」

「宣言するだけならタダだからね、何とでも言えばいいけど……」

母は「口の減らない子ね！」とぶつくさ呟《つぶや》いて。

それから絨毯《じゆうたん》の座布団の上で女座りしていたのを正座に直し、ミスラに向き直る。

「ちゃんとした自己紹介がまだだったわね」

つられたミスラも同じく居住まいを正し、向き直ってから首を傾《かし》げる。

「……はい？」

「では、改めまして。私がアスランの母〈デミルの娘、王の騎士、アセナ《アセナ・コリ＝デミル・バシリキ＝イポティス》〉。近衛騎士団《バシレウス・ロコス》で副団長を務めています。よろしくね、ミスラさん」

母が改めて名乗り、絨毯《じゅうたん》の上でお辞儀をする。

「あ、はい！　こちらこそよろしくおねがいします！　お義母様《かあさま》!!」

ミスラも慌ててぺこりとお辞儀する。母が全名で名乗って挨拶《あいさつ》をしたという様子からして、どうやら完全に認めてもらったらしい。アスランはよかったと、胸を撫《な》で下《お》ろす。

「――アスランちゃん。私、あなたが結婚式にわざと呼ばなかったこと、根に持ってるから」

アスランが油断をしている隙に、間合いを詰めた母アセナが耳元で囁《ささや》く。

自分で播《ま》いた種なので、自業自得なのだが、出来るなら何事もなければよかった。

だがやはり、そうはいかなかった。

「ミスラさんとゆっくりお話ししたいけど、その前に、まずあなたとお話をしなきゃねぇ――でぇ、アスランちゃん。どうして私を結婚式に呼ばなかったのかなぁ？」

耳元でひそひそ、顔のあちこちをヒクつかせた笑顔で尋ねる母。

覚悟はしていたが、やはりげんなりとするアスランだった。

Penthesileia
Asena

四章　底辺姫と純血の姉姫

遊牧エルフは弓上手

「お義母様《かあさま》。お馬のお世話、ありがとうございます」

朝、放牧地から馬を連れて帰ってきた母のアセナを、嫁のミスラが出迎える。

アセナは「いいのよー、ミスラさん」と、笑って手を振り、馬たちを囲いに誘導する。

そう、母が馬の放牧に行ったのだ。昨夜《ゆうべ》、言っていた〝家事の手伝い〟の一環らしい。

「意外だなぁ、母さんが馬の集団を扱えるなんて」

馬を放牧するのが家事であるかどうかの是非はさておき。賢くはあるが、群れだと扱いの難しい馬の放牧を、母アセナは問題なくこなした。

「近衛騎士団《バシレウス・ロコス》よ？　馬に乗るのが当たり前。まとめて扱ってたりするから、出来て当然！」

「はー。仕事で扱っているから、当たり前に慣れていた、と……」

出迎えたアスランが感心する。子の知らなかった、母の意外な一面だ。

「にしても……ミスラさん、〈千里の野を馳せる血族《ハンシュイマ＝バグ》〉って言ってたわよね？」

「そうですが……？」

「じゃあ、やっぱりあの馬たちは、千里の野を馳せる血族《ハンシュイマ＝バグ》の馬よねぇ？」

母がこちらを向いて「ねぇ、アスラン」と、なにげない様子で呼び掛ける。

「あの馬……近衛騎士《うち》団のクリソスが欲しがったんじゃない？」

「さぁ……？」

「惚《とぼ》けなくていいわ。どうせあいつ、本当はこっちに来ていて、口裏を合わせたんでしょ」

「会ってないから知らないよ」

あくまでアスランは惚ける。確かにクリソスは馬を欲しがったし、譲りもした。

だが、あの男が約束を守ってくれたのに、ここでアスランが裏切るわけにはいかない。

「まぁいいわ。近いうちにあいつ、ご機嫌であの馬に乗ってくるに決まってるんだから」

「もし、そういうことがあっても、そっとしておいてあげなよ……」

「さぁ？　私の気分次第ねぇ……」

「また、そういう意地の悪いことを……。やめとけって」

アスランが諫《いさ》めると、母は「はいはい……」と、おざなりな返事をする。

そんな中、囲いの中をミスラは熊手で糞《ふん》をせっせとかき集め、綺麗《きれい》に掃除していたのだが、何か言いたそうな顔で、ちらりちらりと母アセナの方を見る。

「んー？　ミスラさん、何か気になることでもあるかな？」

気が付いた母アセナが優しく――しかし、何やら含みのある表情で尋ねる。

そんな母の様子に、アスランは「ああ、またか」と、倦怠感《けんたい》を抱きつつ、やや警戒。

一方、ミスラは暫《しばら》く迷っていたが、意を決したように口を開く。

「お母様の乗っていらっしゃるあのお馬、あれは、もしや……」

母がニタァ～と笑い、そして『待ってました！』と言わんばかりに「あらあら、気が付いちゃったかしらねぇ？」なんてわざとらしく言う。

「そう。私の馬は、遊牧エルフを統《す》べる、あの大首長《カガン》直属の部隊、近侍隊《ケシク》の先鋒《せんぽう》陣営生まれ、正真正銘の黄金馬〈ヨムード〉よ！」

ミスラは「やっぱり！」と、驚きつつも納得し、アスランは「やっぱり」と、呆《あき》れる。

「でも、大首長《カガン》のお馬は、ほぼ外に出ないはずでは……？」

「それがねぇ、友好国には数頭、譲ってくれるのよ。で、うちの国には三頭譲ってくれたのだけど、その三頭のうちの一頭があの子ってわけ！」

母アセナは得意げに語り、ミスラは「すごいですね」と、羨望《せんぼう》の眼差《まなざ》しを送って。

興味のないアスランは「へぇー」と、気のない返事をして。それから、ふと。

「黄金ってわりに、母さんが乗ってきた馬、なんか煤《すす》けた葦毛《あしげ》っぽかったよね？」

「黄金の馬は陛下《バシレウス》が騎乗してらっしゃるわよ!!　私が乗れるわけないでしょうっ!?」

「そっかぁ。金色の馬は陛下《バシレウス》が騎乗している、と」

母は「要らんことを……！」と、口を尖《とが》らすが、自慢話に乗らなかっただけだ。

＊＊＊

午後、ミスラが馬の乳搾《ちちしぼ》りを行う中、アスランは本とメモ帳を片手に、家畜の柵に寄りかかり、調べ物をする。そして居候《いそうろう》の母アセナはというと、新しく建てた、簡素な家畜小屋の中にいる仔羊《こひつじ》や仔山羊《こやぎ》たちを微笑《ほほえ》ましそうに眺めている。

「可愛《かわい》いわねぇ。食べたくなっちゃうわぁ……」

「草を食べられるくらい育てないと、肉の歩合が悪いと思うよ……」

書き物をしながら淡々と指摘するアスランに、母は「可愛げないことというのね……」とふて腐れるが、馬の乳を搾りながら聞いていたミスラが「最低、四ヶ月は育てないと。あと、雄ですね、やっぱり」などと、現実的なことを言い出し、母は囲いに手を突き、項垂《うなだ》れる。

「それより母さん、家畜に岩塩を出してあげてよ。赤いのが納屋《なや》にあるからさ」

「あなた……近衛騎士団《バシレウス・ロコス》の副団長たる母を、顎《あご》でこき使う気？」

「新婚夫婦の家に居候するなら、そのくらいしてよ……」

アスランは「塩を与えたら、水も飲ませてね」と、しっかり指示を付け加える。すると母は「あ～、はいはい……」と、おざなりな返事をしながらも納屋にてくてくと向かっていく。

そうして母は納屋《なや》から大きくて赤い岩塩の塊《かたまり》をせっせと持ち出したのだが。

「これ、お料理には使えないわねぇ……」

「家畜向きの栄養改善の鉱塩だからね、色々入ってる」

赤茶色い岩塩の塊を見て渋い顔をして呟《つぶや》く母に、アスランが説明する。

塩は元より、鉄や苦土《くど》などの必要な鉱物《ミネラル》が多く含まれる岩塩を選んでいるが、それはあくまで家畜に必要な栄養で、人が口にするには苦みと渋みが多過ぎて、料理には使えない。

「ねー、アスラン。納屋に白い塊があったけど、あれは？」

「あ、あれ、塩じゃなくて重曹。反芻《はんすう》胃の異常発酵の時に使う奴《やつ》――」

アスランが馬以外の羊や山羊《やぎ》、駱駝《らくだ》などの反芻する家畜たちの糞《ふん》、蹄《ひづめ》、歩き方をざっと見てから「――特に、異常は見当たらないな」と、確認し「別に、要らないかな」と、呟くが。

「栄養補充と病気の予防という意味で与えてもいいけど、多分、塩ほど舐《な》めないと思うな」

「なんでよ？」

「重曹、嗜好《しこう》性が悪いんだよ。胃の調子が変だって感じた時に、やっと口にする奴だから」

母アセナは理解したのか、していないのか、「ふ～ん」と、鼻を鳴らす。

一方、搾《しぼ》った馬乳を木樽《きだる》に集めていたミスラは「助かりますと」微笑《ほほえ》む。

「アスランさんが家畜の不調に詳しいので、頼もしいです」

「それはこないだ来ていた同僚に、色々教えてもらったからだよ」

アスランは「前はそこまで詳しくなかったよ」と、肩を竦《すく》める。

家畜の不調に関しては生物・生理学に詳しいフォティスから、重曹等の投与に関しては薬学に詳しいドレアからだ。他にも文献など、色々と二人に教えてもらった。

「それでも助かりますよ。私では調べ方さえ分かりませんもの」

笑って言い、ミスラは馬乳の入った木樽を、底の縁を転がして台所の中に持っていく。

母アセナは二人の様子に「ホント、仲がいいわねぇ」と、呟きながら塩を馬に舐めさせる。

ミスラは台所から納屋へと行き、それから弓と矢筒を抱えて出てきた。

「あら？　狩りにお出かけ？」

「行くのはもう少し後です。出る前の、弦《つる》の確認ですよ」

ミスラが弦の張りを確かめながら答える。アセナは「弦の調整は使う直前にするもんじゃないからねぇ……」と言いながら、何を思い出したのか「そういえば」と、声を上げる。

「草原地竜《ステップ・ドラゴン》を仕留めたのって、あれは馬上から？」

「そうですね。馬の面倒を見ていた時だったので、馬上からです」

「やっぱりエルフ射法《エルフィアナ・ショット》とかで射止めたりするの？」

「なんです、それは？」

母が「えっと……」と、説明に困っている。やれやれと、アスランは顔を上げる。

「エルフ射法《エルフィアナ・ショット》っていうのはこちらでの呼び方で、騎馬で後ろに向かって撃つ射法だよ」

「そう、それ！」

母が「でかした！」と、アスランに向かい、親指を立てる。

「押《お》し捻《ひね》りですか？　それは……狩りよりも、戦いで使う射法ですね」

「あら？　そう？」

「獲物は大体こちらから逃げてばかりですから、狩りでは前に放つ追物《おいもの》射《い》が殆《ほとん》どです」

「そうねぇ。確かに、鹿や兎《うさぎ》なんて、こちらから逃げてばかりね」

「そうなんです。ですから、後方へ射るというのは、殆どの場合、馬に乗った者同士の撃ち合いや、追ってくる騎馬への反撃、もしくは奇襲になりますね」

逃げながら射る。もしくは、近付き反転、去り際に後ろに向かって射る。

つまり、エルフ射法《エルフィアナ・ショット》とは、反撃や一撃離脱のための、戦闘用の射法だ。

「狩りにも使っているかと思ったのに、残念だわ……」

「残念がってどうするんだよ……」

呆《あき》れていると、アセナが「だってアスラン、有名じゃない？」と、もどかしそうだ。

言われてみれば「確かに有名だけど」と、アスランは頭をぼりぼり掻《か》く。

遁走《とんそう》すると思わせ、射る。エルフにこれをやられ、痛い目にあった兵団はいくつもある。

「じゃあ、狩りに使わないのなら、ミスラさんは……」

ミスラは「あ、できますよ？」と、さらりと答える。

「まぁ、出来るの？」

「一応、射法は一通り学びますから。何時《いつ》、如何《いか》なる時に使うか、分かりませんからね」

「そうねぇ、何時、如何なる時に、誰に襲われるか、分からないものねぇ」

「いえ。どちらかというと、狼なのですが……」

母はぽかんと呆気《あっけ》にとられた後「あ。そっちね」と呟《つぶや》く。

狼は群れで後ろから追い掛けてくる。羊飼いなら狼に襲われることもあるだろう。

そして母は、自分の名が〝雌狼《アセナ》〟なのに、その存在を綺麗《きれい》に忘れていたと。

「──そういえば、姉さんは押《お》し捻《ひね》りが得意だったわ……」

ふと、ミスラは乳を搾《しぼ》っていた牝馬《ひんば》の腹から桶《おけ》を取り出しながら呟く。

「え？　お姉さんが居たの？」

「あっ、いえ……」

独り言を夫に聞かれたのが恥ずかしかったのか、ミスラは頬を赤くする。

「なぁに？　アスラン、あなた……」

母は「お嫁さんのご家族のことも知らないの？」と言いたかったのだろう。が、それを言う前にアスランが手をかざして遮る。息子に話を中断されたアセナは一瞬むっとしたが、途中で家族に関する繊細な話題だったことに気付いたのか、気まずく黙り込む。

ミスラはハーフエルフだ、エルフの間における立場の悪さは推して知るべし。

向こうの家族の話は、話題に出しづらいし、話すなら慎重に話をしなければならない。

とはいえ、半端に話を終わらせるのも気まずい。

「……騎射で後ろに射るのが得意なお姉さんが居たんだ」

アスランは極力、素知らぬ調子でミスラに話しかける。

「あ、はい。だいぶ年上の姉で……私、あまり好かれていなかったのですが」

「どうして？　って、聞くのはまずいかな？」

「いえ。別に……大丈夫ですよ」

ミスラはため息のようにひと息吐いて。

「あの、姉は私と違って、純血のエルフなので」

「あ……」

「煩《わずら》わしかったんだと思います」

アスランが「そうか……」と、ミスラの頭をぽんぽんと叩《たた》く。

ミスラは少し照れくさそうに「あの……」と、こちらの袖を摑《つか》んで見上げる。

「私がハーフエルフだからって、気を使わなくてもいいですよ？」

「そう？」

「だって、気を使う方も、使われる方も、気疲れするでしょう？」

「そうだなぁ、言われてみれば、そうかもね」

アスランが苦笑する。

「それにアスランさんだって、一応、エルフの血筋ですし。それなのに、私ばかり気を使っていただくのも、なんだか変じゃありませんか？」

ミスラからそういわれて、アスランは珍しくきょとんとして。

「……ごめん。それ、忘れてた」

言ってから、アスランは母の方を見る。

「……私も忘れてたわ」

こちらもだった。

「まぁ、強いて言うなら年齢なりの姿じゃないってところがエルフかしら？」

「僕に至っては、ほぼ原形を留《とど》めていないけど、一応？　くらい？」

母が言い、息子が言い。互いに顔を見合わせて「適当ねぇ」「適当だねぇ」と、ため息。

そんな親子を見て、ミスラはくすくすと笑う。

「お二人を見ていると、案外、そういうものだと思えますよ」

愉快そうに笑うミスラに、再び、親子揃《そろ》って顔を見合わせた。

姉の襲来

それは穏やかな日――と、恐らく母だけが思っているのかもしれない。

家主であるアスランが「母さん、早く帰ってくれないかな」と思う、午後。

新婚夫妻宅に押しかけてきた姑《しゅうとめ》こと、母アセナは、未《いま》だ居座っていた。

だが、馬の放牧などにも行っていたので、完全に厄介者の居候《いそうろう》というわけでもない。

ミスラは放牧を手伝ってもらっているためか「布仕事が進みます！」と、大喜びしていた。

（彼女の布仕事に関してアスランは「あれは仕事でなく趣味だ」と割り切ることにした）

母が居ることで、多少なりともミスラに時間が出来たのは間違いないし、アスランがお金を出して人を雇う頻度も減ったので、いいことがあったといえば、確かにそうだ。

ただ、まだまだ新婚で、アスランは新妻のミスラと二人きりでいたいのだ。

そんな中での実母（姑）なんて、邪魔以外の何ものでもない。

その母だが、仕事の上司――この国の国王《バシレウス》を上司と言っていいのか分からないが、その方から頂いた二ヶ月の休みのうち、一ヶ月は居座るという。

最初、二、三週間と言っていたのに、一ヶ月ってなんだ？

息子の心、母知らずというのか。早速、最初の発言からずれ始めた。当然、アスランは不満だったが、それがさらに「二ヶ月一杯一杯《いっぱいいっぱい》、居てもいいかもねぇ……」と、母は気まぐれに日数を増やそうとする。即座に「やめて。というか、帰って！」と、言った。言ったのだが。

「え？　どうしてよ？」

「新婚なんだよ！　姑と一緒とか。苦痛だろ、ミスラが！」

「あの子、結構、楽しそうにしているけど？　ほらぁ、放牧の手伝いしてあげたら、染め物や織物や縫い物の時間が出来たって、すごく大喜びじゃない？」

「そりゃ、お世辞くらいは言うだろ。つらいけど、表に出さないようにしてるだけだって」

「そういうけど、あなたの方こそ、私を煩《わずら》わしく思ってるんじゃなぁい？」

「当然でしょ！　少しは気を使ってよ！」

「わざと結婚式に呼ばなかった子に、言われたくないわねぇ……」

お嫁さんの居ない場所で、親子は不毛な口論を繰り広げていた。


「ああ、もういいや……」

昼過ぎ、アスランは書斎での仕事を一段落させ、居間で茶を飲む。

母が入れてくれた茶だ、とてつもなく渋い。

「何を『ああ、もういいや』って諦《あきら》めているのか知らないけど、とりあえず人の淹《い》れた茶を、しかめっ面《つら》で飲まないでくれるかしら？」

「渋いんだよ、母さんのお茶は……」

「目がキリッと冴えるでしょ?」

「甘いものと一緒じゃないと厳しいよ、これ」

「よくいうわねぇ。じゃあミスラさんならどんなお茶を入れるのよ?」

「今朝、淹《い》れてたでしょ、乳茶を」

「……淹れてた?」

「飲んだでしょ? 碗《わん》に注いだ、塩味のする奴《やつ》」

「え? あれ、ミルクスープじゃないの!?」

母から驚きの声が上がるが、アスランは「お茶だよ……」と答える。

そんなことだろうと思った。塩が入って〈カイマク〉も入っていたし、乳が牛でなく羊だし、さらに東方の後発酵茶を使って普通の茶葉とは風味が違うから、勘違いしたのだろう。

「……ただいまです。アスランさん、お義母様《かあさま》」

羊の放牧から帰ってきたミスラが居間に顔を出す。

アスランの「おかえり、ミスラ」と、母アセナの「おかえりなさいー、ミスラさん」の言葉に、ミスラは再び「はい、ただいまです」と笑顔で返す。

「あら? お茶ですか? 甘い乾酪《クルト》でも出しましょうか?」

渋茶にあてられていたアスランは「あ、酸乳《ヨーグルト》味の練り飴《あめ》!」と、つい、嬉々《きき》とした声が出る。

そう、甘い乾酪《クルト》はそんな感じの味だ。

「それ、食べたい！　ちょうだい！」

アスランが言うと、ミスラは「お持ちしますね！」と、はりきって台所へと向かう。

そんな様子を「あらあら、アスランちゃんはいつまでも子供ねぇ……」と、母が微笑《ほほえ》ましそうにしているが、母の淹れた茶が渋過ぎたからなのに、何を言ってるんだか。

「そういや、あっちの乾酪《チーズ》の〈クルト〉って、案外種類が多いよな。練り飴みたいなのから、漬物みたいにしょっぱいのまで……やっぱり畜産生成物を中心に……」

アスランが言いかけたその時、ドッドッドッドッと、微《かす》かだが響いてきた。

ほとんどの人が聞き取れないほど微かな音だ。

しかし、エルフの血を引いているせいか、アスランの耳はこの音を捉《とら》えていた。

「……蹄《ひづめ》の音？　でも、この歩様《ほよう》……」

アスランは眉を寄せる。ミスラの馬たちが速歩《はやあし》の時に、こんな蹄の音を立てる。

だが、この辺の馬はあまりしない。確か、これは……。

「ん……だく足ね。戦車曳《び》きとかに使われる。あと、弓騎兵の馬とかね」

「そう、それ」

母にも聞こえていたらしい。茶を啜《すす》りながら説明するので、アスランもようやく思い出す。

伊達《だて》に近衛騎士団《バシレウス・ロコス》の副団長をやっていない。ただ、言葉の節々が少し気になるが。

ミスラは今、家に居て、馬も囲いに居る。だから、うちの馬でないのは確かだが――。

音はこちらに近付いているのか、少しずつ大きくなって、そして。

「……止まった？　というか、これ、うちの前？」

アスランが居間の窓から外を見ると、家の前の道で青毛の馬に乗った女性が、周りを見回しているのが見えた。だが、そんなことよりもアスランは、騎乗している女性の姿に驚く。

着衣から馬具に至るまで、覚えのある凝った織り柄や刺繡《ししゅう》、装飾。

そして何よりも、尖《とが》った耳。

「遊牧エルフ……？」

遊牧エルフの女が、アスランが窓から覗《のぞ》いているのに気付いたのか、こちらを見て――。

いや、睨《にら》んだ？

「ちょっと行ってくる!!」

「ちょっと、アスラン～？」

母の間延びする声をそのまま残し、アスランは居間から飛び出す。

玄関まで来て、用心のために隠し棚に仕舞っていた刀剣を手に取り、素早く腰に差す。

――先ほどの女性の視線、明らかな敵意を孕《はら》んでいた。

アスランが外に出た時、遊牧エルフの女は馬を下りたところだった。

女は腰に弓と刀剣を提げている。それ以外は、ミスラとよく似た格好だ。

そのせいか、顔も似ているような気がする。いや、実際似ているような——？

そんなことを考えている間に、エルフの女はずかずかと近付いてくる。

「……貴方《あなた》。北の錬金術師《アルヒミヤ》の、アスラン《アルスラーン》？」

こちらの言葉が話せないのか、それとも話す気がないのか。

女は明らかにこの国の人間であると分かるアスランに、エルフ語で話しかけてくる。

「……確かにそうだけど、あなたは？」

同じくアスランもエルフ語を使って返すと、女の目元がぴくりと動く。

「エルフ語を話せるのね……。まぁ、いいけど」

「それで、あなたは誰ですか？　遊牧エルフのようだけど、ミスラの親戚か何か？　僕としては答えてもらえると、非常に有り難いのだけど？」

質問に女はすぐには答えず、ただ「……冴えない男ね」と、小さく毒突く。

今さらだ。学者なのだから、騎士や貴族のように冴えているわけがない。ただそれが事実だとしても、初対面にしては随分な態度だ。敵意の籠もった視線といい、一体、この女性は何なのだろうと、アスランが考えていると、女は「はっ！」と、鼻で笑い、それから口を開く。

「私が名乗ったところで、二度と貴方と顔を合わせるつもりはないから、意味はないのだけど……いいわ。一応、礼儀として、教えてあげる」

酷い言いようで前置きした女は、アスランを蔑《さげす》んで見ながら胸に手を当てる。

〔千里の野を馳せる血族《ハンシュイマ＝バグ》、砂礫の太陽の従者《コルムアフタブ＝アザ》、風の賢者の娘《ルズガルメルゲン＝ドフト》、ペンテシレイア〕

千里の野を馳せる血族《ハンシュイマ＝バグ》――ミスラと同じ一族だ。砂礫の太陽の従者《コルムアフタブ＝アザ》という部分は職業か、それとも今、属している集団なのか分からないが、ミスラと近しい人なのは分かった。

〔……で。貴方《あなた》が妹を買ったクズかしら？〕

アスランは間を置いてから「……は？」と。

エルフ語の中でもアスランが使わないような単語で、すぐに理解が追いつかなかった。

クズ？　今、クズって言ったよな？　僕が？

いや、それより……妹って。

〔レイア姉さん……!?〕

エルフ語で覚えのある声が響いた。振り向くと、勝手口からミスラが顔を出している。

どうやら馬の蹄《ひづめ》の音を、ミスラも台所で聞きつけて出てきたらしい。

「〔姉さん〕って……。ミスラのお姉さんなの!?」

「あ、はい。姉のレイア……ペンテシレイアです」

ミスラがそう説明したところで、姉のレイアは妹の方へとずかずかと寄ってくる。

姉の只《ただ》ならぬ雰囲気に、ミスラは慌ててアスランの元に駆け寄り、縋《すが》るようにその腕を掴《つか》む。そんなミスラの肩を抱いてアスランは庇《かば》って、姉のレイアを見据える。

〔姉さん、何を怒ってるんです？　それに、どうしてここに……？〕
〔そういう貴女《あなた》こそ、売られてきた挙げ句に、何を従順になってるのよ？〕
〔売られ……!?　ち、違いますっ!!〕
〔違わなくないでしょ!?　族長なんかの言うことを、馬鹿みたいに鵜呑《うの》みにして！　自分を安く売るのも、大概にしなさいよ！〕
〔族長の言うことは聞きましたけど、売り買いは誤解です!!〕
〔売られなきゃ、こんな場所の、こんな男の元なんかに来ないでしょ！〕
　ミスラは目を見開いたまま絶句するが、アスランは特に驚かない。
　こんな男呼ばわりされるのは別に構わない。頼りなさそうに見られるのはいつものことだ。しかも相手は腹の虫の居所が悪いとくる。先ほどの随分な挨拶《あいさつ》からして、アスランとこの場所に悪印象を持ってやって来たのは間違いないだろうし、それなら口さがない言葉も出るだろう。その点に関しては、腹は立たないし、立てても仕方ない。
　それよりもこの二人、売るだの、買うだの、いたく物騒な話をしている。
　アスランへの態度といい、剣呑《けんのん》な姉妹の会話といい、何かがおかしい。
　この人、何か、思い違いをしている？

いつの間にか、エルフの姉妹の会話が途切れた。姉レイアからの罵詈《ばり》に、ミスラは黙っているが――少し、様子が変だ。アスランの手に触れているミスラの肩が硬く強《こわ》ばっている。

「……謝って下さい」

ミスラの唸《うな》るような声に、姉のレイアは「なに？」と、眉を上げる。

「アスランさんに、謝って下さい！」

「は!?」

「ここは、〝こんな場所〟ではないですし、アスランさんは〝こんな男〟でもないです。ここは良い場所です。アスランさんは素敵な人です。謝って下さい！」

毅然《きぜん》と言い放ち、ミスラは姉をしかと睨《にら》み付ける。

そんな初めて見た、怒った妻の姿にアスランは驚いたが、姉のレイアにとっても予想外だったのか、心底驚いた様子で目を見開き、口元をわなわなとさせている。

そんなミスラの態度は、アスランにとって悪い気はしなかったが、それを喜んでいる暇はなさそうだ。驚いていた姉レイアの表情がそこから一転、先ほど以上に険のある表情に変わり、アスランの方を向いて強く睨み付ける。

「貴方《あなた》……妹に何してくれたの？」

「何って……」

「とぼけないで！　こんなことを言い出す子じゃなかったわ！　一体、何してくれたの!?」

どうやら姉レイアの記憶と、今のミスラは食い違っているらしい。

確かにアスランも、ミスラが怒ったのは初めて見た。

「……夫として出来うる限りのことをしただけだけど？」

一応、アスランは答えたが、レイアは納得するどころか、まるで聞いている様子はない。

ただ「ちっ！」と、舌打ちするだけ。だが、妹を怒らせたのは、他でもない姉のレイアだ。

そこのところを彼女は理解していない。いや、認めたくないといった方がいいか？

「もういい！　帰るわよ、ミスラ！」

「姉さん!?」

妹の手を摑《つか》もうと、レイアは前に踏み出し、手を伸ばす。

「待てよ!!」

すんでのところでアスランが割って入ろうとしたが、レイアは腰に提げていた弓を摑み、彼に向かってぶうん！　とないだ。それを半歩下がってアスランは避け、振り切ったのを見計らって踏み出し、手に摑んだ鞘《さや》に入ったままの刀剣で、レイアの手から弓をはたき落とす。

「えっ……？　アスランさん？」

鞘《さや》に入ったままとはいえ、アスランが剣を使うところを初めて見たミスラは驚く。

しかし、そんな妻をアスランがなだめている暇はない。レイアが怯《ひる》んだ隙に、ミスラの手を摑《つか》んでそこから走り、距離を取った思ったところで、改めて振り返る。

姉レイアは鋭い目つきでアスランを睨《にら》み、叩《たた》き落とされた弓まで跳び、転がりながらそれを素早く拾い上げ、そのまま馬の方へと駆け出す。

「騒がしいわねぇ……。なぁに、どうしたの？」

暢気《のんき》な声が響いてくる。母アセナが外の騒ぎが気になって出てきたようだ。

――と、その時。姉レイアが馬の鞍《くら》に掛けた矢筒から矢を取り、こちらに放つ。

が、それを母アセナが握り締めていた剣でバン！　と叩き落とす。

「なっ……!?」

「うわぁ……」

あっという間の出来事で、ミスラは後退《あとずさ》り、アスランは顔を引《ひ》き攣《つ》らせる。

「物々《ものもの》しそうだったから、剣を持ってきたけど……」

言っている間に、姉レイアが続けざまに射るが、母はそれを難なく叩き落とす。

「この私に射かけるとは、いい度胸をしてるわね！」

今のは射線が全然人に向かっていなかったので、どちらかというと威嚇《いかく》で射てきたものを、
わざわざ母が叩き落とした、という感じだったのだが、とにかく、放った矢を二発も落とされ

たレイアは〔ちっ！〕と舌打ちし、自分の青毛の馬に跳び乗り、走り出す。

そんな姉レイアの様子に、母アセナも「ちっ！」と盛大な舌打ち。

「逃がさないわよ！」

叫んだ母が厩《うまや》に向かって走り出す。数拍も立たぬうちに、厩からバン！　と、乱暴に戸の開く音がして、けたたましく嘶《いなな》きが響いたと思ったら――多分、嘶きは驚いたアスランの馬の悲鳴だ――鞍のない薄墨《うすずみ》の馬が、アセナを乗せて飛び出す。

「いや、ちょっ!?　母さん!?」

「お義母様《かあさま》っ!?」

息子と嫁の叫びなど構わず、母アセナは愛馬を手綱《たづな》でけしかけて「待ちなさぁぁい！」と、叫びながら、走り去っていくレイアを追い始めた。


走り去る姉と、それを追う母を、夫婦で茫然《ぼうぜん》と見送って。

「――じゃない！　追わないと！」

「えっ？　追う？　追うんですか？　アスランさん」

「母さんはともかく、君のお姉さん。すごく勘違いしているみたいだし」

ミスラが沈痛な面持《おもも》ちで「ええ……」と、頷《うなず》く。

「確かに私は族長に従ってこちらに嫁ぎましたが、売られたわけでは……」

「僕も買った覚えはないよ。というか、むしろ養われてるって！」

「えっ？　養ってませんよ？」

「いやいや。僕から出ていく分が少ない時点で……じゃなくてっ！」

アスランが家畜の囲いに向かって走る。向かった先では、ちょうど種雄の駱駝《らくだ》がおやつとして柵にぶら下げられていた岩塩を舐《な》めていたところだった。

「プラトっ！」

名を呼ぶと、岩塩を舐めていた種駱駝はきゅうと鳴いて、頭をもたげ、振り返る。

アスランは走った勢いで柵の横木に足を掛けて跳び、立ったままの種雄の瘤《こぶ》の間へと乗る。

そんな夫の様子に、慌てて囲いの扉に駆け寄ったミスラが扉を解錠して開くと、アスランを乗せた種駱駝は勢いよくそこから飛び出した。

〔何、あれ……。もう追いつくの？〕
レイアが青毛を手綱《たづな》でけしかけながら、一瞬、後ろを振り向き、そして前を向き直る。
最初にかなり距離を離したが、薄墨《うすずみ》に乗るアセナは猛烈な勢いで追い込み、詰めてくる。
〔鞍《くら》無しで乗ってる……ただ者じゃないわ〕
レイアが〔……それに〕と、顔を顰《しか》める。先ほどからレイアはわざと勾配《こうばい》のきつい丘を駆けている。それを、アセナの馬は平然と追い続ける。

〔坂で山岳馬〈ロカイ〉に食い付くなんて、普通の馬じゃない〕

並の馬だと、勾配の多い場所では足と心肺に強い負担がかかり、大概の場合、馬が耐えきれずに嫌がって、途中で走るのを諦《あきら》めて歩き出すことが多い。

だが、レイアの馬は山岳馬。そういう場所を走ることこそ、得意な馬だ。

しかし、アセナの薄墨毛《うすずみげ》の馬は、そんな坂などものともせずに追い掛けてくる。

〔平地を速く走る馬に見えるのに……〕

歯噛《はが》みしたレイアだが、ふと、追ってくる馬の特徴にどこか覚えがある事に気付いて、それが何なのかを思い出し〔……まさか〕と、目を見開き——しかし、すぐに頭を振る。

〔こんな場所に、大首長の黄金馬《カガン》〈ヨムード〉がいるはずがない〕

「ふふふ……。なかなかの馬に乗ってるわね、さすがってところかしら？」

アセナが笑う。相手はわざと勾配を駆け上がるような真似をして、こちらを引き剝《は》がしに掛かっている。それが出来る馬に乗っているという自負が、走りに現れている。

「山岳馬かしらね、あれ」

丘を越え、下り坂を滑るように走り、そして再び丘を駆け上がり。

「まぁ、普通の馬ならそれで引き離せるでしょうけど。でも、こいつ相手には無駄っ!!」

アセナの薄墨の馬はどんどんレイアに追いつく。

あともう少し、というところまで来て、一瞬、後ろを振り向いたレイアは顔を顰《しか》めて、それから手綱《たづな》を僅《わず》かに引くと、青毛の馬の走りに変化が現れ、次の瞬間、後方に向かって矢を放つ。

「っと！」

矢をアセナが剣で叩《たた》き落とすと、次の矢がすぐさま飛んで来たが、それも落とす。

「連射でエルフ射法《エルフィアナ・ショット》！　さすがエルフ！　やるわね!!」


「ああもう！　母さんはぁっ!!」

アスランは種雄の駱駝《らくだ》を疾駆させ、姉のレイアと母のアセナを追う。

母は追いかけ回しているが、あの好戦的な性格からして、事情とか一切考えていない。

『攻撃された。逃げた。追撃！』くらいの単純さで動いているのは、嫌というほど分かる。

しかも嬉々《きき》として飛び出していったから、質《たち》が悪い。

「ミスラのお姉さんも大概だけど……もう!!」

今ごろ二人は、馬で丘を登ったり降ったりを繰り返しているのだろう。

馬は山羊《やぎ》や鹿とは違う。足は速いが蹄《ひづめ》一つで踏ん張りが利かず、足場の悪い場所で走るのが苦手で、歩かざるを得ない。当然、障害物が多い森などもそうだ。追ったり追われたりの今の状況なら、そういう場所は自然と避け、草ばかりの丘陵地をずっと走っているはずだ。

「大惨事になってくれるなよ……。プラト〔急げ！〕」

促《うなが》された種雄の駱駝は、さらに速度を上げる。

「さぁさぁ、追いついて来ちゃったわよ〜！」

声の届く距離までレイアを追い詰めたアセナは、煽《あお》るように叫ぶ。

レイアが振り返って矢を放ち——馬を狙った矢を、アセナの剣が弾く。

「将より先に、馬を狙うとはね!!　しかも、落とし難《にく》い位置に！」

レイアが舌打ちして、自分を追う者を睨《にら》む。

〔しつこいわね！　貴女《あなた》！〕

「アルヴァンド語で話しなさいよ！　あなた！」

互いが互いの言葉で罵り合ったところで、アセナが馬をけしかけ、刃の届く範囲までレイアに急接近、剣を構えるが、その時、ダダダダと、馬ではない足音が響いてくるのと同時に、自分に向かって勢いよく何かが飛んでくる気配に気付き、アセナがそれを叩き落とす。

「鞘《さや》!?」

その瞬間、アセナに出来た隙を、レイアは見逃さなかった。手にした弓を振るい、馬上からアセナを叩き落とそうとする——が、その弓がアセナに当たることはなかった。

全く別方向から来た白刃《はくじん》に、レイアの弓は真っ二つに叩き切られる。

「二人とも、止《や》めろ！」

アスランの叫びと共に、彼の乗る雄駱駝《らくだ》が二人の騎馬の間に乱入、足並みを乱されたアセナとレイアの馬は嘶《いなな》き、その場で高く前足を上げる。それを、それぞれがなだめると、足踏みした馬たちは息を荒くしながらも、辛《かろ》うじてその場に留《とど》まる。

〔……お姉さん。とりあえず落ち着いて、話をしませんか？〕

レイアの弓を真っ二つに叩《たた》き切った男は、エルフ語で至極《しごく》穏やかにいう。

二つになった自分の弓の残骸と、抜き身の剣を握ったままのアスランを見比べたレイアは、冷静になったのか〔……そうね〕と、ため息を漏らす。

〔武器を失ったから、どうにもならないわ。……分かった、話に応じる〕

レイアが降参すように同意すると、頷《うなず》いたアスランは母親の方を振り向く。

「……追いかけ回すのは楽しかったですか？　母さん」

「攻撃されたから追撃したまでよ」

「まぁ、攻撃といえば攻撃だったけど……。でもあれは人を狙っていたわけじゃなかったし、どちらかというと威嚇《いかく》だったでしょ、あれは」

「威嚇であろうと、攻撃は攻撃」

アスランが「はぁ～～」と、盛大なため息をつく。

「母さんが追撃したことで、余計に拗《こじ》れそうになったんだけどね」

「……謝らないわよ、私は」

「別に謝らなくていいけど、追い回すのはちょっとやり過ぎでしょ」

そんな親子の会話が続く中、「あの」と、レイアがこちらの言葉で声を上げる。

「話し合うんでしょ？」

やはりこの人は、こちらの国の言葉も話せたのかと、アスランは思いながら「ああ、そうでした。失礼」と詫《わ》びる。その時、遠くの方から「アスランさ～ん、姉さ～ん、お義母様《かあさま》～！」と、もう一人の当事者であるミスラが馬に乗って、大きな声で呼び掛ける。

アスランが「ふー」とひと息ついて二人に向き直る。

「騎乗したままもなんですし、とりあえずうちに戻りましょうか」

お姉さんとお母さん

とりあえず、ミスラの姉であるレイアとは一時休戦。アスランの自宅で落ち着いて話すこととなった。夫アスラン、妻ミスラ、姉レイア、母アセナで、それぞれ馬と駱駝《らくだ》という組み合わせで家に向かって歩いて行く。四人とも押し黙ったままだったが、家の一番近くの森までやって来たところでレイアが「ちょっといいかしら？」と、アスランに声を掛ける。

「そこの森。連れてきた馬が二頭いるの。呼んでもいいかしら？」

「……あ。はい、どうぞ」

アスランが返事をすると、レイアは馬を止めて、ちっちっちっちっと森に向かって舌鼓《ぜっこ》してから〔おいでおいで〕と呼ぶと、森の中から荷物を括《くく》られた馬が二頭、もそもそと出てくる。

「姉さん、三頭で来たの？」

「こっちに来るまでに三頭も必要なんですか？」

同じ疑問を抱いていたのか、夫婦揃《そろ》って似たような質問を同時にレイアに投げかける。

「走る距離を稼ぎたかったから。乗る馬と荷物を持たせる馬と分けたのよ」

冷めた口調で姉レイアは答える。

アスランは「そうですか……」と、一応、返事をした。

しかし、それなら二頭でいいのでは？　という考えが過《よぎ》る。三頭目は必要ないだろう。

だが、レイアの仏頂面《ぶっちょうづら》からそれを聞くのは気が引けた。


家に戻ってきてから、アスランは種駱駝《らくだ》を囲いに戻し、母アセナの馬を厩《うまや》に入れ、ミスラも自分の乗ってきた馬を囲いに入れる。姉レイアも、馬から鞍《くら》や荷物を下ろして。

三頭目の馬に積まれた荷物の中から「別に祝いに行くわけじゃないって言ったのに……」と、ぶつぶつ前置きして、陶器の瓶に木栓がされたものを、妹に差し出す。

「……これは？」

「駱駝の蒸留酒《アルキ》。夫が『持っていけ』って」

どうやら姉のレイアは既婚者だったらしい、夫から手土産を持たされていたと。

それを受け取ったミスラはというと、酷く驚いている。

「どうしたの？」

「これ……稀少品《きしょう》ですよ？」

尋ねるアスランに、ミスラは興奮気味で説明する。乳で蒸留酒を作るのには相当な搾乳量《さくにゅう》を必要とするのでどうしても高価になるらしい。とりわけ駱駝のものは滅多に作られない。

他にも「義母《はは》から持たされて」という駱駝の敷布や掛布、風呂敷《ふろしき》。「義妹《いもうと》がお祝いですって」という、刺繍《ししゅう》の台掛けやら何やら、次々とミスラへ手渡されていく。

「……みんなして渡してくるから、断れなくて。仕方なく持ってきたわ」

レイアは「ふん！」と鼻を鳴らす。なるほど、三頭目の馬を連れてきた理由はこれだったのかと、アスランが納得する。レイアの輿入《こしい》れ先からの、結婚祝いを持ってきたと。

そして最後に小さな包みをレイアが取り出して「義父《ちち》からの……」と言って暫《しばら》く躊躇《ためら》って、それから「はい、それ！」と、アスランに押し付ける。

「なんですか？　これは？」

「知りません。妹の相手が錬金術師らしいという話をしたら、義父が持たせてきたので」

素っ気なく姉レイアは答える。アスランは「ふうん……」と、包みを開け、それから驚く。

「こ、これ……アウィの《癒しの書《キタ－ブ・アル＝シファ》》の原著！」

姉レイアが眉を寄せ、妻ミスラが困った顔で首を傾《かし》げ、母アセナが欠伸《あくび》する。

「ハイエルフ最高にして流浪の錬金術師！　伝説では当人は錬金術には否定的で、医師だと名乗っていたけど！　古ハイエルフ語で書かれたその原著が……!!」

鼻息も荒く捲《まく》し立《た》てるアスランの様子に、姉レイアはますます眉を寄せ、妻ミスラはますます困惑し、母に到っては「ねー、お茶淹《い》れてきていいかしらー？」と、言い出す始末。

周りの反応の悪さに、アスランは「あ、ごめん」と詫《わ》びる。

「とりあえず、お茶、にしようか……」

茶を飲みながら、姉レイアがこちらに来た経緯を懇々《こんこん》と語る。

レイアは南部の砂漠の方へと嫁いでいた。

それで、先日、久々に実家の〈千里の野を馳せる血族《ハンシュイマ＝バグ》〉へ、帰ったらしい。

その時、妹のミスラの姿が全く見えず、レイアは族長に「どこへ行ったの？」と、尋ねると「嫁にやった」とだけ答えたという。知らないうちに嫁がされ、しかも問い詰めても、嫁ぎ先を頑として答えない族長に、レイアは随分と腹が立ったらしい。

「婚礼にさえ呼ばれないって、どーなのよ!?」

お茶の後、食事をし、食前酒である獅子の酒《アスラン・スュテュ》（アスランの秘蔵）を、食後にも所望《しょもう》したレイアは、呑《の》みながらくだを巻く。それを母アセナが「うんうん」と頷《うなず》く。

「私も呼ばれなかったわ〜」

「え？　それは、本当？　母親さえ呼んでないの？」

「そーなの。しかも、新居の住所も教えない!!」

姉レイアに、母アセナが切々と訴え――アスランが気まずくしながら「あー、反対されると思って……」と、ごにょごにょ口を濁しながら答えると、二人して冷めた目で「ふーん」と。

「それで昔、弟分にしていた従弟《いとこ》。こいつがね、私が実家に帰ってきてから挙動不審だったから、締め上げて吐かせたの。そしたら、族長とかと一緒にアルヴァンドに行ったって」

レイアが「はぁ〜」と酒臭いため息を吐《は》く。

「アルヴァンドっていえば、昔からハーフエルフを身売り同然に里子に放り出す先として、有名な国じゃない？　後は居ても立っても居られず、よ……」

母アセナが「あ〜それね〜」と、杯を片手に口を歪《ゆが》める。

「私の母がまさしくそれよ、それ」

「あら？　もしかして、貴女《あなた》、クォーターエルフだったの？」

「そうよ〜。それっぽく見えないかもしれないけどねぇ……」

「人、にしか見えないわね」

「でも外観だけは若く見えるから、クォーターエルフなのよねぇ……」

母アセナの言葉に、姉レイアが「大変ねぇ……」としみじみ頷く。

どうやらこの二人、かなり気が合うらしい。

「で。半分の半分の半分がこいつ。結婚式に呼ばなかった親不孝者」

母が息子のアスランを指さす。レイアは彼に胡乱《うろん》な視線を向けて。

「ふうん。貴方《あなた》、エルフの血を引いていたの。で、結婚式に母を呼ばないと。へぇ……」

アスランは「まぁ、うん……」と、視線を逸《そ》らしながら頷き、それから酒を舐《な》める。

「……それで、貴方は妹を買ったの？　どうなの？」

「は？　いや、買ってませんよ、そんなの」

母アセナの時と同じだ。姉レイアも、あらぬ疑いを掛けてくる。

「仕事先の上司の紹介での縁でしたし、人身売買はアルヴァンド王国では禁止されてますし、結納金《ゆいのうきん》はお渡ししたけど、大金貨十枚で……」

「大金貨十枚って、いくらだったかしら？　確か、実家の馬二頭分かそこらだったような……？って！　貴方《あなた》、たったそれだけなの!?」

「いや、あちらの人もそれでいいって……」

「信じられない！　私の夫でさえ、駱駝《らくだ》三十頭よ!?」

ミスラは羊換算だったが、姉レイアは駱駝換算か。さっぱり分からない。

姉のレイアが再び「はぁ～」と、酒臭いため息を漏らして肩を落とす。

「いっても貴方、駱駝に騎乗したまま乱入して、私の弓を真っ二つにするような男だし」

「すいません。話し合う気がなさそうだったので、つい……」

詫《わ》びるアスランに、姉レイアは、ふーんと、しげしげ眺めてから。

「そーいえば、貴方が乗ってたの、なにげに種駱駝《ボター》だったわよねぇ……？」

「あ、はぁ……」

「あんなのに乗れる男が、こっちにもいるのね。まぁ弱い男よりはマシだけれど」

レイアは言ってから酒を舐《な》める。母アセナが「ボターが何かしらないけど……」と、持っていた杯を呷《あお》って「……まぁ強いでしょうね、その子」と、言葉と裏腹に落胆したように呟《つぶや》く。

「その子、剣で一度、私に勝ったのよねぇ……近衛騎士団副団長《バシレウス・ロコス》たるこの私に」

「勝った？　それに近衛騎士団《バシレウス・ロコス》って……それ、あっちの近侍隊《ケシタ》みたいなところじゃないの？」

尋ねる姉レイアに、母アセナが「そうなのよ」と、酒臭いため息を漏らす。

「で、騎士にしたくて小さい頃から鍛えてたんだけど、この子ったら全然頑張らなくて……。頑張らないくせに、この子、勝ったのよ！　副団長の、この私にっ!!」

姉レイアが「あらら……」と、残念そうな顔をしてアスランを見る。

幼少の頃の話を蒸し返されたアスランは、絡み酒の入っている母を面倒臭いと思いながら、とりあえず「あ、いや、動きが分かりやすかったし……」と、説明した。

「はーぁ？　動きが分かりやすい程度で勝てるほど私は甘くないわよ！」

息子の言い分を母が一蹴《いっしゅう》、杯の中の酒を一気に呷る。

「剣の才能があるくせに、錬金術師なんかになってしまって！」

アスランが「なんかって……」と、反論しかけるも、途中で母に睨《にら》まれる。

「だって何しているか分からないでしょ！　さっきだって、たかが本くらいで興奮しちゃって。あれの何がそんなにいいのか、母さん、よくわからないわ」

姉レイアが「あの本ね」と皮肉そうな笑みを浮かべる。

「妹の相手が錬金術師だと言ったら、義父が『これを持っていけばきっと喜んでくれるだろう』って言って、渡してきたのだけどね……。私から言わせれば『こんなのが？』だったわ」

姉レイアは「何かあるんでしょうけどねぇ、ぜんぜん分からないわ」と、呟く。

その言葉に母アセナが「そうなのよねぇ……」と、頷《うなず》き同意する。

アスランは二人にお愛想笑いをしながら、今、錬金術師の仕事のなんたるかを説明しても、これだけ絡み酒になっているんじゃ聞く耳を持たないだろうなと、早々に諦《あきら》め、聞き流す。

「それにしても……そうなの……大変だったわね、貴女《あなた》も」

「ええ……悲しいわ」

目尻の涙を拭《ふ》く母アセナと、その肩を優しく叩《たた》くレイアと。

とりあえず母アセナと姉レイアは打ち解けてはいるようだ。

ただし、アスランが随分とやり玉に挙がっているが。

「おつまみお持ちしました」
頃合いを見計らってか、ミスラが角兎《アル＝ミラージ》の塩漬け肉と乾酪《クルト》を持ってきた。
〔ありがと。ミスラ〕
〔かまいませんよ、姉さん〕
姉妹してエルフ語でやり取りをし、ミスラはそそくさとアスランの横に座る。
〔ねぇ、ミスラ。その人が乗ってたあの種駱駝《ボタ－》、我が家のだった奴《やつ》よね？〕
〔そうですね。アスランさんがあの子の毛を一人で刈っていたので、お譲りしたのですが……〕
〔は？　種駱駝《ボタ－》の毛を？　一人で？〕

姉のレイアがアスランの方に信じられないものを見るような眼差《まなざ》しを向ける。
「えっと……」〔……種駱駝《らくだ》は昔、乗ってたので。結構いい駱駝ですよ、あいつ〕
アスランがエルフ語で説明して、それから〔ところで『我が家の』って？〕と、尋ねると、
姉レイアが〔うち、南の砂漠の駱駝飼いよ。行商向きの〕と言う。
嫁いでいった先か。そういえば〈砂礫の太陽の従者《コルムアフタブ＝アザ》〉と名乗っていた。
〔近親交配防止に、実家へ何頭か譲った駱駝の中の一頭が、あの種駱駝《ボター》だけど……〕
〔じゃあ、あいつに見覚えがあるわけですね〕
〔でも、種雄の駱駝は普通、誰も乗らない……危ないから〕
姉レイアは〔うちの夫は乗るけどね！〕と、バーンと胸を張る。
どうやら自慢の夫らしい。
〔にしても、普通、種駱駝《ボター》の毛刈りなんて、男四人がかりでしょ！　一人って何よ⁉〕
〔そうなんです……。だから、私も驚いちゃって〕
姉妹がエルフ語で話す中、アスランはというと。
そっか。僕って結構な駱駝乗りなんだ。自画自賛までは行かないが、少し得意げになる。
そんなところで、クォーターエルフなのにエルフ語の会話に全く付いていけない母アセナが
「ちょっと〜。エルフ語で話ししないでよぉ〜」と、割って入る。
「あ……うん。駱駝の話をしてたんだけど……」

「あら？　駱駝《らくだ》？　私も乗れるわよぉ～」

母がアスランに向かってそういうと、ミスラが「お義母様《かあさま》、駱駝にも乗れるんですか？」と尋ね、母アセナが得意げに「そうよ～」などと返し――。

そこから酒宴の席の話が母の調子で進んでいった。

遊牧エルフの家庭の事情

〔ところで、貴女《あなた》は飲まないの？〕

レイアが杯を片手に、妹のミスラに向かって尋ねる。

先ほどからミスラは座ってもすぐに立ち上がり、給仕を始めるのが気懸かりらしい。

しかし、ミスラはそれを〔あ、日が暮れる前に馬を放牧しに行かなきゃいけませんから〕と、あっさりと流してしまう。そんな妹の反応に、レイアはつまらなさそうな顔をした。

「買い置いてある飼《か》い葉《ば》を与えればいいんじゃない？」

聞いていたアスランは提案し、途中から「あ、僕が与えに行ってくるよ」と言い直す。

「あの、アスランさんにお任せするのはさすがに……」

ミスラが言いかけたところで、母アセナが持っていた酒の杯をその場にとんと置く。

「私が行くわ」

「え？　お義母様？」

「せっかくお姉さんが来てるんだし、馬の世話は私にまっかせなさ〜い」

ひどく驚くミスラに、母アセナはそう言い残すと、さっと立ち上がり、居間を出る。

アスランが居間に残された者たちを見る。

自分と、妻のミスラ、姉レイアの三人だ。

その中でもとりわけ、ミスラがそわそわと落ち着かない様子をしている。

はっと顔を上げて腰を浮かせて「台所、馬乳酒《クミス》を混ぜてきますね」と言い出す。

「……別に、今、しなくてもいいでしょ。とりあえず座りなよ」

アスランが言うと「えっ……でも……」と、ミスラがぐずぐずと。

「代わりに僕が混ぜておこうか？」

「いえっ！　旦那様《だんなさま》にそんな……」

「……今日に限って〝旦那様〟なの？」

ミスラが「あっ……」と、声を上げて、それから観念したように腰を下ろす。

どうもミスラは、姉と二人きりで会話するのを避けているきらいがある。

本当はアスランも、母同様、この辺で席を外そうと思っていた。

それで、姉妹を二人きりにさせようと思ったのだが、これでは間が持ちそうにない。

「ミスラから避けられていたのは分かっていたけど……」

姉のレイアは困ったように呟《つぶや》き、大きくため息をついた。

「あの、別に避けていたというわけじゃ……」

「でも、私のこと、怖がっていたでしょう?」

レイアが指摘すると、妹のミスラは気まずそうに黙り込んで、夫の横にぴったりとつく。

そんな様子に、レイアが「……貴方《あなた》たち、仲良さそうね」と、再びため息。

「貴方のことを悪く言ったら、怒ってたわね。妹が怒ったの、初めて見たわ」

「僕も初めて見ましたよ」

アスランが言うと、レイアは「まぁ、悪く言ったのは反省しているけど」と、今さら取って付けたかのように詫《わ》びる。わざわざ長い距離を意気揚々とやって来ただけあって、おいそれと認めたくない気持ちがよく伝わる謝罪で、アスランはこっそり苦笑いする。

一方、妹のミスラは、相変わらず居心地が悪そうだ。アスランはそんな妻をなだめるように頭を撫《な》でると、僅《わず》かに頰を赤くしたが、姉の前を意識してか、すぐに居住まいを正す。

「妹がこっちに売られてきたのなら、連れて帰ろうと思ったけど……」

「だから、売られてもないし、買ってもいませんって」

一応のアスランの反論に、レイアが「分かってるわよ!」と、声を荒げる。

「でもまぁ、この国がハーフエルフを里子に出す先だったっていうのは、知っていましたし、お姉さんが心配する気持ちも、多少は分かりますけどね」

「そういえば、貴方も、半分の半分の……」

「一応は引いてる、程度ですね、エルフの血。まぁ、すぐに忘れますけど」

レイアが「そうねぇ……」と、妹夫妻を眺めてから。

「なんだか私がここに来たの、あまり意味がなかったわねぇ………」

レイアは盛大なため息を漏らして「家の様子から、そこまで苦労している感じはしないし、そもそも妹は帰る気はなさそうだし……」と呟き、再びため息。

「……あの、意味はあるかと。お祝いとか頂きましたから」

「それ、私の輿入れ先《こしぃ》の人たちからでしょ」

遠慮がちに言うミスラに、レイアはばつが悪そうにぼやく。ある意味、輿入れ先の人たちが常識的だったといえるが、レイア自身は妹を買った（と思い込んでいた）男を成敗《せいばい》し、救出する目的で来ているので、祝いの品など用意しているわけがない。

そんなレイアはやや疲れた表情で「話を戻すけど……」と、妹をちらりと見る。

「元から妹には怖がられていたというか、避けられていたというか。まあ……怖がられるようなことをした覚えは、多少はあるけどね、多少だけど」

「多少って……一体、何やったんです？」

多少をやたら強調する辺りを訝しく思いながら、とりあえずアスランは尋ねてみる。

「私、従兄弟《いとこ》や再従姉妹《はとこ》が妹の悪口や皮肉を言ったら、シメてたわ」

「シメてたのですか……。というか、悪口って」

「どっか、よそのエルフから変なことを吹き込まれたんじゃない？　妹に意地悪しようとしたのよね、見ていて腹が立って」

「まぁ、腹が立つでしょうね。僕も腹が立ちます」

アスランが頷《うなず》く。よからぬ話を聞いたからと、その話を鵜《う》呑《の》みにして嫌がらせをする。物事の善し悪しを、自分の頭で考えることさえ放棄した姿勢だ、気に入らない。

まぁ、そういうお姉さんも、確認を取らずここまで突撃してきたわけだが。

「――――で、妹の悪口を言う浅慮《せんりょ》な親戚を、お姉さんがシメていたその様子が、妹には『常に機嫌が悪く、すぐに手が出る怖い姉』に、見えたのだろう、ということですか？」

「族長にも嚙《か》み付いてたから、そう思われても……って、見てきたように言ってくれるわね」

「突然、我が家にやって来られて、初対面からお叱《しか》りを受けましたから」

「だから、悪かったって言ってるでしょう？」

「あ、責めてませんよ？」

レイアが「嘘《うそ》でしょう？」と、胡乱《うろん》な顔をする。多少、意地悪を言ってしまっているかもしれない。何せ、のっけからアスランを罵《のの》って、聞く耳を持たなかったのだから。

「実家に限った話じゃないけど、ハーフエルフって当たりが強いのよ」

「それは、よく聞きますね」

「元々、エルフと人間は寿命が違うから、結婚は向かないところはあったわ。これは分かるの。それに、私たちの住んでいる環境は厳しいから、結束を強くするために血縁を尊ぶのも分かる。私が今、住んでいる砂漠なんか特にそう。それ自体は悪いとは思わない」

アスランも血縁が悪いとは思わない。やや硬直した集団になりがちだが、結束は固い。

「でもねぇ……。人間の血は汚らわしいって、どうしてそうなっちゃうのよ？」

「人間との関わりを避けていたら、避けていた理由を忘れてしまったんですかね？」

アスランが言うと、姉レイアは「まぁ、そうでしょうね」と、肩を竦《すく》める。

「人間たちがいないとパンも食べられないのにね」

「？　それはどういう……」

「メディアス・エルフィアナに住む〝人間〟って、畑を耕しているのよ」

アスランが眉を寄せると、静かにしていたミスラが「あの……」と、声を上げる。

「それほど多くないですが、比較的水のある北部と南端に、います……」

初めて聞く話だ。

こちらの国に、その存在はまるで伝わって来ない。それだけ数が少ないのだろう。

しかし。人間がいなければ、ハーフエルフは生まれてこない。

「ある程度エルフの血を引く人間も多いから〝元エルフ〟なんて嫌らしい呼び方をすることもあるけどね。彼らがいないと、私たちは野菜も小麦も手に入らない」

そうか。アスランは何となく前々から気になっていた。

ミスラの作る向こうの料理に、パンなどの畑で取れるものが入っていることに。

少数だが畑を耕す〝人間〟がいて、彼らが耕作可能な場所で作っていたのだ。

「家畜や狩猟から得られるものだけでも、死にはしないけど……味気ないわ」

「それはそうでしょう。飢えはしないけど、食事が味気ないですね」

姉レイアは「それに」と、苦々しい顔をしてから。

「北の皇国《こうこく》との戦争を終わらせたの、人間の勇者《バガトゥール》じゃない」

「三十年戦争ですか？　勇者が終わらせたのは知ってますが……人間だったんですか？」

アスランが聞き返すと、レイアは一瞬、驚きの表情をし、それからなぜかミスラの方を振り返った。ミスラが頭を横に振ると、レイアはため息をつき「……まぁ、そうよ」と頷《うなず》く。

……今のはなんだ？

アスランが北の皇国との戦争を終わらせた勇者が人間であるのを知らなかったことに対する姉妹の反応が妙に気になった。だが、どうも聞き辛《づら》い雰囲気だったので、そのことに関しては触れず「……まぁ、色々あるのは分かりました」とだけ言う。

姉レイアは「まぁ、確かに、色々あるけどね」と言いつつ、ひと息吐《つ》いて。

「純血の私があれこれ言える立場じゃないわね」

そうだった。姉レイアは純血のエルフだ。ミスラと違って耳がやや長い。

では、そのハーフエルフの立場である妹のミスラはというと。

「……私、姉さんがこんなにお話をするの、初めて見ます」

「は？」

予想していた反応と違っていたらしい、レイアがあんぐり口を開ける。

「お喋《しゃべ》りするの、結構、お好きだったんですね」

はにかんで言う妹ミスラに、姉レイアが「ちょ……！」と、困惑している。

「貴女《あなた》ね、他に言うことないの!?」

「他に……とは？」

「だーかーらー！　恨み言とかよ！」

「いえ？　特には……」

きょとんとして姉の問いに答えるミスラに、さすがのアスランも戸惑《とまど》う。

こういう話の流れなら、こう、今まで隠していた、苦しい胸の内を明かすだとか、一族での苦労話に花を咲かせ、最後に姉妹揃《そろ》ってもらい泣きとか。そういうのを予想していた。

いや、アスランが単に戯曲のような展開になると、勝手に思い込んでいただけなのだが。

夫と姉が戸惑うのを感じ取ったのか、ミスラは「あの……」と、声を上げる。

「私が姉さんを目にする時はいつも誰かと言い争ってて、内容が私のことなのはわかるのですが、でも、私と話す時は姉さん、いつも手短だったんですよね」

「それ……、お姉さんとあんまり会話したことがない、ってこと？」

アスランが尋ねると、ミスラは「そうですね」と、頷《うなず》く。

「いつも必要最低限の会話で、終わっていた気がします」

何となくアスランは姉レイアの方に視線を向ける。すると、さっと目を逸《そ》らした。

「私の存在が姉さんの負担になっているかとも思ったのですが、もしかしたら私と口を利きたくないほど嫌っているか……単にお喋《しゃべ》りが嫌いなのかなって、そう思ってたんです」

言ってからミスラは「そうでもなかったみたいですね」と、安心したように微笑《ほほえ》む。

アスランは再び、姉レイアを見ると、今度は目どころか顔を背けている。

「あの……」

「い、言わなくても分かってるわよ」

「いや、でも、今まで誤解が続いていたわけで……」

「そういうけど！」

レイアがくわっ！　と、振り向く。

「私、純血のエルフなの！　相手を完全に理解出来ないくせに、これでハーフエルフの妹を、分かったふりとか、理解したつもりとか、そういうのってどうなの!?」

〔どう、と言われましても……。ほら？　近い身内だし……〕
〔近いって言ってもねぇ、貴方《あなた》！　所詮《しょせん》はハーフエルフのことをああだこうだ言ってる、有象無象《うぞうむぞう》の遊牧エルフの一人よ!?　自分だけ安全な立ち位置から『あらあらミスラ、可哀想《かわいそう》に』って、哀れみをかけるの!?　それって嫌味じゃない!?〕
〔考え過ぎでは……？　ほら、姉妹なんだし、色々話を……〕
アスランがちらりとミスラを見ると、何やら小首を傾《かし》げて成り行きを見ている。
〔ともかく！　何だかんだ言って、私は妹よりずっと恵まれているの！　恵まれた側《がわ》なのに、迂闊《うかつ》なことなんて、言えるわけないでしょ!?〕
〔はぁはぁ。だから姉妹の会話が手短になってしまっていた、と……〕
〔そうよ！　分かった!?〕
は～。と、レイアがひと息吐き、手元の杯を呷《あお》り、水を一気に飲み干す。
杯をタン、と手前に置くと、ミスラが水差しを持って〔はい、姉さんお替わり〕と、空《から》の杯に水を満たし、姉に渡す。〔ああ、ありがと〕と、姉レイアは杯を受け取って、それから。
〔って、ミスラ！　なに、普通に給仕してるのよ!?〕
〔だって姉さん、だいぶ酔いが回ってますよ？〕
〔まだ序の口だけど!?　それに、今、貴女《あなた》の話をしているのよ！〕
〔してますね。意外な一面を見た気がしましたが……それより今日は泊まりますよね？〕

「別に、ここの家の庭に天幕張って寝るけど？」

「いえいえ。ちゃんとお布団用意しますよ……ちょっと早いですけど、待ってて下さいね」

「ちょ……！」

驚いて声を上げた姉をそのままに、ミスラはすっと立ち上がり、ててて、と、素早く居間から出て行く。去り行く妹の後ろ姿に、姉レイアは「だから、貴女《あなた》の話を……」と、手を伸ばして追って、それから「はぁぁぁ〜〜〜」がくっと肩を落とし、項垂《うなだ》れる。

「それほど気に病むことじゃないってことでは？」

姉妹二人の何とも言えない様子を見て、アスランは苦笑いする。

すると、姉レイアは「言うけどね、貴方《あなた》……」と、憔悴《しょうすい》しきった顔を上げる。

「むしろ、遠慮し過ぎて全然意思疎通出来てなかったじゃないですか？」

「それは否定しないわ」

「あと、彼女。ここに来た頃より、だいぶ肝が据わってますから」

「肝が据わった？」

姉レイアが眉間を寄せて聞き返す。

「ここにミスラが来て、最初の頃は何かと仕事仕事で、朝晩あくせく働いて一生懸命だけど、どこか自分のことを顧《かえり》みてなかったところもあったんですけどね」

「まぁ、あの子、元々そういうところがあるわね」

〔今でも働き者ですけど、それが最近、仕事をすごく楽しそうにしているのと……〕

アスランは義姉《あね》に向かい、いたずらっぽい笑みを浮かべる。

〔僕に対して、拗《す》ねるし、反抗してくるし、図々《ずうずう》しくなりました〕

レイアは目をぱちくりとさせて、それから小さくため息を漏らした。

〔気の置けない仲、というわけね……〕

夫婦の秘密

アスランと、エルフ姉妹で話をしている間、馬に飼《か》い葉《ば》を与えに行った母アセナは戻ってこなかった。あまりに遅いものだから、心配になったアスランが囲いと厩《うまや》を覗《のぞ》きに行く。

すると、母は厩の干し草の上で寝ていた。なぜこんな場所で？　と、一瞬思ったが、飲み過ぎたのもあっただろうし、姉妹に話をする時間を与えたかったのも多分、あるのだろう。

アスランが声を掛けると、母は欠伸《あくび》をしながら「ちゃんとご飯はあげたわよ」と呟《つぶや》く。

そして姉のレイアだが、あの会話の後、それまでの険のある表情や態度が消えたというか。

腰が砕けたと言った方が正しいか？　がっくり脱力していた。へなへなになった姉レイアは妹に案内されるままに客間に入り、そこに敷かれていた布団に入って丸くなった。

何だかんだと遠くからやって来たことや、母アセナとの一戦で疲れていたようだ。

母は母で、酔いが醒めたからと湯浴《ゆあ》みをし、その後、さっくりと床に入った。

そしてアスランはというと、ミスラと一緒に食事やらの後片付けに馬乳酒の攪拌《かくはん》などを行い、その間に酔いも醒めたので、さっと湯浴みをして、床に入って本を読み始める。

暫《しばら》くして、家のことを終えたミスラが寝室にやって来た。

「おつかれ、ミスラ……」

「お疲れ様でした、アスランさん」

労《ねぎら》いの言葉を掛けあった後、アスランは読んでいた本と眼鏡を側《かたわ》らに置き、灯りを消す。

「今日は色々あったね……」

懐のミスラを抱え込んでそう言うと、胸の中で「はい……」と、小さな声が上がる。

「それにしても、なかなか刺激的なお姉さんだったな」

「すいません、ご迷惑お掛けしてしまって」

「それは別に。うちの母さんも似たような調子だったし、特に思うところはないかな……」

姉レイアと母アセナ。あの二人は行動が似ているせいか、話してみると大変気が合ったようで、アスランの話をつまみに酒盛りで大いに盛り上がっていた。

「アスランさん……」

「なに？」

「もしかして、強いですか？」

言っている意味が分かりかねたアスランは、暫《しばら》く黙り込む。

「遠目でしか見てなかったのですが、姉さんの弓を真っ二つに斬《き》ってましたよね？」

「見てたんだ」

「もしかしてアスランさん、強いんじゃないんですか？」

「いや、どうだろう？　小さい頃に母さんから剣を教わって、仕事で遠出する時の護身用に使ってたけど、騎士とは違うし、手合わせもしないから、自分が強いのかは分からないな」

そもそもアスランは錬金術師だ、護身以外に剣は使わない。勝負にも興味がないから、自分がどの程度の強さかなんて、分からないし、考えたこともない。

だがミスラは「多分、強いと思います」と言う。

「姉さん、ああ見えて山賊とも戦えますから」

アスランが「んー、そうなのかな……？」と、暫く考えて、それでふと思い出す。

「ねぇ、あっちで昔あった、北の皇国《こうこく》との三十年戦争でさ、終わらせた人間の勇者《バガトゥール》って……もしかして、ミスラのお父さんだったりする？」

ミスラが「……あ……」と、顔を上げ、びっくりした表情でアスランの顔を覗《のぞ》き込む。

「……ごめん。言いたくないことだった？」

「いえ、聞かれると思わなかったんです」

そう言ってから、ミスラは一息吐いて。

「確かに、父です。〝黄金の勇者《アルトゥ・バガトゥール》〟と呼ばれて……馬上剣術の達人だったそうです」

アスランは「やっぱりか」と、納得する。

姉レイアの微妙な反応は、彼が知らなかったことを、戸惑《とまど》っていたのだ。

「隠すつもりはなかったんです……すいません」

「隠すつもりなら、〈黄金の勇者の娘《アルトゥバガトゥール=ドフト》〉って名乗らないよね」

ミスラはぽかんとして、それから「……そうですね」と、苦笑する。

「父は切り込み隊長で、三十年停滞していた戦争の状況を変えたのだそうです。ただ……」

アスランが「ただ?」と、聞き返す。

「父がどれだけすごくても、所詮《しょせん》、私はハーフエルフで、ただのミスラで、何の取り柄もなくて、父の名を出したところで、なんにもならないといいますか……」

「取り柄って……旦那《だんな》に食わせてるじゃないか」

ミスラが「またそんなことを……」と、呆《あき》れた顔をするが、実際そうだ。

「それに父の名を出すと、嫌がる者もいましたから」

「嫌がるって……何を?」

「『所詮は人間だ』とか、『いい気になるな』と……」

アスランが「あー…」と、つい、渋い顔になる。やっかみという奴《やつ》だ。

底意地の悪い者や、僻《ひが》みの強い者は、何に対してもこういう嫌らしいことを言う。

なるほどね、話題に出したくないわけだ。そう、納得しながら、ミスラの頭を撫《な》でる。

「……ところでさ、ミスラ」

「はい」

「さっき、お姉さんのこと、煙《けむ》に巻いただろう？」

ミスラが暫《しばら》く黙るが、顔を上げて「わかるんですか？」と尋ねる。

そんな彼女の顔を見上げながらアスランは「なんとなく」と、答えた。

「やっぱりちょっと、ごまかしてしまいました」

「やっぱり？」

「いけないことでしょうか？」

「いや……」

アスランの胸元に縋《すが》り付く形でミスラが俯せになる。

「嘘《うそ》は言ってないんですよ。私がハーフエルフで姉さんに迷惑が掛かっているんじゃないのかとか。口を利きたくないんじゃないかとか。姉さんがお喋《しゃべ》りなのも、初めて知りましたし」

「うん」

「私のためにこちらに来てくれたのも、嬉《うれ》しかったですよ」

「そうだね、よかったね」

「でも、アスランさんの悪口は度が過ぎたと思いました」

顔を上げ、むっとして言うミスラに、アスランは「あ、うん……」と、やや控えめに返事をすると、ミスラは小さく息を吐き、ぱたんとアスランの胸に伏せた。

「でも、お姉さんに言わなかったこととか、あったんでしょ？」

「ありました、ありましたけど……」

アスランの胸元でミスラが迷っているような様子を肌で感じ、それで頭と背を撫《な》でる。

「言いづらいなら、言わなくてもいいけど……」

そう言うと、ミスラが「あの……」と、言いかけ、胸元でもそもそと。

「あまり、いい話ではないですし、黙っていた方がいいのかも……子供っぽいですから」

「ん……そうなんだ」

アスランがぐいっと仰向《あおむ》けになってミスラを抱き上げると、ミスラは驚いて目をみはる。

「むしろ、子供っぽいと言っちゃうところが気になってきた」

見上げた先のミスラが「う……」と、言葉に詰まる。

「よっぽどじゃなければ、大概のことは大丈夫だけど？」

アスランは「僕の結婚した理由も大概だったし……」何て言って笑うと「そうですか？」と、ミスラが不思議そうな顔をしたが、すぐに首を振り、困ったように笑う。

「あの、私、何をやってもあまり褒められたことが……その、ないんです」

「うん」

「とても些細《ささい》で……たいしたことがないことなんですけど、狩りで初めて獲物を仕留めてきたとかとか、初めて織った織物だとか、そういう初めての時に」

「うん」

「一応、私も、褒められることは、褒められるのですけどね……」

他の子供たちは、初めての狩りで成功すれば「でかした！」「すごいぞ！」「よくやった！」と、とても大袈裟《おおげさ》に褒められ、そして「強くなれよ」と、励まされる。

でも、これがミスラの場合「よくやった」と、軽く言われ、終わる。

布仕事も、他の子なら「初めてなのに上手ね」「いいお嫁さんになれるわ」と褒められる。

でも、ミスラだと「上手《うま》く出来てるんじゃない？」と軽く言われ、終わる。

「本当に、些細なことですけど……。鈍い私でも、何度も続けば分かってしまいます」

「そうだね」

他の子との違い。純血の者たちと、他所《よそ》の血の混じったハーフエルフの差だ。

「姉さんは他の子と同じように褒められていました。それで、やっぱり私は違うのだなって、分かってしまいます」

「それは……そうだね」

「でも、そういうことは、私だけしか分からないんです」

「お姉さんも、気付かないと？」

ミスラは「ええ……」と、胸元で小さく返事をする。

とても些細《ささい》で、皆、気付かない。それで、ミスラはどうにか皆に目を向けてほしくて、様々な仕事を頑張るが、それで誰かに褒められることはない。

「当然ですよね、みんなが毎日やっていることですから。いちいち褒めたりしません」

ミスラが肩を震わせ、苦笑する。そう、初めてならまだしも、日々やって当たり前のことを上手《うま》く出来たところで、それは出来て当然のことだ、わざわざ褒めたりするはずがない。

「……ね？　とても些細で、子供っぽい理由でしょう？」

「いや。むしろ、誰も気付かないのがつらいと思う」

ミスラが「そう、おっしゃってもらえると助かります……」と、胸に頬ずりする。

「私、向こうで暮らしていて、姉さんの言うように、たまにどこからか話を聞きつけた親戚に意地悪なことを言われることはたまにありましたけど……あくまで口だけで、そこまでぞんざいに扱われたことはないんです。ただ、誰も気付かない些細なところで違うというだけで」

「うん」

「ただ姉さんは、私のことは完全には理解できないというのは、分かっていたようですし……それならもう、何も言うことはないんですよ……」

言い終えたミスラが、彼の胸に頬を当てたまま、腕を撫《な》で回す。

アスランも暫《しばら》く胸元の妻の背中を撫で続ける。

「……今日、お祝いをたくさん頂きました……」

ぽつりと、ミスラが呟《つぶや》き、アスランが「ああ……」と、眉を上げる。

「たくさんくれたね。お姉さんの嫁ぎ先」

「頂いた布、全部駱駝《らくだ》の毛ですよ？　特に敷布や掛布は、すごく触り心地がいいですよ」

アスランが「うん、知ってる」と、頷《うなず》く。空気をよく含むのでとても温かく心地いい。

「あれだけ頂いたら、うちの駱駝の毛は、肌着に回せそうです」

「いいね。駱駝の肌着」

アスランが言うと、ミスラは「あっ、欲しいんですか？」と、尋ねてくる。

「うん。現地調査で着たいから」

鉱山などで調査を行ったりするので、防寒はとても重要だ。山羊《やぎ》の毛で作った肌着も悪くないが、凍傷や低体温を防ぎたいと思うと、つい、定石《じょうせき》である駱駝や羊の衣類を着たくなる。

「お仕事で使うんですね……わかりました」

頷いたミスラは「しっかりしたのを作りますよ」と胸を叩《たた》くように言う。

そんな妻に、アスランは「よろしく頼むよ」と、お願いする。

「素敵な柄の風呂敷《ふろしき》も、頂きましたよ」

ミスラは顔を上げて「お食事の時に、使いましょうね」と、にこにこしながら言う。

そんな機嫌のよさそうな様子に、アスランの顔も綻《ほころ》び「……そうだね」と、頬を撫《な》でる。

すると、不意にミスラが半身を起こして、アスランから顔を背ける。

「……ミスラ？」

呼び掛けたが返事はなく、ミスラは黙って顔を伏せている。

……泣いてる？　今まで機嫌がよさそうに話をしていたのに。そう、アスランは思ったが、お祝いの話の前に暗い話をしていたのだから、何だかんだと気分が落ち込んでいたのだろう。

アスランは身を起こし、ミスラを抱き締めて「あー、いい子、いい子」と、頭を撫でる。

するとミスラが胸元からもそっと顔を上げる。

「……子供じゃないですよ？」

困り顔で赤い目をして言うミスラに、アスランは「そうだった？」と、惚《とぼ》ける。

「あの……私の方が多分、年上ですよ？」

それはそうだろう、ハーフエルフなんだから。そう思いながら、どことなく子供のように見える今日のミスラを「んー、年上の子供だねー」と言いながら、アスランは撫で回す。

くすぐったいのか、ミスラは「もう！」と、口を尖《とが》らせるが、そこまで抵抗する様子はないので、アスランは好きなだけ撫で回して、それからいつも通り、布団の中で抱え込む。

「……少し、胸が一杯になりました」

アスランが「お祝い？」と、尋ねると「ええ……」と、微《かす》かな返事をする。

「みんな、振り返りもしなかったのに」

結婚式の日のことだろう。親族たちは花嫁を振り返ることなく帰って行った。

「あんなに……」

呟《つぶや》いたところで、言葉が途切れた。代わりに聞こえてきた寝息で、ミスラが眠ってしまったことに気付いたアスランは、布団を掛け直して、彼女の頭を撫でてから、静かに目を閉じた。

「……お休み、ミスラ」

「は～。楽過ぎるわ、これ」

午前、ミスラの代わりに山羊《やぎ》と羊を放牧してきた姉のレイアが、エルフ語でぼやいた。

「放牧地とかいう場所はすぐ側《そば》、草はたくさん、場所替えに苦労なし、羊はお腹《なか》いっぱい」

姉レイアが井戸の手押しポンプを片手でこきゅこきゅと動かす。

わらわらと集まってきた山羊や羊たちが次々水を飲む。

「……水汲《く》みが楽過ぎる。こんなの、交易拠点《オアシス》にしかないわ」

アスランは「そういうものですかー」などと、適当な相槌《あいづち》を打ったりしながら、そういえばここに来たばかりの頃にミスラも言ってたなぁ、そんなこと。なんて思い返しつつ、柵に繋《つな》いだ自分の馬と母の馬を、刷子《ブラシ》で擦《こす》ったりして世話をする。

「人の集まってる場所以外、釣瓶《つるべ》よ、釣瓶！　ポンプなんて無いわよ！」

「まぁ仕方ないですね。広い草原《ステップ》のど真ん中だと、技師さんとか簡単に来れないですし」

「ええ、そうよ。壊れた時、直せる人がいないのがね」

「ということは、滑車が付いた釣瓶も少ないんじゃないんですか？」

「……なんで分かるのよ？」

〔あれも、砂とか噛《か》むと、滑車が動かなくなりますし……〕
〔ええ、そうよ！　ただ縄が付いただけの桶《おけ》を井戸にぽーい。重たい桶を、ずるずると……〕
レイアが〔洗濯物が地獄よ……〕と、嘆《なげ》き、ため息して。
おむつのように貞操帯を穿《は》かされていた種雄山羊《テケ》がてけてけと井戸端にやって来て水を飲む。姉レイアはそいつを見るなり〔あらあら、汚れてるじゃない〕と言い、角《つの》をふんぬと捕まえる。すると、種雄山羊《テケ》は「ギャ――」と、男のような悲鳴を上げるが、お構いなしにレイアは首を押さえ付け、貞操帯を手早く外すと、尻に向かって井戸水を二、三度、ざばぁ。すると、濡《ぬ》れるのが大嫌いな山羊《やぎ》は「ギャ――」と、また悲鳴。そうして嫌がる山羊の尻を洗浄した後、再び角をふん捕まえて、ずるずると雄の隔離用の囲いの中に引っ張っていく。
衛生を保ち、病気を防ぐという意味では正しい行動なのだが、性格の違いが表れているのか、妹のミスラと違って、姉レイアは豪快且《か》つ強引で、つい、アスランは苦笑いしてしまう。
井戸端で汚れた貞操帯を洗うレイアは、アスランが手入れをしている馬をちらっと眺める。
〔……やっぱりその馬、黄金馬〈ヨムード〉なのね〕
〔みたいですね。この馬、いわゆる〝黄金〟と呼ばれている月毛ではなく葦毛《あしげ》ですが〕
〔それ、葦毛じゃなくて薄墨毛《うすずみげ》だから〕
〔薄墨《うすずみ》？　これ、薄墨っていうんですか？〕
〔野生馬の毛色よ。大首長《カガン》のとこでは野生馬を掛け合わせてるからね〕

アスランが〔へぇ。野生馬を……〕と、感心していると、姉レイアは〔逞《たくま》しいのよ。特に、足回りが〕と言ってから〔そいつじゃ、うちの子、勝てないわ……〕と、大きくため息。
確かに、野生の厳しい環境を生き残った血統なら、あらゆる面で強そうだ。

姉レイアは、十日間ほどここちらで過ごすことに決めたらしい。
馬たちが走り詰めで来たので休ませる必要があると、あとは――。
〔みんながねぇ、どうせあっち行くなら、買い出しに行ってきてくれとか、頼まれて〕
なるほど。姉レイアの三頭の馬は祝いを持たせるだけでなく、買い出しも含めてだったか。
〔こっち、市場《バザール》あるわよねぇ？　どこよ？〕
尋ねられたアスランが〔ありますけど、なんならご案内しますよ〕と申し出る。
するとレイアは〔そうしてもらうと、助かるわ〕と、ここに来て初めての笑みで礼をする。
〔それと……あれ、どうしようかしら？〕
レイアが指さした先、厩《うまや》の前に立て掛けられたそれを見て、アスランが「あ」と声を上げる。
それは、アスランが剣で真っ二つに叩《たた》き斬《き》った姉レイアの弓だった。
〔ないとねぇ、困るのよ。狼とか、あとたまに山賊とか出るから〕
アスランが〔すいません……〕と、詫《わ》びる。武器も持たずに旅をするのは確かに危険だ。
〔姉さん。私の弓、使います？〕

聞こえていたのか、通りすがったミスラが馬乳の入った桶《おけ》を転がしながら言う。
〔貴女《あなた》は大丈夫なの？〕
〔予備がありますから。それに、近くの森でイチイの木を見ましたので大丈夫ですよ〕
〔あら？　近場に生えてるの？　じゃあ、大丈夫ね〕
二人の会話に、ついアスランが〔イチイ？〕と、首を傾《かし》げる。
「〔どうか……〕どうかしました？　アスランさん」
ミスラがエルフ語から途中でこちらの言葉に言い直して、尋ねる。
「いや、イチイって確か、家畜にも人間にも毒だったかな、って……」
そう、イチイは毒のある木だ。それもかなり強力な心臓毒。もっとも自生のイチイは高木なので通常は葉が家畜の口には届かず、滅多に中毒は起こさない。だが、園芸用の低木のイチイや、切り倒した後の葉などをうっかり口にした家畜が、稀《まれ》に中毒を起こす。
他は人が果実を食べて起こす中毒か？　果肉部分は無毒で可食だが、仁《たね》の部分には毒がある。こういう辺りはサクランボと同じだが、イチイの場合、比較にならないほど毒性が強い。
〔確かに、イチイは牛や馬なら死ぬわね。でも、山羊《やぎ》なら多少は大丈夫、多少はね〕
聞こえていたらしい、姉レイアがそう答える。
なるほど。家畜別の、毒への感受性の違いか。アスランが納得する。
〔どちらかというと、イチイは弓の材料よねぇ……〕

〔荷車の材料にもなりますよね〕

姉妹がそれぞれ言い、アスランが「あ、なるほど」と頷《うなず》く。毒はあるが、木材として有能と。確かにイチイは、硬い上に弾力性に富み、船木、荷車など、強度が必要なものに使える。

〔まぁ、近場に弓の材料があるんなら、遠慮なく頂くわ。ちょうど、羊の放牧の時に、角《つの》の生えた兎《うさぎ》を見つけたから。あれを何匹か狩りたいし……〕

どうやらレイアは、羊の放牧の時に角兎《アル＝ミラージ》を見たらしい。

〔あれの角、あっちで買うと高いのよねぇ……。あと、毛皮とかも欲しいし〕

〔角、干したのがありますよ？　毛皮も、既に鞣《なめ》したのがあります〕

妹のミスラが言うと、姉レイアは〔あら、本当？〕と、目を瞬《しばたた》かせる。

〔捕ったのを鞣すのも仕上がりまでに時間が掛かりますし、持ってきます？〕

〔助かるわ……。じゃあ、減った分を私が捕まえてくるわ〕

そんな、姉妹で会話しているのがアスランの耳に入る。察するに、暫《しばら》く我が家の食事は、角兎が続きそうだ、などと思っていたアスランだったが――。

「北の錬金術師のアスラン《アスラン・アルヒミスティス＝トゥヴォーラ》さんですか？　速達ですよー」

翌《あく》る朝、アスランに手紙が届いた。似たようなことが先日、あったなと、母の手紙が来た時のことを思い出し、既視感を抱きながら、アスランは差出人を見る。

〈ハヤンの息子、王都の錬金術師、ジーベル《ジーベル・ギオス＝ハヤン・バシリコス＝アルヒミスティス》〉

途端に、アスランが渋い顔になる――師匠だ。

この人の手紙なんて、嫌な予感しかしない。苦り切った顔で、手紙の封を開ける。


〝北の錬金術師、アスラン《アスラン・アルヒミスティス＝トゥヴォーラ》へ。

今、君の母上から逃れるため、聖帝朝《せいていちょう》アールヴィアに滞在している。

今月の十五日に、南部の港湾都市トリアイナで学会があるのだが、現在、こちらの学会の歓待を受けて、身動きが取れない。そういう理由《わけ》なので、私の代わりに学会へ出席し、研究報告会での発表、及び評論を行っていただきたい。

追伸　報告書と資料を別途、送付する。学会へ参加するまでに熟読されたし〟


「……何言ってんの、あのジジィ」

読みながら廊下を歩いていたアスランの口から、汚い言葉が出た。

母が王都の研究所に突撃した際、師匠は遊牧エルフの地域《メディアス・エルフィアナ》まで現地調査と称し逃げていたという話だったが、いつの間にかお隣のハイエルフの帝国まで足を伸ばしていたらしい。

「アスランちゃ～ん。なんだか小包が届いているわよ～?」

母アセナの声が響く。振り向くと、母が小包を脇に抱えてアスランの前までやってくる。

「ああ、ありがとう母さん」

報告書と資料とやらだろう。アスランは小包を冷めた目で見ながらそれを受け取る。

しかし、自分の研究発表ならまだしも、なぜ師匠のをやらねばならない？

こういうのは発表内容への質疑応答、評論会など、厄介なことが多いし、下準備も必要だ。

あの師匠のことだから、研究は好きだが発表会に出るのは面倒臭いとか、そんなところだろう。

人に押し付けるのも大概にしてほしい……。そう心底思いつつ、アスランは暦入りの手帖《てちょう》を懐から出し、ぺらぺらと捲《めく》る。今日は五日。つまり学会までは――。

「あと十日しかないじゃないか!!　クソジジィ!!」

目の前にいた母アセナが「まぁっ!!」と驚き。居間にいた姉レイアが「すごい声ね……どうしたの？」と様子を見に出て。台所にいたミスラが「どうしたんですか!?」と、慌てて出て来る。

いきなり叫んで、色々な人が出てきて、アスランは「あ……ごめん」と詫《わ》びる。

「あの……ミスラ？」

もう、どうせ出てきたのなら、そう思ってアスランが声を掛けると、ミスラはきょとんとして「はい。なんですか、アスランさん」と、返事。ああ、言いづらい。

「えっと……急に押し付けられた仕事が出来て、南の方に出掛けないといけないみたい」

「お仕事……ですか？」

「うん。南の港湾都市のトリアイナって所で行われる、学会に出席しないと」

ミスラが「学会……？」と、眉を寄せる。

「学者の集まりで、調べたり研究したりしたことを発表する場だよ」

「どのくらい、出掛けているのでしょう？」

ミスラが尋ねるので、アスランが腕を組んで「えっと……？」と、道程を考える。

「――急げば七日間、無理せず行くなら九日間ってところじゃない？」

騎士団で行軍慣れしている母アセナが、おおよその日数を言う。

「……それくらいか。じゃあ、行き帰りで、二週間強、か？」

そう言うと、ミスラが何か、気を揉《も》んだような表情でアスランを見る。

身内が来ている最中に突然、仕事で遠出の話をしたからあまりいい顔はしないと思ったが、戸惑《とまど》ったような表情をするとは思わなかった。アスラン自身も全然乗り気じゃないので、行きたくなくて仕方ないのだが。ともかく、ミスラは暫《しばら》く俯《うつむ》いていたが――急に顔を上げた。

「あのっ!!」

「……あの？」

すぐさま、しゅんとミスラが頭《こうべ》を垂れる。

……もしかして。

「……一緒についてきたい？」

尋ねたのだが、ミスラは何も言わず、しょんぼりと項垂《うなだ》れてしまう。

アスランが顎《あご》に手を当て、考える。ミスラがついてくるのは彼としてもやぶさかではない。家の家畜の世話は、畜産組合経由で雇いの牧夫に入ってもらえばいいのだ。

あとはトリアイナまで行き、学会での用事を済ませたら、そのまま新婚旅行のつもりでこの国を見て回るのも、悪くない。ミスラのお陰でアスランが稼いだお金は大して使っていない。数週間くらい人を雇ったところで全く問題はないのだ。

ただ――アスランは母アセナと姉レイアを見る。この家に二人を放置するわけにもいかないだろう。いや、母アセナの場合は「自分の家に帰れ」と言えばそれでいいが、姉レイアの場合は、遠過ぎる上に、昨日着たばかりで「お帰り下さい」は、いくらなんでもないだろう。

「――連れていってあげれば？」

唐突に、母アセナが声を上げる。

「お嫁さん、旦那様《だんなさま》について行きたいのよ。一緒に行きなさいな」

「えっ!?　ちょ……お義母様《かあさま》っ!?」

途中ミスラが慌てるが、母アセナは「まぁまぁ」とそれを押し留《とど》める。

「お留守番とお姉さんの世話は、私に任せなさーい。家畜は……アスラン、人とか雇える？」

「うん。まぁ、牧夫は問題なく雇えるよ」

そう答えると、近くで様子を窺《うかが》っていた姉レイアが「え～？」と、眉を寄せる。

「こんなに仕事がヌルい場所で人を雇うの？　もったいないんじゃない？」

「まぁ、もったいないと言えばもったいないですけど……」

必要経費だと思えば大したことはないが、言われてみればそうだ。

そんな中、姉レイアは「そうねぇ……」と、暫《しば》し考えてから。

「あと二、三週間は留《とど》まって、不在の間に私が家畜の面倒を見ていてあげてもいいけど？」

姉レイアが軽い調子で提案してくるので、夫婦揃《そろ》って顔を見合わせる。

「姉さんが？」

「いいんですか？　お姉さん」

「ここでの家畜の世話、楽だっていったでしょう？　欠伸《あくび》が出るくらいだわ」

肩を竦《すく》めてから姉レイアが「それよりも……」と、妹を見る。

「珍しく妹が何かをお望みのようだし、ここは叶《かな》えてあげてほしいところね」

ミスラは「あの……」と、酷く狼狽《うろた》える。

そんな妹を見てレイアはふっと笑い、アスランの方を向く。

「貴方《あなた》、港湾がどうとか言っていたわよね。お土産に何か買ってきてもらえる？　出来れば、この街にも大草原《ステップ》にもあまりなさそうなものがいいわ」

「それは……もちろん、そうします」

姉レイアのお願いに、アスランが快く返事をする。

そんなところで、母アセナが何やら息子にニヤニヤと笑いかける。

「話、まとまったかしら？」

「あ、うん……一応」

「……何？　その嫌そうな顔？」

「母さんの留守番をしてくれるっていう提案はとても嬉《うれ》しかったけど、その、からかったり冷やかしたりするつもり満々の顔だけは、すごく嫌かな？」

「え〜？　いい感じにまとまったんだから、ちょっとは遊んでいいでしょ−？」

「いや、遊ばないでほしい。できれば」

母アセナは頬を膨らませるが、咳払《せきばら》いをし、一転して穏やかな表情になる。

「心配無きよう、留守番はしておいてあげるし、レイアさんのお相手もしておくわ。だから、あなたたち、二人で楽しくお出かけしてきなさ〜い」

レイアがうんうん頷《うなず》く。

「……らしいよ。ミスラ、一緒に来る？」

「いいんですか？」

「いいよ、ぜんぜん」

明るくアスランが答えると、ミスラはぱぁっと明るくなり——。

しかし、周りを見てすぐに恥ずかしげに縮こまる。

「ちょっとちょっと、レイアさん。私の馬、見てみる見てみる？」

「貴女《あなた》の馬って、あの薄墨《うすずみ》のこと？」

「そうそう。あと、あなたの馬って山岳馬よね？　騎士として興味あるのよねぇ、私。昨日のあれは私の馬の方が勝ったけど、高地なら敵《かな》わなかったんじゃないかなーって」

「標高が低過ぎたと？　確かに、あの馬の強みは高地での急勾配《きゅうこうばい》だけど……」

夫婦のことなど気にも掛けず、母と姉はおしゃべりしながら玄関先へと向かっていく。

「気、利かせちゃったかなぁ……？」

そんなことを呟《つぶや》きながら、母と姉が見えなくなったのを見計らって、アスランがひょいっと腰からミスラを抱き上げると「きゃあっ!?」と、可愛《かわい》らしい悲鳴が上がる。

「な、なんですか!?　急に……」

「僕ね、君と結婚が出来て、本当に、良かったと思う」

「アスランさん、なにを……」

「ん？　大したことじゃないよ？」

そう言いながら、ミスラの頬に口づけして、それから彼女を降ろす。

「さてと。師匠の報告書とか資料みたいなのは道中で読むとしてだ」

「はい」

「とりあえず、どういう道程で行って、どこを巡るか、ちょっと考えようか？」

「ええっと、それは……」

「ミスラ、どこへ行きたい？　……って言っても、わかんないか」

「すいません。こちらの土地のことはあまり……」

「となると、そうだなぁ……大陸内陸部《メディアス・エルフィアナ》にないような場所……海、は、学会が開催されるのが港湾だから別にいいか。他は大きな建物の多い王都とか。不夜城みたいな夜も明るい街とか、いいかもね、陸海の交易都市とかさ」

「よく、わかりませんが……」

ミスラがアスランの顔を見上げる。

「色々なことをご存じですから、きっと私を驚かせてくれるんですよね？」

「行ってみないとわからないけど……そうなるといいね」

互いに顔を見合わせ、笑った。

あとがき

おそらくほとんどのみなさま、はじめまして。逢坂為人《おうさかなると》です。

この度は本作をお手にとって頂き、本当にありがとうございます。

遊牧＋エルフ＆錬金術師という組み合わせでしたが、いかがでしたでしょうか？

本作、担当氏から「エキゾチックで中央アジア的な話」という提案があり、興味があった私は「やってみよう」と、そこまでは良かったのですが――遊牧、調べれば調べるほど深い沼と言いますか、私たち日本人と環境の違いからくる食文化や習慣の違いというのが如実に表れていて、想像していたことと違っていた部分も多く、知らなかったことが山ほど出てきて、興味深く、底無しで驚きました。冬の食べ物〈ソガム〉など、まさにそうです。これはテュルク語で、モンゴル語では〈イデシ〉ですが、実際に遊牧民が冬前に行う伝統で、そして現実的な越冬の備蓄食の習慣です。あと、遊牧における乳加工体系。前提として、搾《しぼ》った乳を腐敗させず、常に食べられる状態を維持するための加工法なのですが、移動しながら天幕の中で多くの道具を必要とせずに行う加工体系なので、欧州の定住が前提の加工とはかなり異なりますね。

遊牧に関しては、そういう調べて出てきた「こんな風なんだ。知らなかった、びっくり！」と、私が感じたことを、反映させながら書かせていただきました。

そして遊牧エルフですが、テュルク系（カザフ、キルギス、トルクメン等々）と、紀元前のペルシャ系遊牧民スキタイをイメージしております。（姉レイアの姿はスキタイ寄りです）

服装に関しても、挿絵等でそちら方面をお願いしたのですけれど、なにぶん広域だったので、東西南北、気温や気候条件、部族、民族間で服や布の意匠が大幅に違っていて、挿絵を担当されたユウノさんには大変なご不便とご苦労をお掛けしました。（すいません、すいません）

なお、アスランの服装はコーカサス地方の有名な男性の民族衣装チョハです。

行商ハイエルフは、オアシスを拠点にシルクロードを交易していたソグド人などですね。

そして錬金術に関してですが、遊牧を現実寄りにしたのでこちらもやや現実寄りにしてみたのですけれど、これがまた、想像していたのとは全く異なっていたといいますか。

原始的な科学、医学、薬学に、神秘主義などが入ったものが錬金術ですね。錬金術師の実験から酒精《アルコール》やエーテル（ジエチルエーテル）が発見されています。そうして実験を重ねて、実際に出た結果などから、徐々に現代的な科学、医学、薬学へと発展していったという感じです。なので、アスランの実験や、同僚に関しても、現実寄りの科学、医学、薬学にしています。

（作中の礬素《ばんそ》による還元のくだりは、アルミニウムのテルミット反応です）

それから、「全てのものは毒であり、毒でないものはない。用量だけが毒か薬か決めている」は、かの有名な錬金術師パラケルススの名言です。〝パラケルスス〟〝毒性学〟と、ネットで検索をかけると、厚生労働省や日本毒性学会、獣医学の毒性学研究室などがヒットします。

そんなこんなを詰め込んでできあがったこの話、楽しんでいただけたら嬉《うれ》しいです。

もし運よく2巻を出すことがかないましたら、そのときにまた。

GAGAGAGAGAGAGAGA
ガガガブックスf

義娘が悪役令嬢として破滅することを知ったので、めちゃくちゃ愛します
～契約結婚で私に関心がなかったはずの公爵様に、気づいたら溺愛されてました～

著／shiryu《シリュー》

イラスト／藤村《ふじむら》ゆかこ

定価 1,320 円（税込）

夫を愛さない契約で公爵家に嫁いだソフィーア。彼は女性に興味はないが義娘がおり、その母役として抜擢されたそう。予知夢で、愛を受けずに育ち断罪される義娘の姿を見たソフィーアは、彼女を愛することを決意する！

GAGAGAGAGAGAGAGAGAG

You alone will be burned
and devoured in Naraka
because of your own evil deeds.
Your family, such as your wife,
children and brothers,
cannot save you.
獄門撫子此処ニ在リ
伏見七尾
[illustration]
おしおしお
ごくもん
なでしこ
ここにあり
GAGAGA

獄門撫子此処ニ在リ

著／伏見七尾《ふしみななお》

イラスト／おしおしお
定価 891 円（税込）

古都・京都。その夜闇にひしめく怪異をも戦慄せしめる『獄門家』の娘、獄門撫子。
化物を喰らうさだめの少女は、みずからを怖れぬ不可思議な女と出逢い――
化物とヒトとのあわいに揺らぐ、うつくしくもおそろしき、少女鬼譚。

ガガガ文庫2月刊

お兄様は、怪物《なぞ》を愛せる探偵ですか？2　~とぐろを巻く虹~

著／ツカサ　イラスト／千種《ちぐさ》みのり

25年前に神隠しに遭った少女が発見され、調査に赴く葉介と夕緋。現場である洋館は霧で孤立しており、そこで惨劇のループが始まる――。ワケあり兄妹探偵が「ありえない」謎に立ち向かう、シリーズ第2弾！

ISBN978-4-09-453169-5（ガつ2-27）　定価891円（税込）

獄門撫子此処ニ在リ2　赤き太陽の神去団地

著／伏見七尾《ふしみななお》　イラスト／おしおしお

ここは神去団地。赤く奇妙な太陽が支配する、異形の土地。目覚めたとき、『獄門家』としての記憶すら失っていた撫子は、妖しい神秘を宿した太陽を巡る流血の狂乱からアマナとともに脱出できるのか？　それとも――。

ISBN978-4-09-453170-1（ガふ6-2）　定価891円（税込）

白き帝国1　ガトランド炎上

著／犬村小六《いぬむらころく》　イラスト／こたろう

「とある飛空士」シリーズ犬村小六が圧倒的筆力で描く、誰も見たことのない戦場と恋の物語。「いかなるとき、いかなるところ、万人ひとしく敵となろうと、あなたを守る楯となる」。唯一無二の王道ファンタジー戦記！

ISBN978-4-09-453119-0（ガい2-34）　定価1,001円（税込）

たかが従姉妹との恋。3

著／中西鼎《なかにしかなえ》　イラスト／にゅむ

夏休み――幹隆はカラダを使って幹隆の心を繋ぎ止めようとする凪夏との、不純なデートを繰り返していた。そんなある日、伊緒が幹隆にキスをした理由をついに自白する。そして訪れる、凄惨な修羅場。

ISBN978-4-09-453171-8（ガな11-4）　定価814円（税込）

ノベルライト　文系女子《ラノベガール》、ときどき絶叫女子《パンクガール》。

著／ハマカズシ　イラスト／ねめ猫《ねこ》⑥

ガガガSPの『ノベルライト』で運命的に出会う青春と京子。「あなたもガガガ好きなの？」でも二人の好きはガガガ違いのようで……小説に思いを馳せ、時に不満をデスボイスで叫びながら転がるローリング青春パンク！

ISBN978-4-09-453175-6（ガは6-12）　定価836円（税込）

変人のサラダボウル6

著／平坂読《ひらさかよみ》　イラスト／カントク

芸能界にスカウトされたサラと、裏社会の帝王となったリヴィア。二人の異世界人は、まったく異なる方向性でこの世界に影響を与えていくのだった――。あの人物の正体も明かされる、予測不能の群像喜劇、第六弾登場！

ISBN978-4-09-453166-4（ガひ4-20）　定価792円（税込）

星美くんのプロデュース vol.3　女装男子でも可愛くなっていいですか？

著／悠木《ゆうき》りん　イラスト／花ヶ田《はながた》

転校生・未羽美憂は、星美のかつての幼馴染みであり、トラウマの元凶だ。また仲良くなりたいと申し出る彼女だが、同時にかつての星美は普通ではなかったと伝える。星美は、再び現実と向き合うことになる――。

ISBN978-4-09-453173-2（ガゆ2-5）　定価858円（税込）

魔王都市2　-血塗られた聖剣と致命の亡霊-

著／ロケット商会《しょうかい》　イラスト／Ryota-H《リョータエイチ》

魔王都市内で派出騎士の変死事件が発生。その陰で蠢くのは、偽造聖剣の製造元でもある《致命者》と呼ばれる謎の組織。再び事件解決に乗り出すキードとアルサリサに、過去に消えた亡霊と、底知れぬ陰謀が襲いくる。

ISBN978-4-09-453172-5（ガろ2-2）　定価891円（税込）

ガガガブックスf

エルフの嫁入り　~婚約破棄された遊牧エルフの底辺姫は、錬金術師の夫に甘やかされる~

著／逢坂為人《おうさかなると》　イラスト／ユウノ

ハーフエルフであるために婚約を解消されてしまった、遊牧エルフのつまはじきものの底辺姫ミスラ。彼女が逃げるように嫁いだ先は、優しい錬金術師の青年で……人間とエルフの優しい異文化交流新婚生活、始まります。

ISBN978-4-09-461170-0　定価1,540円（税込）

GAGAGA

ガガガブックスf

エルフの嫁入り

～婚約破棄された遊牧エルフの底辺姫は、錬金術師の夫に甘やかされる～

逢坂為人

発行　2024年2月24日　初版第1刷発行

発行人　鳥光 裕

編集人　星野博規

編集　清瀬貴央

発行所　株式会社小学館
〒101-8001 東京都千代田区一ツ橋2-3-1
［編集］03-3230-9343 ［販売］03-5281-3556

カバー印刷　株式会社美松堂

印刷　図書印刷株式会社

製本　株式会社若林製本工場

©Naruto Ousaka　2024

Printed in Japan　ISBN978-4-09-461170-0

造本には十分注意しておりますが、万一、落丁・乱丁などの不良品がありましたら、「制作局コールセンター」（フリーダイヤル0120-336-340）あてにお送り下さい。送料小社負担にてお取り替えいたします。（電話受付は土・日・祝休日を除く9:30～17:30までになります）
本書の無断での複製、転載、複写（コピー）、スキャン、デジタル化、上演、放送等の二次利用、翻案等は、著作権法上の例外を除き禁じられています。
本書の電子データ化などの無断複製は著作権法上の例外を除き禁じられています。
代行業者等の第三者による本書の電子的複製も認められておりません。

ガガガ文庫webアンケートにご協力ください
毎月5名様 図書カードNEXTプレゼント!
読者アンケートにお答えいただいた方の中から抽選で毎月5名様にガガガ文庫特製図書カードNEXT500円分を贈呈いたします。
http://e.sgkm.jp/461170
応募はこちらから▶
（エルフの嫁入り）

第19回小学館ライトノベル大賞 応募要項!!!!!!!!!!!!!!!!!!!!!!!!!!!!!!

ゲスト審査員は田口智久氏!!!!!!!!!!!!

（アニメーション監督、脚本家。映画『夏へのトンネル、さよならの出口』監督）

大賞：200万円＆デビュー確約

ガガガ賞：100万円＆デビュー確約

優秀賞：50万円＆デビュー確約

審査員特別賞：50万円＆デビュー確約

スーパーヒーローコミックス原作賞：30万円＆コミック化確約
（てれびくん編集部主催）

第一次審査通過者全員に、評価シート＆寸評をお送りします

内容 ビジュアルが付くことを意識した、エンターテインメント小説であること。ファンタジー、ミステリー、恋愛、ＳＦなどジャンルは不問。商業的に未発表作品であること。
（同人誌や営利目的でない個人のWEB上での作品掲載は可。その場合は同人誌名またはサイト名を明記のこと）

選考 ガガガ文庫編集部＋ゲスト審査員 田口智久
（スーパーヒーローコミックス原作賞はてれびくん編集部による選考）

資格 プロ・アマ・年齢不問

原稿枚数 ワープロ原稿の規定書式【１枚に42字×３４行、縦書き】で、７０～１５０枚。

締め切り 2024年9月末日 ※日付変更までにアップロード完了。

発表 2025年３月刊『ガ報』、及びガガガ文庫公式WEBサイト GAGAGA WIREにて

応募方法 ガガガ文庫公式WEBサイト GAGAGA WIREの小学館ライトノベル大賞ページから専用の作品投稿フォームにアクセス、必要情報を入力の上、ご応募ください。
※データ形式は、テキスト（txt）、ワード（doc、docx）のみとなります。
※同一回の応募において、改稿版を含め同じ作品は一度しか投稿できません。よく推敲の上、アップロードください。
※締切り直前はサーバーが混み合う可能性があります。余裕をもった投稿をお願いします。

注意 ○応募作品は返却致しません。○選考に関するお問い合わせには応じられません。○二重投稿作品はいっさい受け付けません。○受賞作品の出版権及び映像化、コミック化、ゲーム化などの二次使用権はすべて小学館に帰属します。別途、規定の印税をお支払いいたします。○応募された方の個人情報は、本大賞以外の目的に利用することはありません。